# A VIDA NA FRONTEIRA
## AVENTURA DE CAMPONESES BRASILEIROS NA TERRA PARAGUAIA

Editora Appris Ltda.
1.ª Edição - Copyright© 2021 dos autores
Direitos de Edição Reservados à Editora Appris Ltda.

Nenhuma parte desta obra poderá ser utilizada indevidamente, sem estar de acordo com a Lei nº 9.610/98. Se incorreções forem encontradas, serão de exclusiva responsabilidade de seus organizadores. Foi realizado o Depósito Legal na Fundação Biblioteca Nacional, de acordo com as Leis nos 10.994, de 14/12/2004, e 12.192, de 14/01/2010.

Catalogação na Fonte
Elaborado por: Josefina A. S. Guedes
Bibliotecária CRB 9/870

| | |
|---|---|
| F311v<br>2021 | Feix, Plínio José<br>    A vida na fronteira: aventura de camponeses brasileiros na terra paraguaia / Plínio José Feix. - 1. ed. - Curitiba: Appris, 2021.<br>    201 p ; 23 cm.<br><br>    Inclui bibliografia.<br>    ISBN 978-65-250-1214-8<br><br>    1. Trabalhadores rurais. 2. Emigração e imigração. 3. Identidade social. I. Título.<br><br>                                              CDD – 331 |

**Appris** editora

Editora e Livraria Appris Ltda.
Av. Manoel Ribas, 2265 – Mercês
Curitiba/PR – CEP: 80810-002
Tel. (41) 3156 - 4731
www.editoraappris.com.br

Printed in Brazil
Impresso no Brasil

Plínio José Feix

# A VIDA NA FRONTEIRA
## AVENTURA DE CAMPONESES BRASILEIROS NA TERRA PARAGUAIA

## FICHA TÉCNICA

| | |
|---|---|
| EDITORIAL | Augusto V. de A. Coelho |
| | Marli Caetano |
| | Sara C. de Andrade Coelho |
| COMITÊ EDITORIAL | Andréa Barbosa Gouveia (UFPR) |
| | Jacques de Lima Ferreira (UP) |
| | Marilda Aparecida Behrens (PUCPR) |
| | Ana El Achkar (UNIVERSO/RJ) |
| | Conrado Moreira Mendes (PUC-MG) |
| | Eliete Correia dos Santos (UEPB) |
| | Fabiano Santos (UERJ/IESP) |
| | Francinete Fernandes de Sousa (UEPB) |
| | Francisco Carlos Duarte (PUCPR) |
| | Francisco de Assis (Fiam-Faam, SP, Brasil) |
| | Juliana Reichert Assunção Tonelli (UEL) |
| | Maria Aparecida Barbosa (USP) |
| | Maria Helena Zamora (PUC-Rio) |
| | Maria Margarida de Andrade (Umack) |
| | Roque Ismael da Costa Güllich (UFFS) |
| | Toni Reis (UFPR) |
| | Valdomiro de Oliveira (UFPR) |
| | Valério Brusamolin (IFPR) |
| ASSESSORIA EDITORIAL | Evelin Louise Kolb |
| REVISÃO | Cristiana Leal Januário |
| PRODUÇÃO EDITORIAL | Bruna Holmen |
| DIAGRAMAÇÃO | Bruno Ferreira Nascimento |
| CAPA | Eneo Lage |
| COMUNICAÇÃO | Carlos Eduardo Pereira |
| | Débora Nazário |
| | Kananda Ferreira |
| | Karla Pipolo Olegário |
| LIVRARIAS E EVENTOS | Estevão Misael |
| GERÊNCIA DE FINANÇAS | Selma Maria Fernandes do Valle |
| COORDENADORA COMERCIAL | Silvana Vicente |

*In memoriam do Lauro, um dos personagens deste livro que faleceu exatamente no dia em que o autor colocou o ponto final neste texto. (26/11/2020)*

*In memoriam da Eliana, casada com Jairo, este um dos personagens deste livro, que faleceu no dia 30/12/2020.*

# PREFÁCIO

## AS TERRAS QUE HABITAMOS
## (ou as terras que nos habitam)

Sara, Luís, Júlia e Jairo já *me habitam*.

O que este livro relata, dessas gentes meio *ficcionais*, meio *reais*, agora para sempre está e estará comigo...

E esta é uma das potências deste livro: articulando escalas de análise da macro para a micro-história, de lugares do *aqui*, do *lá* e do *acolá*, de "estruturas" e de subjetividades, de sonhos e de "pesadelos", de encontros e desencontros e muito, muito mais, *A(s) vida(s) na(s) fronteira(s)* faz aconchegar-se em nós cada palavra, cada frase, cada lugar, fazendo-nos mais que apenas leitoras ou leitores, gentes partícipes de quatro trajetórias temporal-espaciais de *sagas* inteiras, como se o mundo todo coubesse em um só lugar (ou em vários, porque é de *lugares* que este livro também discorre).

Se a vida de Sara, Luís, Júlia e Jairo foi/é de *trancos e barrancos*, este livro é a generosidade de contá-las em uma narrativa, ao mesmo tempo, cuidadosa, densa e tensa, fazendo-nos *viver de novo* momentos e lugares *bons*, assim como momentos e lugares *difíceis*. No *fim* – e agora já não sei se no *fim* da leitura ou no *fim* da vida... – tudo parece se ajeitar e se aquietar, como naqueles momentos em que nós, migrantes de ontem, de hoje e de amanhã, olhando *sem olhar*, saltamos de um para outro lugar enquanto todos os rostos, das gentes todas de nossa vida, vão se mostrando um a um, meio que refletindo as nossas próprias impressões, ou de alegria ou de tristeza.

E este livro não é nem apenas de alegrias nem apenas de tristezas... É muito mais, as vidas de Júlia, Jairo, Sara e Luís *segundo a narrativa de Plínio*... Ao fim e ao cabo, parece que lemos quatro trajetórias de uma única história, de uma única geografia, em que cada trajetória faz compreender as outras, e todas elas se *misturam* em um mundo sem fim, entre *um* Paraguai e *um* Brasil que ficam logo ali.

*

Mas, Plínio, pensemos juntos: aquela selva, aquela floresta encontrada em terras paraguaias era um "espaço cheio", *habitada* por inúmeros seres vivos, animais e vegetais, e, certamente, por uma infindável *vida* quase imóvel, de pedras, de terras em morros e de terras planas, de solos há milhares – senão milhões – de anos em comunhão praticamente completa, e no meio de tudo e de todos, grupos, comunidades, parentes e parentelas do que o "estrangeiro" chamou inadequadamente de "índio", mas que são *Guarani*, *Paĩ-tavyterã*, *Kaiowá*... As "bugras", os "bugres", que ainda hoje reivindicam suas terras tomadas à força em um processo secular de expansão, conquista, dominação e exploração, mas que, mesmo assim, ainda resistem como resiste a língua guarani, que muitas brasileiras e muitos brasileiros, filhas e filhos, netas e netos, certamente, se não aprenderam como um todo, balbuciam algumas palavras.

Então, é apenas para nós, as *estrangeiras* e os *estrangeiros*, que tudo aquilo era selva, inóspita, amedrontadora... Para tudo o que ali já existia, vivia e habitava, era o *aqui* de vida, de plenitude, de fartura e felicidade, mediada, como ainda hoje nos ensinam os povos guarani, pela reciprocidade! Por isso eram indistintas a condição humana da não humana, e a língua guarani nunca cunhou e nunca precisou de uma palavra como "natureza", pois essa divisão, essa dicotomia (sociedade *x* natureza), é nossa, europeia, ocidental, colonizadora. E não à toa é palavra feminina que, além de ensejar afeto e aconchego, aponta, infelizmente, "penetração" e, como os "desertos verdes" no Brasil e no Paraguai demonstram, "estupro".

Curiosamente, no entanto, as gentes camponesas-colonas, como as trazidas por ti, Plínio, neste livro, também se fizeram e se fazem sobre um princípio praticamente igual ao da reciprocidade: a solidariedade. Mais que curioso, contudo, é emblemático como muitas dessas gentes (nossos irmãos, nossas irmãs, primas e primos, mãe e pai, tias e tios...), Plínio, acabam por reproduzir certo preconceito, discriminação e racismo "intraclasse" em nome e em poder de uma classe à qual não pertencem. Em relação aos povos indígenas, o racismo é construção estrutural do capitalismo, desse modo de produção que também engendra modos antissolidários e antirreciprocidades de classe (da nossa classe, trabalhadora, múltipla e diversa), que são reproduzidos, inclusive, entre nós mesmos. Que pena! Enquanto isso, as brasileiras ricas e os brasileiros ricos no Paraguai, associadas/os às elites paraguaias, usam e abusam do trabalho alheio e das terras alheias, fomentando falsas disputas, ou diferenças, enquanto continuam a explorar, direta ou indiretamente, tanto imigrantes trabalhadoras e trabalhadores quanto paraguaias/os *idem*.

No sul do Brasil, você também deve lembrar, Plínio, referíamo-nos às índias e aos índios como "bugras" e "bugres"... Um dia, a escola onde eu estudava (Escola São Francisco de Assis – veja só, o Francisco, aquele de "onde houver ódio que eu leve a paz"!) promoveu um passeio a uma terra indígena, a mais ou menos 30 quilômetros de distância. Toda a ideia que eu fazia das/dos indígenas caiu naquela visita; suas casas, suas roças, sua educação, sua humildade, sua generosidade e reciprocidade eram – posso dizer – até inimagináveis, inclusive, na pequena cidade onde eu morava, marcada pela fofoca, pelo conservadorismo, pelo machismo e pelo racismo... Mas nos bairros mais pobres da cidade, ali, às vezes "depois do asfalto", a pobreza atingia a todas e todos, muitas e muitos deles de sobrenomes, como Konzen, Gerhard, Follmann e Goettert, talvez não necessariamente esses, mas quase.

E precisamos nos perguntar, invertendo completamente a situação, quando também em relação ao povo paraguaio nossos preconceitos são produzidos, sobretudo quando imaginamos que o nosso trabalho vale mais que o deles: e se o Brasil fosse tomado por mais de 400 mil paraguaias e paraguaios tomando "nossas" terras, "nossas" florestas, "nossos" rios e contribuindo para o aprofundamento da desigualdade que aqui, no Brasil, é uma das maiores do mundo (sim – repito – aqui no Brasil, e não [apenas] no Paraguai), o que faríamos? Mas hoje, lamentavelmente, não é incomum ouvirmos de brasileiras e brasileiros, inclusive muitas e muitos com familiares e parentes no Paraguai, um ódio a imigrantes, como haitianos, venezuelanos, bolivianos e – *pois é!* – também paraguaios. Então uma pergunta derradeira se coloca: adianta irmos tanto a missas, ou a cultos cristãos, se nós pouco levamos a sério outro princípio franciscano, aquele de *onde houver tristeza que eu leve alegria?*

E tudo ainda pode parecer meramente *engraçado* se não fosse parte de uma tragédia que nos perpassa: o capitalismo impõe uma relação com a terra que é a de negócio (e veja: "neg-ócio" é a negação do ócio, da festa, da dança, do embriagar-se, do encontro, da reciprocidade, da solidariedade, da amizade), enquanto os *modos de produção, de ser, de existir* e *de viver* colono-camponês e indígena são opostos a ele, pois, no colono-camponês, é a terra que se faz vida, enquanto no segundo, indígena, é a vida que se faz terra. Obviamente há diferenças – e que bom que há! – entre os *modos de produção* colono-camponês e indígena, e até tensões e conflitos, mas não tenhamos dúvidas de que em ambos a terra e tudo o que nela há têm o cuidado como princípio fundamental, pois cuidar a terra é cuidar das suas e dos seus, gentes, animais, árvores e plantas, vertentes e rios, rúculas para a salada junto à carne de galinha com molho no almoço colono de uma quarta-feira, ou o milho branco *saboró* para a *chicha* (bebida) junto a rezas e danças de uma noite inteira em Casa de Reza indígena.

Solidariedade e reciprocidade: é isso que une gentes e sua relação de cuidado com a terra, todas as gentes, todas as terras.

*

Será mesmo possível falar em "abandono", ou "perda", da identidade colona-camponesa para aquelas e aqueles que, cedo ou tarde, são obrigadas ou obrigados a deixar a terra e rumar para as cidades? Se sim, não estaríamos caindo em uma espécie de "determinismo espacial" ao entender como uma mudança radical a passagem do espaço rural para o espaço urbano? Diferentemente, Plínio, talvez é preciso pensar com muito, muito mais atenção a nossa própria vida, os nossos próprios lugares. Conheço-te um pouco, e desse pouco é possível sentir a imensidão solidária que te acompanha, que te faz, que existe em ti, e isso é certamente uma herança de outros tempos, de outros lugares, quando a terra vermelha, empoeirada, ou barrenta, sentia teus pés descalços a andar e correr por trilhas, a banhar-se em sangas, a jogar futebol em campinhos de potreiro, ou mesmo a saborear pitangas, ou gabirobas, nas matinhas ainda remanescentes.

Talvez por isso, Plínio, a identidade é antes de tudo *processo* que dificilmente conseguimos demarcar seu início ou seu fim, porque, mesmo longe de seu "ponto de origem", pode fazer brotar aqui, lá ou acolá, como em rizoma, fragmentos de um tempo/espaço que parecia para sempre sepultado, mas que, surpreendentemente, aparece no sabor do chimarrão, na horta pequena no quintal, ou na árvore que cresce de uma muda trazida do sul... ou do Paraguai. Essa identidade, nesse sentido, é também múltipla, pois é manifestada, ou mesmo guardada, de jeitos e modos muito diferentes, que tuas gentes no livro dizem, muitas vezes, por meio da saudade, esse sentimento que nos reconecta a tempos, espaços e outras gentes como que para trazê-los e trazê-las de volta, juntas e juntos... E se não vem concretamente, chegam-nos em memórias, em recordações e em lembranças, pois é um dos jeitos mais *humanos* de viver e de fazer com que outras vidas, longe no tempo, no passado, voltem a viver de novo por meio de nossos *pensares, dizeres, lágrimas e risos*.

Essas identidades são, então, como um *fluxo* que apenas, aparentemente, tem caminho único e reto. Porque, *no meio do caminho, do fluxo*, alguém pode fazer aparecer uma roda d'água, como uma daquelas que Jacó fez em suas permanências-andanças no Paraguai. A água corria seu curso, mas Jacó precisou dela e desviou-a um pouco por uma mangueira, mas não sem antes *adequar* o rio fazendo uma pequena represa. O rio, ou córrego, ou sanga, continuou ali, mas já não era mais o mesmo, assim como Jacó, quando começou a receber a água, abrindo a torneira preta de plástico junto da sua casa, certamente deixou o cansaço de lado e riu feliz. Mas, Plínio, pregos para a roda d'água, bomba, mangueira e torneira não são tipicamente produtos do campo, da terra, mas servem como "geobricolagens" para as gentes colono-camponesas. O que isso pode nos dizer? Que também a identidade *campesina* é grudada a coisas e a relações *citadinas* e que muitas coisas "da cidade" (ou das vilas) sempre fizeram parte da vida do campo. E para as tuas gentes, Plínio, muitas delas passaram a morar, inclusive, próximas a vilas, ou sedes urbanas, mas nem por isso deixaram – em abandono ou em perda – suas "raízes" colonas-camponesas.

Porque também, certamente, as raízes nunca são cortadas completamente. E isso sabemos, Plínio, porque também participamos de uma "dialética" na qual toda síntese não é a anulação, destruição, ou aniquilamento do que foi, mas um "entrecruzamento" também sempre frágil de um conjunto muitas vezes tanto complexo quanto "confuso" de *fluxos* que nos perpassam. Ora, isso você bem nos mostra: as duas irmãs e os dois irmãos, partes de uma mesma família no Brasil, apresentam *trajetórias* muito diferentes umas das outras, mesmo nascidas e nascidos de uma mesma mãe e de um mesmo pai, em um mesmo país. Isso é de uma riqueza interpretativa e analítica impressionante, pois, se os "destinos" das/dos quatro foram/são diferentes, isso nos aponta que as "origens" e tudo o mais "no meio" também o foram, o são. O que nos coloca outra "lição": não há *trajetória* melhor ou pior, e sim *trajetórias* de gentes que, a seu jeito e a seu modo, perpassadas por escalas de poder e de mando, de um lado, e por lutas e resistências, de outro, *apenas* querem viver e deixar viver, construindo caminhos que nem sempre são retos, pois que muitas vezes (senão todas as vezes) *pedras precisam ser desviadas* aqui ou ali.

E nisso tudo, as identidades (processos de identificação ou diferenciação) acontecem... Vejamos juntos: se a definição de "brasileiro" já não é fácil de se fazer, imaginemos a de "brasiguaio"! Essa última "identidade" tem significados vários a depender de quem fala, de quem ouve, se mais pobre ou mais rico, se no Brasil, ou no Paraguai, e assim por diante. Em minhas andanças no Paraguai, sozinho ou acompanhado de estudantes que oriento em trabalhos de mestrado ou doutorado, muitas vezes encontramos brasileiras e brasileiros que não abriam mão de reafirmarem, a todo tempo, "sou do Brasil e ponto!" Outras e outros diziam que já eram meio brasileiros e meio paraguaios (como algumas e alguns de teus sujeitos dizem), mas outras e outros ainda diziam que já erma – *olha só!* – "paraleños", ou seja, já nem brasileiros "por inteiro" nem brasileiros "em pedaço" ("brasiguaio"), mas "mais paraguaio que brasileiro". "Paraleños", pois muitas e muitos, migrados crianças para o Paraguai, ou mesmo nascidas e nascidos ali, com desenvoltura eram "quadrilíngues": falavam o alemão, que vinha com mãe e pai mas sobretudo com avós, o português, que vinha com mãe e pai e com irmã ou irmãos de mais idade, o espanhol, chegado dos contatos com paraguaias e paraguaios, e o guarani, que é a língua de uma identidade arrebatadora longe da prepotência, da arrogância e do elitismo dos "palácios golpistas" de Assunção.

Uma língua pode nos fazer estrangeiras e estrangeiros em nossa própria terra, mas também uma língua pode nos fazer *comadres* e *compadres*, *patrones* e *amigas* e *amigos* em terras estrangeiras. *Que bom!* Nesse sentido, qualquer tentativa de identificação única é como imaginar que alguém já adulto é a mesma pessoa que se vê como criança em um álbum de fotografias de família. Sim, aquele ali, pequeno, é você, mas... também já não é você, porque transcorrido o tempo, *transcorrido o espaço*, aquela criança da foto se olha e vê, sente, em meio a alegrias e tristezas, que o tempo e o espaço já são outros, que ela já é outra, mas que sempre aquela criança estará nela, em fotografia, em história e em geografia. E que bom que ainda, em nossas visitas ao sul, álbuns de fotografias de nossas famílias são buscados nas estantes das salas de nossas mães e pais e *arrodeados* por um monte de gente; vamos mirando cada foto e lembrando cada momento; ali algumas situações daqueles tempos e espaços vão sendo revelados pela "centésima" vez, enquanto outras permanecerão "escondidas" dentro do passado e do coração, pois sua revelação não vale mais a pena ser compartilhada, porque às vezes é preciso deixar escondidas tristezas de antigamente.

\*

Se a história e a geografia mudam com o tempo, as distâncias também mudam. Como eram distantes antigamente os lugares para onde migravam irmãs e irmãos, tias e tios, primas e primos, amigas e amigos. Como eram demorados os anos (talvez três, cinco, 10 ou até 20 anos) entre uma ou outra visita. Como eram difíceis aquelas viagens, com dinheiro poupado durante um ano inteiro, atravessando, por exemplo, então a barca do rio Uruguai em Itapiranga (Santa Catarina), ou mesmo o rio Paraná em Guaíra. E antes da viagem, as visitas de um monte de parentes desejando boa viagem e pedindo para mandar lembranças para as gentes de longe. Muitas empresas de ônibus que faziam os itinerários já não existem mais, e mesmo a "Medianeira" de hoje já não é mesma de antigamente... E as kombis – *que loucura!* –, a percorrer centenas (às vezes milhares) de quilômetros em meio à imensidão de estradas de chão de atoleiros uns depois dos outros... Eram verdadeiras "aventuras", como as que levam uma jovem, recém-casada, a ir morar junto do seu em uma terra que não conhecia, e que, ao chegar, depara-se com um sonho que vai às vezes, súbita e rapidamente, transformando-se em seu oposto, um pesadelo.

É possível dizer, então, que "beiradas" do Rio Grande do Sul (e depois de Santa Catarina e do Paraná) foram se transformando em uma geografia do movimento, sobretudo para o oeste (como para o Paraguai) e norte (Mato Grosso do Sul adiante). É interessante como essa geografia também ainda vai sendo lembrada e contada através dos grandes rios, como o Uruguai (que já mencionei), o Iguaçu, o Paraná e o Paraguai, sem contar com a imensidão de rios menores e seus afluentes e nascentes (aliás, muitas sangas e nascentes já desaparecidas com a destruição das matas e intensificação do uso da terra para a produção monocultural, que tem a soja como ícone maior). Assim, uma "geografia do interior" do sul do Brasil foi ganhando outros lugares, outros nomes, outras comidas, outras bebidas, outras línguas e outros sotaques. Por exemplo, nas idas ao Paraguai, é sempre bonito ouvir, de brasileiras e brasileiros (ou brasiguaias ou brasiguaios, ou paraleñas ou paraleños), as expressões *"por supuesto"* e *"pero"*, e não menos frequente ambas misturadas ao sotaque "alemão-gaúcho" quando pronunciadas as palavras "tera" (para terra), ou "caretero" (para arroz carreteiro).

Assim, os interiores do sul brasileiro, a maior parte deles composta de pequenas cidades, foram "se ampliando" simultaneamente à migração de parte de suas gentes. Hoje, é quase impossível encontrar uma família na Região Sul, principalmente aquelas de origem germânica ou italiana, que não tenha familiares, parentes, ou mesmo conhecidas ou conhecidos, habitando lugares distantes, ou mesmo que migraram e voltaram depois. Não à toa que, com o tempo e seus novos lugares de chegada, ocorreu uma mudança em uma das primeiras perguntas que se fazia/se faz quando se conhece alguém: da pergunta então muito frequente nos lugares do sul, "De qual família tu é?", passou-se a outra: "De onde você é?" E isso não é nada trivial: da acentuação na família (ou em seus sobrenomes) ocorre uma passagem significativa para o acento no lugar, uma espécie de trânsito de uma "condição antropológica" para uma "situação geográfica". Mas uma "transição" que não é total, pelo contrário: *condição* e *situação* vão se intercambiando, e uma nova complexidade se apresenta, que, ao mesmo tempo, torna tudo mais diverso, mas sem fazer desaparecer – como também já colocamos – concepções e práticas conservadoras, preconceituosas e até racistas. Porque, afinal, quando se migra de um para outro lugar levamos "tudo junto", o que nos faz "amáveis" e o que nos faz "odiáveis", o que amamos e o que odiamos, e no novo lugar (ou novos lugares) outros afetos, bons ou maus, melhores ou piores, feliz ou infelizmente, vão tomando conta do pedaço.

*

Sara, Luís, Júlia e Jairo...
Fico a imaginar o que o Modo de Produção Capitalista fez com vocês, o que ele faz com a gente, obrigando a deixar sua casa, sua terra, sua gente e *embarcar* em aventuras que se sabe um pouco do começo, mas que o fim geralmente é longe demais dos sonhos que carregamos. Por outro lado, também imagino o que vocês fizeram, maravilhosamente, em meio a um mundo que apenas inventa essa coisa de ascensão social, pois no fundo são muito poucas e poucos aquelas e aqueles a se tornarem ricos em um mundo tão desigual e injusto, seja no Brasil, seja no Paraguai. E isso às vezes pode parecer até engraçado, porque geralmente entendemos que todas as nossas decisões e vontades são fruto apenas de nós mesmos, não percebendo que uma "estrutura" enorme quase sempre nos condiciona – até contra a nossa vontade – a fazer isso ou aquilo, a *ficar* ou a *migrar*.

*

*Dona* Lurdes, esposa de *Seu* Luís: em um próximo encontro, em uma próxima visita, dê um abraço forte e carinhoso em sua nora paraguaia... Ela foi/é a mulher que seu filho escolheu para casar, viver e com ela lhe dar netas e netos que carregarão para sempre seu sangue e, junto a ele, sua vida inteira, seus lugares, suas *heranças* boas e outras talvez nem tanto. Mas, em todo caso, são e serão suas netas e seus netos. A vida – e isso aprendemos quando nos aproximamos, ou quando passamos dos cinquenta... – é breve demais, brevíssima, e deixar que nossos preconceitos a invadam é torná-la ainda mais curta, ainda mais cinza.

Uma história, verdadeira, muito verdadeira, conto para a senhora, *Dona* Lurdes, e ela é muito importante. Há mais de 100 anos, mais exatamente entre 1864 e 1870, milhares de soldados brasileiros (junto aos argentinos e uruguaios) massacraram o Paraguai. Parte significativa da população masculina adulta foi morta, mas também não poupando crianças, mulheres, idosas e idosos, cometendo violências e barbaridades até difícil de imaginar... Sua nora, *Dona* Lurdes, sabe disso e certamente ouviu relatos e mais relatos dessa guerra durante toda a vida, e mesmo assim – além de ser escolhida – também escolheu um brasileiro (ou "brasiguaio" ou "paraleño") para passar e viver a vida. A senhora também deve perceber que, às vezes, quando falamos com paraguaias e paraguaios, sentimos bem no fundo um sentimento de dor e de mágoa a acompanhar cada palavra ouvida... Mas certamente, *Dona* Lurdes, sua nora *esqueceu* toda dor e toda mágoa de uma guerra inteira para fazer da vida inteira dela a companheira de seu filho, a mãe de suas netas e de seus netos, e fazer verter neles não um, mas vários sangues de gentes que sempre trabalharam e sofreram muito: o sangue de imigrantes colonas e colonos da Alemanha que deixaram seus lugares na Europa para fazer suas moradas no sul do Brasil, no século XIX; o sangue de descendentes que deixaram a "colônia velha" rumo às encostas do rio Uruguai, no início do século XX; o sangue de mais descendentes que avançaram para o oeste catarinense e paranaense décadas depois; o sangue ainda de outras e outros descendentes que rumaram a terras mais longe, como para o Paraguai; o sangue das gentes trabalhadoras dali, indígenas sobretudo, que, por exemplo, antes de nós, sulistas do Brasil, formaram a mão de obra no que hoje chamamos de economia da erva-mate, entre as fronteiras paraguaia, brasileira e argentina entre o final do século XIX e início do século XX... Suas netas, seus netos, *Dona* Lurdes, são a "síntese" de toda essa gente, de todos esses sangues, o seu sangue, *Dona* Lurdes, o sangue de um mundo inteiro!

Um abraço, que seja um pequeno abraço, mas, mesmo assim, um abraço.

\*

E como sentimos, sobretudo no início, saudades do lugar, das gentes e coisas que deixamos! É uma dor profunda e cortante que se mistura às esperanças de um dia voltar "para casa" e poder dizer que "tudo deu certo"...

Em uma das viagens que fiz ao Paraguai, junto a uma pequena comunidade rural formada por brasileiras e brasileiros, muitas e muitos também descendentes de alemães e italianos, escutei um relato cortante tanto pela sua *tragédia* quanto por seu *final feliz*. O migrante que me contou morava no Paraguai há mais de 20 anos, em um pequeno sítio de 10 hectares, também como os sujeitos deste livro migraram algumas vezes no interior do Paraguai e outras tantas vezes trabalharam em terras alheias. Depois de já assentado em terra própria, trouxe do Brasil seu sogro e sua sogra, já passados dos 60 anos. Poucas semanas depois da chegada da sogra e do sogro, ele percebeu que o sogro andava triste, de cabeça baixa e um tanto calado, como que parecendo ter deixado no Brasil a vontade de viver. Seu genro, preocupado, perguntou a ele o que estava acontecendo, ao que o sogro, depois de um silêncio enorme, respondeu: "É que eu, lá na minha comunidade, no interior, tinha meus amigos, e todos os finais de semana a gente se reunia no salão para jogar bocha... Aqui não tenho mais meus amigos, não tem salão e não tem bocha... Uma vida assim não vale a pena viver..."

O genro passou a se sentir culpado por aquilo, pois fora ele o grande incentivador para a mudança para o Paraguai. Passou alguns dias e algumas noites tão preocupado a ponto de vigiar a casa do sogro com medo de um mal maior. Quase enlouqueceu. Conversou tudo isso com um vizinho paraguaio, que de bocha sabia só de ouvir falar, e do vizinho ouviu a sugestão de ir até a fronteira com o Brasil e que na loja *tal* certamente encontraria um jogo de bocha para comprar, e, enquanto isso, o vizinho e outros brasileiros (que entendiam de bocha) ajudariam, meio que secretamente ou inventando alguma coisa para o sogro, a fazer uma cancha de bocha. E assim foi: duas semanas depois, na meia tarde de um sábado, o sogro já meio desconfiado recebeu um presente do genro, um saco meio pesado. O sogro, já no erguer do saco, ouviu o tilintar de uma bocha na outra e nem precisou tirar as bochas e o bolim para que lágrimas caíssem de seu rosto. "Hoje o sogro vive no melhor lugar que ele podia ter! E me dá licença que eu vou ajudar ele porque daqui a pouco chegam os amigos para o jogo de bocha e umas cervejas...".

\*

Que coragem!

É possível, Plínio, mensurar, ou mesmo conseguir escrever, tudo o que envolve uma despedida, com "malinhas com algumas roupas"? É possível, *na outra ponta*, conseguir mostrar, com toda a sua profundidade, o que é chegar ao lugar desconhecido e *chorar, chorar, chorar*? Parece-me que se não conseguimos dar conta com a escrita, são os nossos mais ternos sentimentos que podem nos levar a "compreender" e sentir palavras assim, que dispostas também em *versos* acabam por formar mais que um *poema*, mas um "pluri-verso" (mais que um "uni-verso", portanto) tanto em dramaticidade quanto em poesia de alegria:

>Começamos dentro do mato,
>    e sem nada!
>Engravidei em cima da palha de feijão!
>A casa que existia lá para morar tinha frestas
>    que cabia uma mão.
>Mas a fome dele era tanta...!
>    Não tinha opções naquele lugar...
>Dava pãezinhos bem pequenos.
>    O Lauro sempre dizia,
>    em alemão,
>    que o formato desses pãezinhos era que nem as nádegas,
>    e todos riam.
>Nós ficamos sabendo do falecimento dele oito dias depois...
>Lápis eu achei, mas não tinha papel.
>    Aí peguei um pedaço do pacote de farinha
>    onde escrevi uma cartinha para as duas mães.
>Foi uma coisa muito triste que esse padre fez para nós!
>Ele sentava no chão ou em cima de galões para fazer o fundamento da casa.
>    Sem poder caminhar,
>    ele se arrastava no chão!
>E, com os pais muito rígidos, a gente só sabia obedecer!
>O primeiro sorvete na minha vida
>    eu chupei quando tinha dezessete anos de idade.
>De repente,
>    quando o avistei,
>    ele estava sozinho,
>    e meu coração palpitou...!
>    Rezei uma Ave Maria e fui conversar com ele!

Meu pai uma vez me bateu na cara...
Mas meu medo era ser estuprada pelo patrão...
Eles não sabem, não aprenderam a trabalhar,
    de fazer a terra produzir como nós.
    Eles não pensam no dia de amanhã.
Eu quero viver o hoje porque amanhã eu não sei o que será...
Sempre foi dito que o paraguaio é
    burro,
    preguiçoso e
    ganancioso...
Em primeiro lugar eu quero deixar claro que
    não somos racistas.
Já tive muitas experiências com mulheres paraguaias e também brasileiras,
    mas o coração
    bateu mais forte
    por uma paraguaia...
Depois ele passou muito mal de tanta emoção!
O Jairo, na verdade, não aguentou!
O Paraguai fica logo ali.
(Palavras ditas pelos personagens do livro)

    Você, Plínio, neste *A vida na fronteira: aventura de camponeses brasileiros na terra paraguaia*, mais que abordar as trajetórias de duas irmãs e de dois irmãos nesta ficção de *vidas reais*, fez emergir um mundo inteiro, pois cada uma e cada um de nós é o mundo, e ler histórias assim é ler a si mesmo, naquilo que nos atravessa e naquilo que gruda em nossa cabeça e para sempre já é e será parte de nós. Perpassa; os começos são *apenas* os fins de outros começos, e os fins *apenas* os começos de outras trajetórias, histórias, geografias. De uma casa no mato, de sacos de feijão germinando gentes, de mãos que precisam de frestas para alcançar o mundo, da fome que todo dia vem de novo, de "pãozinhos" de desejo, de enterros antes das palavras, de lápis de farinha, de padres que entristecem, de pernas que se arrastam, de filhas de dores reais e imaginárias, de um sorvete que gela a língua, mas não o coração, de um tapa na cara, de gentes que se desconfiam, de amanhãs que são hoje, dos racismos que vestimos, das emoções aguentadas e outras nem tanto, de um lugar sem terra certa porque de uma já é várias, múltiplas.

Terra negada, terra sonhada, terra alheia, terra conquistada, terra cultivada, ou terra desfrutada: qual delas habitamos, afinal?

Todas, *apenas*, todas!

Mais que uma sucessão de pontos um depois do outro, as trajetórias de Luís, Júlia, Jairo e Sara são o próprio espaço (*juntado* no tempo), podemos dizer o que a geógrafa Doreen Massey definiu como "uma simultaneidade de estórias-até-agora"! Sim, porque ainda agora as *estórias* dessas gentes de todas as terras compõem o que também definimos de contemporâneo, daquilo que nos perpassa e que perpassa o mundo não importando de qual tempo histórico for. Assim, ainda Júlia, Jairo, Sara e Luís *habitam* todas as terras, mas fundamentalmente porque também todas as terras *habitam* Jairo, Sara, Luís e Júlia, e agora, com a leitura deste livro, passam e passarão a *habitar* cada uma e cada um de nós.

Por isso, sempre certa *confusão* tende a nos "paralisar" quando pensamos na vida, em nossa vida migrante que começou muito antes da gente e que certamente continua e continuará muito depois. Às vezes a *confusão* é tanta que já nem sabemos de onde pensamos, ou onde estamos, enquanto na cabeça vão se misturando *causos* daqui, de lá e de acolá, vão se misturando gentes grandes com aquelas que um dia já foram pequenas, em meio a terras que *habitamos* e que nos *habitarão* para sempre.

*

E o Lauro, Plínio, parece, está a ler este livro. Sentado em uma cadeira de fio, daquelas compradas de um vendedor à beira de estrada, colorida, de várias cores e que moldam o corpo, ali está ele e, volta e meia, também parece, desvia os olhos do livro e fita o horizonte. No olhar distante, à frente vê e sente as terras paraguaias, e atrás, com imagens meio embaçadas e fugidias, vê as terras brasileiras. Nos lados um monte de caminhos cruzados, com setas de direções para todas as latitudes e longitudes a querer indicar o "certo" e o "errado", mas que agora, de onde está, "tanto faz", pois o certo e o errado são apenas algumas de nossas "teimosias" de gente migrante, errante e de múltiplas terras que habitamos e que nos habitam. "Ora", então possivelmente pensaria e diria o personagem Lauro:

Quem tem o direito de nos dizer se era certo ficar no Brasil ou se foi errada a nossa vinda para o Paraguai? Que foi certo ficar ou que foi errado voltar? Ou que foi errado um monte de "alemão batata" deixar sua terra natal no século XIX e atravessar não um rio (como os rios Uruguai ou Paraná), mas um oceano inteiro, o Atlântico, e vir parar aqui, nessa América? Quem vai dizer?

*

Obrigado, Plínio, por fazer com que Júlia, Sara, Jairo e Luís se achegassem a mim e que agora – *que bom!* – para sempre *me habitarão*.

Dourados, Mato Grosso do Sul, Brasil.
A 100 quilômetros da fronteira com o Paraguai.
13 de dezembro de um ano que nos marcará tanto quanto um lugar, 2020.

**Jones Dari Goettert**

*Gaúcho, sexta geração de descendentes de imigrantes alemães.*
*Nascido em São Martinho, "perto de Três Passos, Santa Rosa e Ijuí".*
*Migrante em terras paranaenses, mato-grossenses,*
*acreanas, paulistas e sul-mato-grossenses...*

Depois, "não sei"...
Hoje, também professor de Geografia na Universidade Federal da Grande Dourados.

# APRESENTAÇÃO

O presente livro de ficção, na sua quase totalidade retratando o real, apresenta a história de quatro irmãos camponeses de uma família pobre do Brasil que se aventuraram na floresta da fronteira leste do Paraguai para acessar um lote de terra e, dessa forma, dar sequência ao trabalho e à vida no meio rural. Sendo-lhes negado o acesso à terra no país de origem, esses jovens tomaram coragem e passaram, na década de 1980, para o outro lado do rio Paraná em busca da realização desse sonho. Trata-se de trajetórias de vida de muito sacrifício, principalmente nos anos iniciais, motivadas pela falta de condições materiais e de infraestrutura social mínima necessária para transformar a terra coberta pela mata nativa em lavouras. É uma verdadeira saga que ganhou contornos de suor, lágrimas e sangue no processo de luta para a viabilização da vida nova em condições extremamente adversas.

Os próprios personagens contam sua história pessoal no solo estrangeiro com muita franqueza, não se negando, nas narrativas, de contar as privações, a agonia, as dores, a solidão e o abandono pelo poder público e conquistas alcançadas na luta pela vida digna em seu próprio pedaço de terra. São histórias de coragem, de determinação, de esforço pessoal, de superação. Revestem-se de trajetórias de vida que não se assemelham à condição humana, tamanha magnitude foram as adversidades enfrentadas nos anos iniciais para quem é da classe pobre e deseja, a todo custo, um pedaço de terra para continuar o modo de vida camponês. São histórias de vida emocionantes, heroicas. São as diversas fronteiras, ou limites, além da territorial, que são impostas aos trabalhadores rurais, dificultando o acesso à terra, ao trabalho, à identidade, à vida.

A história desses quatro irmãos é a saga de milhares de camponeses brasileiros que emigraram para a fronteira paraguaia na busca do acesso à terra para produzir alimentos e, dessa forma, construir seus projetos de vida. As décadas de 1970 e 1980 compõem o tempo de intenso fluxo migratório para o outro lado do rio Paraná. Foi um movimento provocado pela crise social brasileira e pela modernização da agricultura, assim como pela política de expansão agrícola desenvolvida pelo governo paraguaio na região fronteiriça que, até então, era uma reserva nacional. As terras vistas como férteis e baratas foram o atrativo para entrada maciça de agricultores estrangeiros no território do país vizinho. Devido à falta de políticas públicas de incentivo para a produção e infraestrutura social, milhares de camponeses pobres não suportaram o sofrimento, o que os levou a desistir do sonho e retornar para a terra natal. Apenas uma parte, com condições financeiras iniciais melhores, ou integrando o grupo disposto a enfrentar todos os obstáculos, conseguiu se afirmar e hoje vive de maneira relativamente confortável. Os quatro irmãos não fugiram à regra, tendo desfechos muito diferentes nessa aventura.

A narrativa dessas trajetórias de vida visa a despertar reflexão e a aflorar a sensibilidade para as dificuldades de toda ordem existentes e que precisam ser enfrentadas com determinação pelos trabalhadores pobres que desejam a inserção social mediante o trabalho autônomo, no caso a produção de alimentos pelos camponeses em seu próprio pedaço de terra. As diferentes fronteiras, ou limites impostos por sociedades organizadas em bases estruturais injustas que privilegiam determinados grupos em detrimento da grande maioria levam os trabalhadores a se submeter a sacrifícios gigantescos para conquistar seu lugar ao sol.

# SUMÁRIO

**INTRODUÇÃO** ................................................... 25

**1
A VIDA NA TERRA NEGADA** ........................ 29

**2
A VIDA NA TERRA SONHADA** ...................... 45

**3
A VIDA NA TERRA ALHEIA** .......................... 61

**4
A VIDA NA TERRA CONQUISTADA** ............... 83

**5
A VIDA NA TERRA CULTIVADA** .................... 131

**6
A VIDA NA TERRA DESFRUTADA** ................. 165

# INTRODUÇÃO

Este livro de ficção, em grande medida real, apresenta a história de aventura de quatro irmãos camponeses pobres do Brasil que emigraram, na década de 1980, para a região leste da fronteira do Paraguai. Sem condições para adquirem um pedaço de chão em sua terra natal, para dar continuidade ao modo de vida camponesa, esses jovens decidiram deixar tudo para trás, menos a coragem e a esperança, e se lançar na floresta do país vizinho para a realização desse sonho. Privados dos recursos materiais mais elementares para iniciar essa vida nova no interior do mato em solo estrangeiro, esses trabalhadores se submeteram a condições de vida subumanas no processo de luta para conseguirem acessar um pedaço de terra para trabalhar e, dessa forma, buscar uma vida digna. Trata-se de uma verdadeira saga protagonizada por esses sujeitos destemidos.

Essa história de aventura desses personagens principia em um contexto político e social brasileiro de esgotamento do regime autoritário civil-militar e de transição democrático-liberal negociada entre as elites conservadoras, revestindo-se de uma crise social nos anos de 1980 de tamanha extensão e profundidade que é denominada de "década perdida". Outro componente desse contexto é o processo acelerado de modernização da agricultura, mediante a introdução de máquinas, fertilizantes químicos e aperfeiçoamento genético das plantas, constituindo-se na introdução de um conjunto de fatores que proporcionaram o aumento da produção de monoculturas para o mercado mundial. Esses dois fatores criaram um contexto social de profunda crise, o aumento da pobreza, a intensificação da concentração das terras e a explosão do êxodo rural. Grande parte dos jovens do meio rural se viu negada do acesso à terra em solo brasileiro.

No mesmo período, o governo militar paraguaio transformou a reserva nacional nas margens do rio Paraná em área de expansão para a agricultura, adotando o mesmo modelo para a produção de alimentos do interesse do mercado internacional. Para tanto, esse governo facilitou a entrada dos estrangeiros com experiência agrícola para a apropriação das terras dessa vasta floresta e desenvolvimento de produção de monoculturas, principalmente a soja. Nesse contexto social, milhares de camponeses jovens sem terra da Região Sul do Brasil atravessaram o rio Paraná na busca da realização do sonho de aquisição de um pedaço de terra. Os quatro irmãos, personagens deste livro, integram esse fenômeno migratório.

Devido à falta das condições financeiras mínimas e da inexistência de uma infraestrutura social básica na fronteira do país vizinho, esses camponeses se submeteram a uma situação de trabalho subumana na selva. As privações, os sacrifícios, o sofrimento, a decepção, a saudade da terra natal, o isolamento e o abandono pelo poder público transformaram a vida desses trabalhadores rurais, principalmente nos anos iniciais, em um ambiente não desejado a nenhum ser vivo, muito menos para os seres humanos. Parte expressiva desses corajosos aventureiros não aguentou, acabou desistindo desse sonho e retornou ao território brasileiro. Além da fronteira territorial, a esses trabalhadores do campo é imposta uma fronteira social e cultural, estando esses limites vinculados à exclusão a que estão submetidos na sociedade de estrutura capitalista.

Os quatro irmãos recordam, revivem e narram a sua façanha nessas terras no outro lado do rio Paraná. Eles compartilham toda a sua trajetória pessoal, sem ocultar as gigantescas dificuldades e o sofrimento enfrentados na floresta, longe de tudo e de todos. São histórias de vida de persistência, de superação, emocionantes, heroicas. O trabalho, nessas condições extremamente adversas, consistia em suor, lágrimas e sangue. O desfecho dessa saga foi diferente para cada um dos nossos personagens envolvidos na luta pela realização do sonho de acesso a um pedaço de terra na fronteira paraguaia. Esse final é muito similar aos milhares de camponeses brasileiros que se aventuraram nesse solo estrangeiro. Para boa parte, não foi um final feliz!

O livro está dividido em seis unidades, começando pela terra negada aos quatro irmãos no solo brasileiro. Depois, no território paraguaio, o sonho da terra própria, o trabalho em terra alheia, a conquista de terra mediante a compra, o cultivo da terra e, por último, o desfrute da produção obtida na terra estrangeira e, mediante isso, a vivência com certo conforto aos emigrantes que resistiram às inúmeras adversidades iniciais.

Trata-se, portanto, de um livro que visa a proporcionar reflexões e aflorar os sentimentos sobre a luta dos trabalhadores pobres excluídos da sociedade para conquistar um lugar ao sol. No caso, dos camponeses que desejam um pedaço de terra para trabalhar e buscar uma vida digna em meio a uma imensidão de terra, porém altamente concentrada nas mãos de poucos. É uma história de luta pessoal de personagens – contada por eles mesmos – de muita privação, sofrimento, superação, decepção e conquistas. O enredo aponta para possibilidades e limites de trabalhadores rurais jovens que se aventuraram para conquistar algo relativamente simples, e mesmo assim negado em sua terra natal.

# 1
# A VIDA NA TERRA NEGADA

Quatro irmãos de uma mesma família camponesa, duas mulheres e dois homens, no esplendor da sua juventude, emigraram, em anos diferentes na década de 1980, do Brasil para o Paraguai na esperança da realização do seu projeto de vida: adquirir um pedaço de terra para trabalhar e, dessa forma, viver dignamente a sua identidade camponesa. Essa decisão corajosa, de partir para o outro lado da fronteira territorial, é decorrente do fato de lhes ter sido negado o acesso à terra na sua terra natal. Trata-se de histórias pessoais ousadas pelo motivo de terem se lançado no mato em terra estrangeira sem as condições materiais mínimas para iniciar a vida nova. São histórias que se constituíram em verdadeiras sagas, ou aventuras, na busca de um futuro incerto.

Essa façanha da emigração dos quatro trabalhadores camponeses, com destaque às enormes dificuldades iniciais vividas, é a história de milhares de outros trabalhadores rurais que realizaram a mesma aventura a partir da década de 1970, tendo se deslocado para a mesma região fronteiriça. São brasileiros que, na falta de condições de aquisição de um lote de terra para o cultivo de alimentos no seu país, tomaram a coragem de buscar a concretização desse sonho no outro lado do rio Paraná, região onde esse faz a divisa do Paraguai com a Argentina, nas proximidades do território brasileiro. Esse sonho se sobrepôs a todas as adversidades previstas e não imaginadas devido à total falta de recursos financeiros com que entraram nessa terra de mata nativa. O único capital que levaram na bagagem foi a coragem, a vontade e a esperança de prosperar mediante o trabalho na terra que desejavam conquistar.

Esses quatro irmãos, cujos nomes, pela ordem de emigração, são Sara, Luís, Júlia e Jairo, nasceram e viveram a sua infância e adolescência no campo, numa região de colonização de descendentes alemãs no território brasileiro, localizada no noroeste do estado do Rio Grande do Sul, bem próxima da fronteira com a Argentina. Os povos originários dessa região eram indígenas da etnia Guarani, que viviam nos dois lados do rio Uruguai, águas que fazem a divisa dos territórios hoje pertencentes ao

Brasil e à Argentina. Essa vasta área ocupada por esses povos se estende até o Paraguai, chegando, portanto, a habitar os dois lados dos rios Uruguai e Paraná. Uma das línguas oficiais do povo paraguaio continua sendo o Guarani, assim como a sua moeda tem o mesmo nome, o que representa a sua influência sociocultural no passado e no presente nesse país. Os colonizadores europeus, ao invadir a terra dessa região, estabeleceram essas fronteiras territoriais, que foram movediças no decorrer da história, pois sofreram alterações, e as atuais divisas entre os três países são resultantes da Guerra contra o Paraguai acontecida entre 1864-1870.

Os padres jesuítas, nos séculos XVII e XVIII, desenvolveram atividades de evangelização cristã junto a essa população nativa – um trabalho religioso e social chamado de missões –, por isso essa área, no caso do território brasileiro, recebeu o nome de região missioneira. A região do extremo nordeste da Argentina, localizada entre o Brasil e o Paraguai, constitui a província chamada de Missiones. Em 1759 esses padres foram expulsos do Brasil por ordem do Rei de Portugal. A Congregação Religiosa dos Jesuítas, por meio da sua evangelização, era acusada de se opor às orientações políticas e aos interesses econômicos da metrópole portuguesa. Os índios guaranis que viviam em aldeias, formando comunidades, resistiram às investidas bélicas das tropas policiais, resultando em um massacre sangrento. Esses povos originários organizados eram uma ameaça aos interesses colonizadores dos europeus, e esses se viram como uma civilização superior, o que legitimava as atrocidades cometidas contra os ocupantes nativos dessas terras que não aceitaram a subjugação.

Ainda existem na atualidade ruínas das construções e de artefatos produzidos nos principais lugares onde o povo Guarani vivia em povoados, ou aldeias, sob a coordenação desses padres. Até hoje são encontradas naquela região, inclusive na terra da família dos quatro irmãos, pedras talhadas e polidas em diferentes formatos, constituindo-se em ferramentas usadas por esse povo nativo para a caça e a preparação dos alimentos. As sete principais comunidades guaranis de então são homenageadas pelo nome de Sete Povos das Missões. Com a expulsão dos jesuítas, esse povo, os verdadeiros donos desta terra, foi dizimado pelos brancos invasores para garantir o domínio sobre as fronteiras dos territórios que ainda estavam em disputa entre os portugueses e espanhóis. Ainda ecoa naquela região o grito do índio guarani Sepé Tiaraju, que foi a principal liderança guerreira desses Sete Povos das Missões: "[...] esta terra tem dono!". Porém, o que prevaleceu foi a prepotência dominadora e exterminadora praticada pelos europeus.

O município de nascimento desse quarteto de irmãos, que no decorrer do tempo foi se desmembrando em novos municípios, foi ocupado inicialmente por 12 famílias de descendência alemã, sob a liderança igualmente de um padre jesuíta, no ano de 1902. Era uma terra muito fértil, formada de mata nativa. O local onde esses migrantes ergueram o acampamento viraria, posteriormente, a sede desse município. Sua emancipação político-administrativa aconteceu no ano de 1955, estando localizado na região do extremo noroeste do estado gaúcho, na fronteira com a Argentina, cuja cidade fica distante 35 km em linha reta até o rio Uruguai.

Trata-se de uma região onde a beleza proporcionada pela natureza é exuberante, fica entre dois rios, nas suas partes norte e sul, e no oeste corre silenciosamente o rio Uruguai. Além dessas águas limítrofes, essa região é cortada por dezenas de córregos, o que a torna uma terra com água doce abundante. Todo relevo é plano, com a exceção de poucas áreas formadas por pequenas inclinações, agraciado por vários tipos de solo para o crescimento de uma variedade de árvores e para o cultivo de uma diversidade de espécies de plantas agrícolas. Devido ao frio em meados do ano – estação de inverno –, o trigo é uma planta que se adapta muito bem nessas terras. Essa vegetação e a água favoreceram a existência de uma grande variedade de animais. Infelizmente, na atualidade, com as lavouras tomando o lugar da mata, as árvores nativas e os animais silvestres foram reduzidos a exemplares que testemunham a natureza majestosa do passado.

Em poucos anos, milhares de famílias migrantes tomaram conta daquelas terras mediante a política de colonização, adotando o sistema de repartição delas por meio de pequenas propriedades rurais chamadas colônias (lote de terra de 25 hectares), e certas áreas possuem o tamanho médio, constituindo-se em unidades de trabalho onde cultivaram e criaram para o consumo próprio e uma parte menor para o mercado. Esse, a partir da década de 1970, está sempre mais tomando o lugar da produção camponesa de subsistência, resultado da modernização agrícola capitalista, isto é, a produção mecanizada de alguns produtos destinada para o mercado nacional e internacional.

No entanto ainda existe uma quantidade considerável de famílias que resiste às mudanças e, ao menos em parte, cultiva ainda a policultura, ou seja, a produção de diferentes espécies de plantas para a alimentação da família. Da mesma forma, criam-se várias espécies de animais para o consumo próprio, alguns também destinados para o mercado, tais como suínos e vacas, essas para a obtenção do leite. Portanto, na paisagem sob o domínio da monocultura da soja, ainda se encontram focos de resistência, espaços de cultivo de uma variedade de alimentos pelos camponeses.

As famílias migrantes pioneiras que ocuparam essa região são oriundas do Vale do Rio dos Sinos, distante 100 km da capital do estado do Rio Grande do Sul, sendo esse Vale um espaço territorial de assentamento de alemães vindos diretamente da Alemanha na segunda metade do século XIX. Nessa política de colonização, cada família comprou uma colônia de terra para desenvolver a agricultura de subsistência. No entanto, pelo fato de as famílias serem numerosas, geralmente superiores a 12 filhos, e considerando a área exígua de terra em poder delas, a nova geração ficava excluída do acesso a um pedaço de chão. Para constituir novas famílias e continuar trabalhando na agricultura, uma das soluções adotadas foi migrar para outras regiões de terra inabitada pela população branca.

Foram criadas companhias de colonização autorizadas pelo Estado para proceder a venda de lotes de terra em novas regiões. Essas companhias abriram novas fronteiras agrícolas onde, até então, reinava a mata nativa, sendo os povos indígenas remanescentes da terra ignorados e expulsos, ou dizimados quando ofereciam resistência. Para as famílias com terra insuficiente na região do Vale do Rio dos Sinos, essas empresas colonizadoras viabilizavam o acesso a novas terras férteis para o desenvolvimento da agricultura. No caso, foi a Companhia de Colonização *Bauerverein* que possibilitou a migração das 12 primeiras famílias para a nova região, assim como das outras que se somaram, posteriormente, a essa dúzia de camponeses destemidos que abriram o caminho para a nova terra. Os quatro irmãos são netos desses camponeses que se lançaram nessa aventura na busca e ocupação dessas terras, para isso, sem disporem dos recursos financeiros necessários, enfrentaram enormes dificuldades.

Fronteira, no seu sentido amplo, refere-se a certos limites estabelecidos, às demarcações criadas, ou a determinadas divisas traçadas, para sinalizar onde algo termina e outra começa. É a definição dos diferentes espaços que podem ser ocupados pelos seres humanos, ou parte deles. Ao tratar da história da emigração dos quatro irmãos em busca de terra no Paraguai, o conceito de fronteira terá três significados principais: territorial, social e identidade cultural. Trata-se da divisão, ou demarcação, dos espaços territoriais e socioculturais estabelecidos na sociedade de classes, fronteiras essas sempre em disputa entre os diferentes sujeitos sociais na luta pela inserção, ou transformação social. No caso da política de colonização para a população de descendência alemã, a ideia de fronteira se aplica a esses três sentidos: a ocupação da fronteira territorial para a expansão agrícola, o enfrentamento da fronteira social pelos camponeses sem terra e a preservação da fronteira cultural, no caso, pelos camponeses de origem alemã mediante o trabalho na sua própria terra.

A fronteira territorial tem o sentido da emigração dos quatro irmãos para outro país, para um novo espaço territorial, no caso, para a fronteira leste do Paraguai, região de divisa com o Brasil e a Argentina. São pessoas que se deslocam da fronteira do Brasil com a Argentina para o outro lado do rio Paraná, estabelecendo-se em terras estrangeiras limítrofes, ou próximas do país natal. Em linha reta, a localização da terra na área fronteiriça paraguaia onde eles iniciaram a aventura fica em torno de 40 km de distância até o Rio Paraná, área onde essa água faz a divisa entre a Argentina e o Paraguai, no Estado ou Departamento de Alto Paraná. Portanto toda movimentação migratória de uma região para a outra ocorre em uma região de fronteiras territoriais nacionais.

A fronteira social retrata a divisão estrutural da sociedade capitalista em classes e grupos sociais. Essa estratificação social estabelece limites rígidos, fronteiras sociais muito difíceis de serem ultrapassadas, sendo uma organização social em que os lugares de ocupação estão demarcados. Quem nasce pobre já tem seu espaço social definido e não encontra condições materiais e culturais para a ascensão, ou mobilidade, social na perspectiva da superação dessa situação excludente. A marginalização, ou exclusão, social é uma barreira, uma fronteira imposta no interior da sociedade. Da mesma forma, os privilégios para uma minoria são garantidos por meio dessa fronteira social, que usa o poder político para a preservação dessa estrutura social, que lhes é altamente benéfica. Esses grupos, ou classe, reproduzem, ou acentuam, a preservação da pirâmide social por meio da concentração das riquezas. Os quatro irmãos estão enxotados numa jaula social chamada sem-terra, que se coloca como barreira para a conquista de um pedaço de terra para poderem trabalhar e viver a sua identidade cultural com dignidade.

O Brasil é um dos países que tem a pior distribuição de terras do mundo, valendo o mesmo para a concentração das riquezas em geral. É um país possuidor de um território gigantesco, porém grande parte de seus cidadãos não tem possibilitado o desejo de um pedacinho de terra devido à absurda concentração dessas nas mãos de uns poucos privilegiados e inescrupulosos. Esses se usam do poder político e social para perpetuar essa realidade social injusta. A estrutura agrária brasileira é um retrato que mostra até onde pode chegar o ser humano em termos de cobiça material, de acumulação da riqueza. No caso da terra, por ser um recurso da natureza limitado, não reproduzível e essencial para a vida, é impedido de ser alcançado por milhares de cidadãos que desejam trabalhar e viver na terra produzindo alimentos.

É a contradição humana, a manifestação de uma realidade na qual o capital, a riqueza de um punhado de indivíduos, sobrepõe-se à vida dos demais seres humanos. Além de aviltar esses, os donos do mundo ignoram igualmente os demais seres vivos (flora e fauna) mediante a destruição da natureza. Essa minoria poderosa é insensível ao sofrimento, à pobreza, à fome e à morte produzidas por ela a milhares de brasileiros e bilhões no mundo a fora. E, para garantir a permanência dessa perversidade, ela cria e utiliza os diferentes meios sociais e políticos para justificar e perpetuar essa barbárie. Os desejos materiais, e tudo o mais que advêm dessa situação privilegiada, impõem-se às vibrações da vida vindas do espírito, da alma, dos sentimentos que pulsa e anima os diferentes seres vivos.

No Brasil, essa estrutura agrária perversa começou desde a invasão dos portugueses. As terras ocupadas pelos povos indígenas eram vistas como sendo de ninguém, desocupadas, o que fez com que elas fossem transformadas em patrimônio do Estado europeu colonizador e distribuídas pelos reis de Portugal para determinados indivíduos influentes junto ao governo. Trata-se da política chamada de Sesmarias, a doação de vastas extensões de terra para um pequeno grupo com a justificativa de que seriam capazes de fazê-las produzir mercadorias do interesse da metrópole portuguesa. É a imposição de uma fronteira social. Após a independência brasileira (1822), quando começou a pressão interna e externa pela abolição da escravidão negra africana, os agentes públicos elaboraram a Lei de Terras (1850), que consistia no fim da doação de terra por parte do Estado, sendo possível a aquisição somente mediante a compra. O objetivo da criação dessa fronteira social foi impedir o acesso à terra de escravos futuramente libertos, pois eles não teriam condições financeiras para efetuar a compra, continuando, assim, como mão de obra barata para os latifundiários.

A modernização agrícola brasileira – mecanização e utilização de fertilizantes químicos –, iniciada no início da década de 1970, ocorre nessa estrutura agrária altamente concentrada, ou melhor, intensificou ainda mais a transferência das terras para um grupo seleto. Portanto essa inovação na produção agrícola aconteceu sem a reforma agrária. Não bastasse isso, esse modelo agrícola capitalista, ou seja, a produção em grande escala de monoculturas para o mercado internacional, contou também com o investimento de grande volume de recursos públicos. Trata-se de uma política do Estado para beneficiar esse setor latifundiário, e não os pequenos e médios produtores rurais. Enfim, além da dificuldade de acesso a um pedação de terra, esses trabalhadores do campo não contavam com políticas agrícolas de incentivo do Estado necessárias para viabilizar a produção de alimentos. Até hoje persiste esse problema fundiário e o modelo de agricultura altamente favorável para um pequeno grupo poderoso, isso em detrimento de grande parta da população que gostaria de ter seu pedacinho de terra e contar com a ajuda do poder público para possibilitar o trabalho e a produção agrícola.

As dificuldades enfrentadas, no início da colonização, pelos desbravadores foram gigantescas no meio do mato na região onde nasceram os quatro irmãos, pois não havia uma infraestrutura social mínima, fato resultante da falta do apoio necessário pelo poder público. A única coisa que conseguiram, mediante o apoio do Estado, foi a compra de um lote de terra. Porém as gerações seguintes foram lançadas à própria sorte, pois não conseguiram sequer seu próprio pedaço de terra. Considerando toda a exploração sofrida pelos camponeses, é praticamente impossível às novas gerações conseguir recursos financeiros mediante o trabalho agrícola para a compra de um pedaço de terra naquela região de nascimento. Ressalta-se que essa terra já foi bem dividida entre as famílias no momento do assentamento. A sociedade está estruturada de uma forma que impõe fronteiras sociais rígidas aos indivíduos, criando obstáculos difíceis de serem vencidos para quem se encontra nos estratos sociais inferiores.

Outra fronteira, relacionada à anterior, são os limites, ou barreiras, fincados no âmbito da vivência da identidade sociocultural no ambiente em que os indivíduos nasceram e foram criados. A sociedade brasileira, assim como a paraguaia e às demais, é formada por vários grupos com culturas, ou identidades, distintas. Quando não é do interesse da lógica de acumulação do capital, são impostas fronteiras que dificultam os espaços de vivência na sociedade para uma pluralidade de etnias e identidades culturais. A pluralidade de subjetividades, ou seja, as diferentes formas de auferir os desejos pelos indivíduos são bloqueadas em nome de um determinado padrão de vida elitista, mesmo que, em termos reais, somente seja desfrutada por essa classe social. No caso dos quatro irmãos, a barreira imposta é a dificuldade de poderem dar continuidade à identidade de vida camponesa. O acesso a um pedaço de terra é a condição suprema para possibilitar esse estilo de vida.

A identidade cultural camponesa tem certos traços, ou contornos, singulares que a estruturam e definem, tais como o trabalho agrícola familiar na terra sob a sua posse, o que requer uma determinada organização interna em termos de poder de decisão e de atribuições de trabalho para os diferentes membros da família; o cultivo de uma diversidade de alimentos para o consumo próprio e parte para a venda no mercado; a valorização da comunidade local como espaço de socialização; a interação e relação estreita com o movimento da natureza, inclusive se submetendo ao tempo dela.

Além da posse ou propriedade de um pedaço de terra, a afirmação da identidade camponesa demanda outros recursos materiais para sua viabilidade social. Entre eles podem ser destacadas as condições para o cultivo agrícola e para a comercialização dos alimentos, o que demanda políticas públicas de financiamento especiais para a aquisição das ferramentas e insumos necessários, disponibilidade de assistência técnica e criação de mercado consumidor, bem como é elementar a implantação da infraestrutura social básica nas localidades de moradia. Em todos os países, a agricultura conta com certos incentivos do Estado para viabilizar a produção de alimentos, pois se trata de uma questão de primeiríssima prioridade em qualquer sociedade: garantir a alimentação da população.

Diante das fronteiras sociais impostas a essa identidade cultural, grande parte da juventude se viu na necessidade de migrar para as cidades para trabalhar como assalariada em empresas privadas, o que significa o abandono da identidade camponesa. A ruptura com essa identidade, reproduzida e encarnada desde o nascimento até alcançar a fase da juventude, representa a perda das raízes socioculturais, o que terá impactos negativos na vida desses indivíduos devido à dificuldade de adaptação ao meio social urbano, um estilo de vida totalmente novo para o qual eles não se sentem preparados, pois foram empurrados para esse mundo que lhes é estranho. A quase totalidade desses jovens, por causa da falta de estudo e da não qualificação para o trabalho no setor privado, é obrigada a se submeter aos serviços de baixa remuneração, tornando-se uma mão de obra sujeita à exploração intensa, enfrentando uma situação social que dificulta a vida com um mínimo de conforto.

Outros jovens, embora continuassem vivendo no campo, trabalharam também na condição de empregados, porém na terra, ou propriedade rural, alheia. Eles exerceram as atividades com as máquinas e, principalmente, na lida com animais para a produção de leite, carne e ovos para o mercado. Trata-se de assalariados rurais. Embora a grande maioria trabalhasse na região de nascimento, o vínculo empregatício também os desenraiza em grande medida da identidade camponesa, pois essa forma de trabalho não coaduna com essa cultura de trabalho agrícola familiar na sua própria terra. Para garantir seu lugar ao sol, os jovens que compõem a terceira geração dos primeiros migrantes a se estabelecer naquela região se veem forçados a abandonar a sua identidade originária.

Além disso, a modernização agrícola introduzida na região, a partir de 50 anos atrás, inviabiliza sempre mais esse estilo de vida, uma vez que esse modelo de agricultura é de natureza capitalista, tendo como essência a produção para o mercado. Muitos camponeses perderam as terras por causa de dívidas, ou a venderam motivados pelas dificuldades de cultivo da terra e se mudaram para a periferia das cidades. A modernização capitalista da agricultura agrava a fronteira social e a identidade dos trabalhadores do campo, vendo-se obrigados a deixar o seu berço natal, o lugar de vivência e formação, assim como lhes é imposta uma fronteira que estrangula esse jeito peculiar de viver, arrancando-lhes as raízes. O êxodo rural é a transmutação de um espaço e forma de viver para outro, significando uma ruptura.

Relacionados a esse modelo de agricultura hegemônico e excludente, os pequenos e médios proprietários encontram grandes empecilhos para o trabalho na sua própria terra, já que as políticas do Estado não os beneficiam, pois são priorizados os grandes proprietários rurais e toda cadeia produtiva do setor chamado agronegócio. Os pequenos e médios agricultores, em qualquer parte do mundo, recebem subsídios do poder público para propiciar a viabilidade econômica desse setor. No Brasil, o poder historicamente auferido pelos grandes proprietários de terra impõe outra lógica, a que atende prioritariamente aos seus interesses. Enfim, há um conjunto de fatores sociais que afetam profundamente, ou impedem, o modo de vida camponês.

Os quatro irmãos, ao decidir emigrar para a fronteira no lado leste paraguaio, buscam dar continuidade à identidade camponesa por meio da luta pelo acesso a um pedaço de terra. Eles se submeterão a enormes sacrifícios para conseguirem a realização desse sonho. A sociedade organizada em bases estruturais capitalistas inviabiliza a pluralidade de formas de trabalho e produção e de vivência da diversidade de subjetividades étnicas e socioculturais, impondo barreiras, ou fronteiras, excluindo-as para privilegiar os interesses dos setores dominantes. Essa realidade perversa e injusta cria uma pesada carga de sofrimento mesmo para os trabalhadores que trabalham em seu próprio lote terra, pois o modelo agrícola predominante segue outra lógica de produção.

Os quatro irmãos nasceram em uma comunidade rural camponesa que, no início da década de 1980, tinha em torno de 50 famílias tradicionais (moradores antigos), todas elas possuidoras de uma pequena propriedade de terra. A média de terra de cada uma dessas famílias nesse período era aproximadamente entre 20 a 25 hectares, totalizando uma área de um pouco mais de 1.000 hectares de terra dividida entre elas. As demais comunidades rurais da redondeza eram muito semelhantes em termos de repartição da terra entre as unidades familiares. A família desse quarteto de irmãos tinha 23 hectares de terra; considerando que, além deles, havia mais três irmãos, totalizando uma família de sete filhos. A grande maioria dos núcleos familiares dessa comunidade tinha um número maior de filhos, o que aumenta o problema quando se trata da aquisição de um lote de terra para essa nova geração.

O nome da comunidade desses quatro irmãos refere-se a um termo usado para expressar a sua beleza, tão bonita é essa localidade. No meio dela, no sentido longitudinal (norte-sul), existe uma estrada que dá acesso a todas as propriedades de terra das famílias. Essa estrada é atravessada, no sentido leste-oeste, por uma rodovia federal que vai até o rio Uruguai, fronteira com a Argentina. Na sede da comunidade, fica, no centro, em destaque, a Igreja Católica, tendo também uma escola, um clube recreativo e o cemitério. Essa comunidade rural fica entre duas sedes municipais e pertence ao município que tem a sua cidade localizada na direção oeste, distante 2 km. A cidade do outro município fica na mesma distância, porém na direção leste. Quando a terra é bem partilhada, tudo fica perto, todos moram próximos uns dos outros.

Nas décadas de 1950 e 1960, muitas famílias inteiras dessa região migraram para a área de fronteira agrícola no extremo oeste dos estados de Santa Catarina e do Paraná. No estado paranaense, elas foram assentadas em projetos de colonização; e, na região catarinense, essas famílias se inseriram nas comunidades já estabelecidas onde havia terras baratas, embora de difícil trabalho pelo fato de estarem localizadas em áreas de relevo muito íngreme e rochosa. Vendia-se a pouca terra possuída no Rio Grande do Sul, e, com esse valor, comprava-se uma área maior nestas regiões de fronteira do Brasil. Foi uma solução encontrada para garantir trabalho para os filhos, pois o cultivo da terra só podia ser feito manualmente, o que demandava muita mão de obra. Além disso, existia a esperança de que nessa região haveria uma melhoria financeira, o que possibilitaria aos filhos um futuro melhor, inclusive o acesso a um pedaço de terra.

Dentre os tios dos quatro irmãos, nesse período ao menos 10 famílias migraram para o extremo oeste desses dois estados brasileiros. Apenas dois, após certo tempo, retornaram para a sua região de origem e voltaram a se estabelecer em pequenos lotes de terra. As outras famílias em condições parecidas não se animaram para migrar para esses estados, pois elas sabiam das dificuldades que encontrariam pela frente, considerando, entre outras, o desafio de reiniciar a vida no mato, a total falta de infraestrutura no local, além das condições das estradas de chão batido para fazer esse percurso e a dificuldade de comunicação. Na hora da despedida, com a mudança no caminhão, a emoção tomava conta de quem partia e de quem ficava, tendo a sensação de que nunca mais se veriam, exclamando em prantos "adeus Brasil", "nunca mais"! Embora a distância seja entre 400 e 500 km, devido às imensas dificuldades de toda ordem, a separação parecia ser uma fronteira geográfica intransponível na época.

À medida que os casais avançavam na idade, em boa parte das famílias, um filho ou filha ficava morando na propriedade para dar continuidade ao cultivo da terra, que, por sua vez, também constituía uma família. O problema era em relação aos demais filhos que também desejavam ter um pedaço de terra e viver do trabalho agrícola. Desses, a grande maioria tinha pouco estudo, o que impossibilitava uma boa inserção no mundo do trabalho no meio urbano. Mesmo assim, na falta de melhor alternativa, a tendência majoritária era migrar para as cidades para trabalhar como assalariado em empresas privadas, submetendo-se à exploração, a começar pela baixa remuneração.

Outro fator de ordem social, além da provocada pela modernização agrícola, que dificultou as condições de vida no campo foi a crise econômica e social vivida no Brasil a partir da segunda metade da década de 1970, após o pequeno período chamado de "milagre econômico", ou, como é dito pelos críticos, o período do "voo de galinha" (curto período de crescimento econômico). A década de 1980 foi chamada, em termos de produção de riqueza, de "década perdida", devido ao baixo crescimento econômico. A última fase do regime ditatorial se estendeu até meados dessa década. Essa crise nacional gerou seríssimos problemas sociais, empurrando um grande contingente da população para a pobreza, inclusive no meio rural, tornando-se o estopim para o fim da ditadura civil-militar. Essa crise nacional, ao afetar a vida no campo, intensificou o êxodo rural. Essa crise aconteceu justamente no período da juventude dos quatro irmãos, época da busca de sua independência pessoal por meio do trabalho e da constituição de sua própria família.

Nessa comunidade alguns jovens ingressaram em um movimento social de luta pela terra, no caso o Movimento dos Trabalhadores Rurais Sem Terra (MST), e, dessa forma, conquistaram seu lote, fazendo parte de assentamentos rurais. Eles conseguiram o acesso à terra mediante a luta política, por meio do exercício da cidadania, reivindicando o direito social a um pedaço de chão para trabalhar e viver do cultivo de alimentos. A terra é, na verdade, um bem da natureza que todos os trabalhadores que desejam viver na e da agricultura devem reivindicar e exigir do poder público, pois é um dos direitos mais primordiais dentre tudo o que pode ser desejado pelos seres humanos. É questão de justiça social, ainda mais considerando que o Brasil possui um território imenso e com as terras absurdamente concentradas. E, mais ainda, os alimentos são vitais para os seres humanos, por isso sua produção deve ser a prioridade em qualquer sociedade, o que requer o acesso à terra para quem deseja produzi-los. Esse direito contempla, portanto, um princípio social e ético básico para a garantia da dignidade humana. A luta política dos trabalhadores rurais sem terra é um meio legítimo para conquistar esse direito social do qual toda a sociedade se beneficia.

Outros jovens, incluindo algumas famílias novas, dentre as poucas alternativas disponíveis, optaram pela busca desse direito por meio da migração para o Paraguai a partir da década de 1970. Da condição social de pouca ou sem terra, com enorme sacrifício inicial, eles lutaram pelo acesso à própria terra em solo estrangeiro para dar continuidade à sua identidade camponesa. Eram terras de mata nativa, muito férteis, apropriadas para a agricultura, e vistas como baratas, o que facilitava a compra de um pedaço para quem estivesse determinado a se submeter às inúmeras adversidades nos primeiros anos no interior da floresta. Boa parte desse contingente de emigrantes camponeses não possuía recursos financeiros para desenvolver o trabalho agrícola e não dispunham de qualquer infraestrutura social na região fronteiriça.

O valor para a compra e a fertilidade da terra, no leste paraguaio, era contado em prosa e verso entre os trabalhadores rurais, despertando o interesse pela emigração de um número crescente de camponeses de descendência alemã na região da fronteira oeste dos estados do sul do Brasil. Nas décadas de 1970 e 1980, contando com o incentivo do Alfredo Stroessner – presidente ditador do Paraguai durante 35 anos (1954-1989) – para a ocupação pelos estrangeiros dessa vasta área de floresta, milhares de destemidos camponeses se mudaram para o outro lado da fronteira territorial na busca de acesso à terra negado no solo brasileiro.

Os quatro irmãos se somaram a esse contingente de emigrantes aventureiros. Sem possibilidade de conseguirem terra na pátria-mãe, e com pouca escolaridade, eles vislumbraram que a vida sonhada poderia se tornar realidade em solo estrangeiro. Entre os sete irmãos dessa família, três foram mais longe nos estudos: um concluiu o ensino médio, uma completou um curso de graduação, e outro cursou a pós-graduação (mestrado e doutorado); esses dois últimos são professores. Os outros quatro irmãos não chegaram a concluir o nível de ensino fundamental (na época chamado ensino de 1º. grau), pois as condições para o estudo na época eram extremamente precárias. São justamente esses quatro irmãos com pouca escolaridade que tentarão a sorte na fronteira paraguaia na década de 1980. A falta de perspectivas de vida, por meio do emprego, na cidade os levou à decisão ousada de se transferir para o outro lado do rio Paraná para dar continuidade à sua identidade camponesa.

Sara, que já mora há 38 anos no Paraguai – decisão tomada logo após seu casamento no ano de 1982 –, hoje, olhando para o seu passado vivido no Brasil, manifesta que não existiam perspectivas de trabalho com dignidade para uma jovem que estava procurando seu "lugar ao sol". Ela se pergunta: *"se eu e meu marido não tivéssemos ido para o Paraguai, o que nós íamos fazer no Brasil? O que íamos começar lá naquela época? Nem lugar para morar nós tínhamos lá. Não tínhamos nada!"*. Para ela, com pouca escolaridade e pertencente a uma família com pouca terra, o horizonte que se abria era atravessar para o outro lado do rio Paraná, atitude tomada quando tinha 20 anos de idade. Seu companheiro havia se mudado dois anos antes, em 1980, sozinho, período em que namorava Sara.

Luís foi o segundo desses irmãos a se transferir para a fronteira leste do território paraguaio, fato consumado no ano seguinte da emigração de sua irmã Sara. Ele aponta como motivo igualmente a não existência de terra para poder trabalhar e projetar seu futuro no meio rural. Além disso, ele menciona a baixa escolaridade como outro empecilho para a sua inserção no mundo do trabalho, situação comum aos quatro irmãos: *"eu não tinha estudo, pois eu não gostava de estudar, e os pais tinham pouca terra. Por isso decidi ir para o Paraguai"*. Por causa desses motivos, ele tomou a decisão corajosa de pegar a malinha e se mudar sozinho para o mato de terra fértil em solo estrangeiro aos 17 anos de idade, no ano de 1983.

Júlia, que emigrou para o território do país vizinho seis anos depois de seu irmão Luís, época em que já estava casada e tinha 25 anos de idade, explicita também as condições sociais adversas no Brasil para constituir uma família e ter uma vida digna no meio rural. Júlia e seu companheiro se mudaram para a fronteira paraguaia no segundo ano de casamento, em 1989. Ela aponta a dificuldade de acesso à terra como motivo principal para a emigração, incluindo nessa situação social seu companheiro:

> *[...] nós saímos do Brasil por causa de que as famílias já eram enormes e tinham pouca terra. Seria muito difícil conseguir viver bem sem ter um pedaço de terra para trabalhar. No Brasil a terra era muito cara, e no Paraguai a terra com mato era bem mais barata. Neste país nós teríamos mais futuro, por isso nós decidimos sair do Brasil.*

Jairo, por sua vez, foi o último dos quatro irmãos a transpor a fronteira territorial brasileira. Ele foi poucos meses depois de a sua irmã Júlia deixar o solo brasileiro. Estava com a idade de 24 anos e se encontrava no início do namoro; da mesma forma que os irmãos, viu que não estava diante de uma situação que lhe permitisse projetar um futuro promissor na sua terra natal, problema que o levou a decidir pela mesma aventura das suas irmãs e do irmão. Ele externa o que o encorajou a deixar tudo para trás e rumar para o país onde a terra o aguardava: "*[...] eu estudei pouco e os pais só tinham terra para eles no Brasil, e, quando eles compraram um pedaço no Paraguai, eu decidi ir lá para trabalhar. Era também o que os meus pais queriam que eu fizesse*". Assim, quatro dos sete irmãos, a exemplo de milhares de outros brasileiros, foram se aventurar no Paraguai para dar continuidade à vida camponesa, tendo no acesso a um pedaço de terra a condição imprescindível para esse projeto de vida. A terra para os camponeses é como o oxigênio para os seres vivos, sem ela a vida fica inviabilizada.

Lurdes, a mulher que Luís conheceu no solo paraguaio e com quem se casou e convive até hoje, é nascida também no Brasil, e sua família emigrou para a fronteira do país vizinho quando ela tinha 9 anos de idade. Ela frisa a falta de perspectivas para a melhoria das condições de vida no campo para ela e seus irmãos, tendo como causa a pouca terra possuída pela sua família, como fator central que motivou todo o grupo a tomar a mesma decisão: "*continuando lá no Brasil, nosso futuro seria trabalhar muito naquela mesma terra e nunca comprar algo a mais, melhorar as condições de vida, progredir. Talvez lá nós tivéssemos ficado sempre na mesma situação*". Se não tivessem emigrado, seus pais e filhos apenas conseguiriam o básico para a sobrevivência, sem o acesso às condições materiais para usufruir o conforto que demanda uma vida digna no meio rural.

A terra negada no território brasileiro é a vida camponesa impedida para esses jovens que desejavam constituir a sua família e viver dignamente no mundo rural. Um país de dimensões gigantescas não possibilita a seus cidadãos que almejam trabalhar na terra a aquisição de um pedacinho dela. São fronteiras sociais impostas por meio de uma estrutura e organização da sociedade capitalista que privilegia, explora e exclui, inviabilizando a continuidade da identidade camponesa: viver e trabalhar em seu pedaço de terra, cultivando-o, produzindo alimentos. São obstáculos, limites, divisas, margens, demarcações, fronteiras sociais e culturais criadas que levam parte dos brasileiros a buscar transpor outra fronteira, essa geográfica ou territorial, cruzando o rio Paraná para conquistar um pedaço de terra em solo estrangeiro.

# 2
# A VIDA NA TERRA SONHADA

A possibilidade da realização do desejado sonho da conquista de um pedaço de terra, uma vez negado no território brasileiro, é vislumbrada na área de floresta no país vizinho. Para os trabalhadores mais corajosos e ousados, a esperança é depositada na fronteira leste do Paraguai com a Argentina e o Brasil. Além de ser um desejo dos trabalhadores rurais com pouca ou sem terra, é também do interesse dos governos nacionais fomentar essa migração a partir da segunda metade do século XX.

Há exatos cem anos após a guerra da Tríplice Aliança (Brasil, Argentina e Uruguai) contra o Paraguai (1864-1870), a partir da década de 1970, imprimiu-se um processo de estreitamento das relações de cooperação econômica entre o Brasil e o Paraguai, ambos os países governados por presidentes ditatoriais. Uma das medidas adotadas, nessa interação bilateral, foi a intensificação da política de migração de camponeses brasileiros para este território estrangeiro. No ano de 2020, fez 150 anos do término dessa sangrenta guerra que provocou a morte de quase a totalidade dos homens adultos, a perda de 40% do seu território nacional e a ruína da sua estrutura econômica e social. Até hoje esse país não se recuperou dessa tragédia histórica.

Até a década de 1970, a fronteira leste paraguaia era tratada pelo Estado como área de Segurança Nacional, o que impedia a ocupação do território por estrangeiros na faixa de 50 km ao longo da divisa. Essa estratégia política em relação às terras da fronteira mudou a partir do início da modernização capitalista da agricultura, que consiste na mecanização, fertilização química e produção de monoculturas para o mercado, transformando esse setor em uma base produtiva para o desenvolvimento econômico nacional. Esse fato levou o governo paraguaio de Alfredo Stroessner a estimular a imigração de agricultores com experiência agrícola para a ocupação e produção nessa área de floresta fronteiriça. Os camponeses da Região Sul do Brasil, por sua vez, viam nessa política uma oportunidade para se apropriar de um pedaço de terra para desenvolver seu modo de vida. Nesse novo contexto de cooperação bilateral, possibilidades se abrem e limites se impõem nessa aventura migratória.

Já em período anterior, logo após o fim da Guerra contra o Paraguai (1870), começou o processo de imigração, apropriação e concentração de terras por estrangeiros. Na Constituição do Paraguai, no mesmo ano do fim dessa Guerra, foi aprovada a expansão ilimitada da propriedade privada, e 15 anos depois, em 1885, foi promulgada a *Lei de Venda de Terras Públicas*, ambas foram medidas adotadas com o objetivo de retomar o crescimento econômico. Porém, agora, o projeto econômico tinha como base o modelo capitalista de internacionalização dos capitais, assentado nos princípios liberais, sem mais o protagonismo econômico conduzido pelo Estado como fora antes da Guerra.

Esse cenário agrário no Paraguai muda profundamente a partir de meados do século XX, quando o General Alfredo Stroessner assume o poder, por meio de um golpe militar. Ele foi o presidente da República durante 35 anos (1954-1989) e governou o país sob um regime autoritário, autocrático e corrupto durante todo esse tempo. Existem várias denúncias, investigações e provas documentais, muitas admitidas por integrantes do próprio Governo de então, relacionadas às atrocidades cometidas por esse presidente durante esse longo período de governo: pedofilia, torturas, assassinatos, censura à liberdade, corrupção, narcotráfico, contrabando, perseguição aos políticos adversários, eleições fraudulentas, proteção a líderes nazistas da Alemanha após o fim da Segunda Guerra Mundial (1939-1945). Ele viveu 94 anos de forma impune, possibilitado pelo fato de ter tido o controle absoluto sobre toda a sociedade e de ter se exilado no Brasil em 1989, logo após ser destituído do poder do Estado por outro golpe militar, país onde morreu em 2006. A Cidade do Leste recebeu esse nome em 1989, após esse presidente ditador ser golpeado do poder, pois até então a cidade era chamada de Porto Stroessner.

Esse governo criou uma política de modernização capitalista da agricultura, o que levou a um processo intenso de imigração de estrangeiros para a compra de terras e produção agrícola para o mercado internacional. Havia vastas áreas de terras públicas, tais como o leste paraguaio que faz a divisa com o Brasil e a Argentina, e que foram disponibilizadas para a apropriação privada, o que resultou no projeto da Marcha para o Leste. Essa imensidão da floresta verde de mata nativa, com pequenas áreas até então ocupadas por camponeses posseiros brasileiros e paraguaios (ocupação não legalizada, sem a escritura da terra), tornou-se a terra desejada de milhares de trabalhadores rurais. Com essa mudança na política agrária e agrícola, essa região paraguaia torna-se uma área de expansão da agricultura, sendo, até então, uma reserva nacional do Estado integrada à estratégia política de Segurança Nacional.

Os regimes ditatoriais do Brasil e do Paraguai tinham como parte do projeto de crescimento econômico nacional a modernização capitalista da agricultura. Para tanto, a questão da estrutura agrária e a situação dos trabalhadores rurais foram dois fatores sociais que precisaram ser tratados politicamente por esses governos. No Brasil, já no primeiro ano do governo militar (1964), foi decretado o Estatuto da Terra, que previa a reforma agrária e a modernização capitalista da agricultura (produção mecanizada em grande escala de *commodities* para o mercado internacional). A reforma agrária nunca aconteceu com esses governos militares – assim como ela nunca foi feita antes nem depois desse regime político –; muito pelo contrário, houve uma maior concentração das terras com a introdução desse modelo agrícola. A reforma agrária prevista nesse Estatuto da Terra não estava nos planos dos governos ditatoriais brasileiros, fazendo-a constar no papel apenas como estratégia de legitimação política junto aos trabalhadores rurais e aos grupos sociais progressistas e de esquerda. O verdadeiro plano do governo conservador para esse setor produtivo era imprimir a inovação da agricultura mediante a preservação da estrutura concentradora das terras existente, beneficiando os grandes proprietários rurais, e não uma política de redistribuição dessas terras.

A única medida política adotada pelos governos militares brasileiros em relação ao acesso à terra pelos trabalhadores rurais foi a tentativa de sua remoção para projetos de colonização no estado do Mato Grosso, porém sem oferecer uma infraestrutura social adequada para viabilizar a produção e a vida decente nessa região do centro-oeste. Nesse sentido, a emigração desses trabalhadores do campo para o Paraguai foi aplaudida pelo governo brasileiro, contando com seu apoio, pois era uma forma de reduzir a pressão social dessa população por terra e condições de produção em seu país de origem. Enfim, essa emigração de camponeses brasileiros para a fronteira paraguaia era do interesse dos governos dos dois países: um desafogo sociopolítico no Brasil e a expansão agrícola desejada no Paraguai.

O Governo Stroessner, por sua vez, para viabilizar esse projeto agrícola, em 1963, no ano anterior ao lançamento do Estatuto da Terra brasileiro, modificou o Estatuto Agrário Paraguaio de 1940, permitindo novamente a venda de terras para estrangeiros, algo proibido durante 23 anos. O objetivo principal do governo era atrair os chamados colonos do sul do Brasil de descendência germânica para a apropriação das terras na fronteira leste e o desenvolvimento da agricultura por meio do uso dos recursos modernos, a aplicação dos conhecimentos e das experiências adquiridas por parte desses trabalhadores em suas regiões de origem. O governo facilitou a criação de empresas de colonização particulares para conduzir a comercialização das terras públicas.

Os incentivos governamentais estavam limitados à permissão, ou estímulo, da entrada e compra dessas terras e da destinação de recursos financeiros por meio do financiamento pelo sistema bancário para facilitar a produção, como a contratação de máquinas de esteira para a derrubada do mato e para a aquisição de máquinas e implementos agrícolas para o cultivo da terra. Lógico, os camponeses pobres estavam limitados à entrada e à ocupação da terra, não estando em condições de requerer recursos financeiros para a derrubada mecanizada do mato e a aquisição de máquinas e implementos para facilitar a produção. A esses trabalhadores descapitalizados restava iniciar a vida no mato por meio da efetivação manual de todo o trabalho e sem dispor da infraestrutura social mínima para seu benefício, tais como estradas, energia elétrica, escolas, hospitais, segurança pública. O único benefício que tinham era o acesso facilitado para a aquisição de terra devido ao preço, quando comparado com o valor das terras no Brasil. Ainda assim, uma quantidade expressiva de famílias não conseguiu comprar terra suficiente para garantir sua autonomia no trabalho agrícola.

O modelo de colonização e de produção agrícola adotado pelo governo paraguaio foi o iniciado anteriormente na Região Oeste do estado brasileiro do Paraná nas décadas de 1950 e 1960. Antes, na década de 1940, já existia uma política de ocupação dessa região de floresta com terra fértil apropriada para a agricultura, fazendo parte da chamada Marcha para o Oeste, um projeto implementado pelo governo do presidente Getúlio Vargas (1930-1945). No entanto muitas empresas privadas não desenvolveram a agricultura da forma prevista, fazendo com que o Estado retomasse as terras. Daí iniciou-se um projeto de colonização para a atração dos camponeses dos estados da Região Sul; a venda dos lotes de terra cabia a empresas de colonização privadas. Essa experiência foi exitosa e serviu de modelo ao governo paraguaio.

Os agricultores que migraram para essa região da fronteira paranaense eram descendentes alemãs oriundos, principalmente, dos estados de Santa Catarina e do Rio Grande do Sul. Por sua vez, as terras paraguaias disponíveis ficavam na mesma região, localizadas apenas no outro lado do rio Paraná. Várias empresas colonizadoras das terras do extremo oeste paranaense comercializaram vastas áreas de terras no lado paraguaio da fronteira. Além desse segmento de trabalhadores rurais, desde o início, foram vendidas áreas para grandes latifundiários e grupos empresariais estrangeiros de vários países do capitalismo central. Existem microrregiões, incluindo cidades, com o predomínio de proprietários de terra vindos diretamente da Alemanha, assim como dos EUA. De acordo com pesquisas, estima-se que atualmente 25% do território paraguaio está em mãos de estrangeiros; e 15% da terra tem como proprietários indivíduos oriundos do Brasil, concentrados na região da fronteira leste.

Os brasileiros que emigraram e fixaram residência no Paraguai são chamados de "brasiguaios", um termo que faz a junção das duas nacionalidades assumidas por essa população. O termo foi cunhado em meados da década de 1980, quando brasileiros que moravam no Paraguai retornaram e integraram o Movimento dos Trabalhadores Rurais Sem Terra (MST) no estado do Mato Grosso do Sul. Esse grupo de acampados e depois assentados foi chamado de "brasiguaios". O referido fato sinaliza a dificuldade de os pobres terem acesso à terra na fronteira do país vizinho, o que faz com que parte deles retorne ao país de origem; alguns integram movimentos sociais para, por meio da luta política, obter um pedaço de chão. Nesse período estava acontecendo no Brasil a transição do regime militar para o democrático-liberal (1985), tendo como uma das pautas a realização da reforma agrária, configurando-se em uma realidade política que estimulou esse retorno e a intensificação das lutas protagonizadas pelos movimentos sociais sem terra.

A construção da Ponte Internacional da Amizade sobre o rio Paraná, interligando a passagem nos dois países nas cidades de Foz do Iguaçu e Cidade do Leste (Ciudad del Este), iniciada em 1959 e concluída em 1965, faz parte desse projeto inicial de aproximação das duas nações por meio da ampliação do intercâmbio comercial e agrícola. O próprio nome da ponte aponta para a intenção desse estreitamento das relações. Dessa forma, uma das rotas para a escoação da produção agrícola será por meio dessa via rodoviária, passando por essa ponte, cruzando todo o estado do Paraná até chegar ao seu destino, o porto marítimo de Paranaguá-PR. A produção agrícola destinada ao mercado exterior era uma estratégia política do presidente Stroessner para se legitimar no poder do Estado de forma ditatorial, visando, dessa forma, a angariar apoio político da comunidade internacional. Nesse sentido, o fortalecimento das relações diplomáticas e comerciais com o Brasil também atende a esse propósito.

O aumento fenomenal do fluxo migratório acontece a partir da década de 1970, proporcionado pela expulsão de milhares de camponeses brasileiros do campo devido à mecanização da agricultura, à oferta de terra fértil e barata na região fronteiriça do leste do Paraguai, e favorecido pelo fortalecimento da cooperação bilateral. Um dos grandes projetos que selam essa integração econômica entre os dois países, e que foi também um fator da emigração em massa de brasileiros para o território paraguaio, foi a construção da Usina Hidrelétrica Binacional de Itaipu, obra ambiciosa aprovada em 1973, iniciada em 1978 e concluída apenas em 1991. Essa hidrelétrica se tornou o maior símbolo da aproximação das duas nações durante o regime militar.

A represa dessa Usina de Itaipu, cuja lagoa se formou a partir de 1982, inundou uma vasta área de terras férteis ocupada por camponeses no extremo oeste paranaense, provocando a expropriação de, aproximadamente, quarenta e três mil pessoas. Uma parte expressiva desses trabalhadores rurais "pulou" para o outro lado do rio Paraná, adquirindo um pedaço de terra no Paraguai e, dessa forma, recomeçando a vida no interior do mato. Esses paranaenses se somaram às grandes levas de trabalhadores rurais vindos dos outros dois estados da Região Sul do território brasileiro, cruzando também a Ponte da Amizade com o sonho de se apropriar de um pedaço de chão na fronteira paraguaia.

Uma grande coincidência étnica foi que o período inicial dessa intensificação da cooperação e o impulso migratório ocorreram quando o general Ernesto Beckmann Geisel era o presidente do Brasil (1974-1979). Geisel, assim como Stroessner, é filho de imigrantes alemães; seu pai veio da Alemanha na década de 70 do século XIX, mesmo período da chegada do pai do presidente paraguaio. Ernesto Geisel nasceu em Bento Gonçalves-RS, em 1907, município de famílias de colonização de imigrantes italianos, com apenas duas famílias alemãs assentadas: Geisel e Dreher. Porém ele passou a infância na região de descentes alemães nos municípios de Teotônia e Estrela, que ficam próximos de Bento Gonçalves. Essa origem de Geisel pode ser considerada um fator adicional para a aceleração do fluxo de emigração de camponeses de descendência alemã da Região Sul do Brasil no seu período de governo. Da mesma forma, esse fator pode ter contribuído para a acolhida desses trabalhadores rurais pelo outro presidente de descendência alemã, Alfredo Stroessner.

Toda Região Leste do território paraguaio era uma área pouca habitada por gente até 1960. Havia algumas pequenas áreas de terra ocupadas no interior da floresta pela população camponesa paraguaia e estrangeira para a produção de alimentos, basicamente, para subsistência. Nessa vasta região verde, não havia cidades, apenas pequenos povoados nos locais de ocupação das terras. Eram pequenos clarões de roças abertos na floresta, que tomava conta dessa região fronteiriça. Os dois estados da Federação do Paraguai, chamados nesse país de departamentos, que mais receberam imigrantes brasileiros são, pela ordem, Canindeyú, que fica na região ao lado da cidade brasileira de Guaíra-PR, e Alto Paraná, que está localizado na parte central da fronteira leste, na parte do território onde se encontra a Cidade do Leste, a Ponte da Amizade e a cidade brasileira de Foz do Iguaçu. Os "brasiguaios" ocupam mais de 60% da terra do estado de Canindeyú e acima de 55% da área do estado de Alto Paraná.

Há ainda outros estados limítrofes no leste paraguaio que também contam com a apropriação de suas terras por um elevado número de "brasiguaios". O estado de Amambay, que fica situado ao norte de Canindeyú e ao lado de Mato Grosso do Sul, e o estado de Caaguazú, que fica ao lado do Alto Paraná, estão com a quantidade aproximada de 35% das terras nas mãos de proprietários nascidos no Brasil. Os estados de Itapúa e Caazapá, localizados ao sul de Alto Paraná, estão com 20% e 14% das terras, respectivamente, sob o domínio de gente que emigrou do Brasil. Portanto, o estado do Alto Paraná e aqueles situados em seu em torno configuram a região da fronteira paraguaia mais procurada pelos brasileiros para a apropriação das suas terras. O Governo Stroessner promoveu a concessão para a iniciativa privada de cerca de 12 milhões de hectares de terras públicas, representando a metade da terra propícia para a agricultura naquele país, a maioria destinada para os estrangeiros. Esses compraram pequenas, médios e grandes áreas de terra. No início da década de 1990, eram cerca de 400 mil camponeses "brasiguaios" residentes na fronteira paraguaia. No período inicial de ocupação, essa terra era adquirida pelo valor de 10% do seu preço no Brasil, o que facilitava a realização do sonho da aquisição de um pedaço de terra.

Os quatro irmãos que emigraram, na década de 1980, para o Paraguai foram todos em busca de terra no estado do Alto Paraná. Assim como eles, a grande maioria dos camponeses de descendência alemã oriunda da mesma microrregião no sul do Brasil se estabeleceu nessa área da fronteira. Isso se explica por dois fatores principais. Um é a busca da vivência aproximada entre os parentes, amigos e conhecidos para facilitar as relações de convivência social e para praticar a ajuda mútua nos momentos de necessidade, dadas as dificuldades de toda ordem encontradas em uma sociedade estrangeira para as quais eles não estavam preparados para uma inserção adequada e segura. Dessa forma, foram reproduzidas, em solo paraguaio, as relações sociais vividas na terra de origem, incluindo toda a tradição cultural. Nessa região ocupada por eles, onde criaram dezenas de comunidades, povoados e pequenas cidades, a sensação ainda hoje é a de que se está circulando na região de origem no Brasil. Essa cultura ainda é, em grande medida, a predominante, mesmo com as novas gerações mais integradas à cultura do Paraguai e com uma migração maior da população paraguaia para trabalhar na região de apropriação das terras pelos "brasiguaios".

Outro fator de priorização do estado de Alto Paraná é a qualidade da sua terra, vermelha e argilosa, igual à terra ao lado, na região brasileira do extremo oeste paranaense, bem como muito semelhante à terra na região originária desses quatro irmãos. É uma terra de relevo plano, muito fértil, excelente para a agricultura. A experiência já desenvolvida no trabalho agrícola em solo semelhante no Brasil é um componente que contribui para o correto trato da terra, obtendo o aumento da produtividade, o que favorece a melhoria das condições de vida desses camponeses, algo sonhado quando decidiram pela emigração. A elevação da produção agrícola, principalmente tendo em vista a sua exportação, igualmente foi um dos objetivos do governo do Paraguai ao estimular a expansão da agricultura para essa região fronteiriça.

O presidente Alfredo Stroessner, natural de Encarnación – cidade localizada na região extrema do sudeste paraguaio, às margens do rio Paraná, que tem, do outro lado, a cidade argentina de Posadas –, talvez pelo fato de ser de descendência alemã, tinha uma clara predileção pelos trabalhadores originários dessa ancestralidade para integrar a população nacional de origem hispânica e, acima de tudo, de povos indígenas. Além da experiência desses agricultores de origem alemã no cultivo da terra nas pequenas e médias propriedades, vista como fundamental para introduzir a inovação e produtividade agrícola, eles também teriam, de acordo com a política velada desse governo, a função de "civilizar" os povos indígenas nativos, ensinando-os o trabalho na terra de maneira moderna. Relacionado a isso, nessa política de europeização, estava a intenção de promover, junto a essa população, um comportamento social de assimilação da cultura do progresso, da ética para o trabalho, do espírito capitalista, do desejo de enriquecimento.

Esses povos nativos eram vistos como "inferiores" e "atrasados" no trabalho agrícola pelo fato de priorizarem a subsistência familiar e de não usarem os recursos tecnológicos modernos disponíveis para o aumento e a expansão da produção, o que propiciaria a elevação na arrecadação de impostos e da geração de divisas para o Estado por meio da exportação desses produtos. A visão racista de que existem raças – sendo umas inferiores às outras, e não a de que os povos são iguais com culturas diferentes – e de que é preciso "purificar", "embranquecer" e "elevar" a forma de ser da população nacional, por meio do tratamento privilegiado aos povos de "sangue mais nobre", é uma ação política típico dos governos ditadores de direita e de todos os demais defensores do autoritarismo alinhados ao fascismo. Essa concepção social eugenista – seleção e favorecimento de grupos humanos vistos como "superiores" para a "melhoria genética" da população nacional – é, claramente, uma estratégia política conservadora para legitimar o favorecimento de determinados grupos ou classes, perpetuando, assim, a ordem social hierárquica, ou classista, e a continuidade, ou o aprofundamento, da desigualdade social vigente.

Essa vasta floresta margeando o rio Paraná era riquíssima em flora e fauna. Havia várias espécies de árvores de grande valor: angico, cedro, ipê, canela, grápia, marfim, guaju vira, timburi, lapacho, canjarana. Toda essa maravilha da natureza começou a ser derrubada e queimada para ceder espaço ao cultivo da monocultura agrícola, basicamente, da soja, do milho e do trigo. Existia também uma fauna exuberante em diversidade, com centenas de espécies de aves, diversos tipos de peixes, assim como de animais silvestres. Entre esses existiam, em abundância, cutia, quati, javalis, paca, capivara, lebrão, macaco. Tinha também uma variedade de cobras venenosas, tais como a cascavel, jararaca, urutu, coral, caninana. Esse mar verde, ao lado do rio Paraná, era um espetáculo da natureza, um viveiro formado pela vegetação e pelos animais, um ambiente de harmonia entre flora e fauna.

A derrubada do mato teve como destino a extinção, além da vegetação, de quase totalidade dos animais, pois seu habitat natural foi destruído. Toda essa beleza natural foi sendo substituída pelas lavouras. O mato que hoje ainda existe são pequenas ilhas em meio às plantações de soja. As espécies de animais que restaram são alguns exemplares que testemunham o zoológico sem cercas, sem fronteiras, que existia outrora. Devido ao assoreamento dos rios, à aplicação de agrotóxicos na plantação e à pesca predatória, muitas qualidades de peixes hoje estão quase exterminadas. A intervenção humana mudou a paisagem daquela região, decretando o fim da vida vegetal e animal nativo que compunha a fronteira paraguaia.

O que hoje resta nesse espaço do território é uma riqueza hídrica incalculável, pois se trata de uma região localizada no centro do aquífero guarani, que consiste em um gigantesco depósito de água doce no seu subsolo. Na superfície se encontram inúmeras nascentes de água, centenas de córregos e dezenas de rios, tendo ao leste, como limite territorial, o rio Paraná. Esse, depois de ser um patrimônio natural exclusivo dos brasileiros, é compartilhado com o Paraguai a partir da cidade de Guaíra, fazendo a divisa entre os dois países. Um pouco mais ao sul, na cidade de Foz do Iguaçu, os brasileiros entregam-no totalmente para os irmãos paraguaios e argentinos, quando ele assume a função de fazer a divisa territorial entre esses dois países.

Antes de o rio Paraná ser entregue aos países vizinhos, os brasileiros utilizavam as suas águas para produzir energia elétrica em parceria com o Paraguai, represando-o e fazendo precipitar as suas águas na Usina Hidrelétrica de Itaipu. Depois, mansamente, ele passa por baixo da ponte da Amizade e, logo em seguida, recebe o rio Iguaçu após esse protagonizar a beleza indescritível das Cataratas do Iguaçu, e assim vai tomando o rumo na direção da bacia do Prata. Antes, esse rio Paraná se encontra com o rio Paraguai, acolhendo as suas águas, e, já próximo do seu destino final, encontra e abraça também o rio Uruguai; ambos formam o Rio da Prata para, finalmente, ele despejar suas águas doces no Oceano Atlântico. É um rio que acolhe o Paraguai, integrando esse país à Tríplice Aliança, sem criar, em toda a sua existência, nenhum problema com esse país.

As pequenas áreas de terra ocupadas pelos camponeses paraguaios e estrangeiros, para desenvolver a agricultura de subsistência, eram consideradas posses, e não propriedades escrituradas, ou legalizadas. Eles se apossaram, por iniciativa própria, de pedaços da terra desabitada pelos seres humanos, por isso eram denominados de posseiros. As empresas de colonização pagavam, no máximo, uma pequena indenização para a desocupação da terra por estes trabalhadores rurais. Quando eles ofereciam resistência, eram expulsos de suas posses com o uso da força, contando, para isso, com o aparelho repressor do Estado. São as diferentes fronteiras impostas aos trabalhadores rurais. Essa realidade criou alta tensão no período da compra de terra pelos estrangeiros, e até hoje existem litígios agrários em certas microrregiões.

Nessa região de colonização, ainda existe um número considerável de localidades com lotes de terra nas mãos de camponeses nativos do Paraguai, assim como vários povoados constituídos, quase exclusivamente, por essa população. São ilhas formadas por camponeses paraguaios no interior da fronteira agrícola ocupada por imigrantes. Esses camponeses nativos conseguiram resistir à ofensiva do projeto agrícola do governo. Essa resistência foi possível pelo fato de já estarem vivendo em comunidades, situação que facilitou a organização para a defesa na época do avanço dos estrangeiros sobre essas terras. Da mesma forma, em determinadas áreas nessa região, encontra-se uma quantidade expressiva de médios e grandes proprietários de terra que são de origem paraguaia. Esse grupo nativo, nesse país, conseguiu se apropriar de extensões de terra mediante compra, ou doação feita pelo governo aos apoiadores do regime militar, uma estratégia de cooptação política.

Assim como, entre os próprios paraguaios, a apropriação da terra na fronteira ocorreu de forma desigual, tendo os pequenos, os médios e os grandes proprietários, aconteceu entre os imigrantes. Existem europeus, norte-americanos e brasileiros donos de grandes extensões de terra e o amplo predomínio dos produtores agrícolas formado por pequenos e médios proprietários. A realidade social era tão díspar entre os estrangeiros que migraram para a fronteira que alguns foram com uma quantidade considerável de recursos financeiros, enquanto um grande contingente foi sem nada. Dentre esses trabalhadores pobres, uma parte expressiva trabalhou inicialmente como arrendatário na terra de mato de propriedade de terceiros, embora sonhasse com seu próprio pedaço de terra.

O contrato de arrendamento autorizava aos trabalhadores a derrubada do mato o quanto quisessem, ou pudessem, assim como a apropriação de toda a produção nos três primeiros anos. Essa foi uma forma encontrada pelos proprietários para a limpeza da sua terra de maneira gratuita. Quanto mais mato fosse derrubado, melhor! Outro contingente desses imigrantes sem recursos financeiros trabalhou um período inicial nas lavouras alheias na condição de empregado. Depois de um tempo, com as economias feitas a duras penas, um número expressivo conseguiu adquirir um pedaço de terra de mata nativa, mas não tinha recursos para fazer a destoca das árvores cortadas, o que impedia a realização das atividades agrícolas por meio de máquinas devido aos tocos dessas árvores, o que exigia que todo o trabalho fosse feito de maneira manual. Em poucos anos, esses camponeses pobres tiveram que iniciar, por duas vezes, a vida a partir do zero no que se refere à derrubada do mato; na primeira oportunidade, em terra arrendada, e na segunda, em seu próprio lote.

No começo a infraestrutura social era algo inexistente. O que havia era terra abundante e fértil e mato para ser derrubado. Nem sequer havia estradas decentes. Os trabalhadores rurais não puderam contar com energia elétrica, comércio e serviços públicos básicos, tais como saúde, educação, segurança. O Estado estava ausente nesse espaço. As demandas por mantimentos para o consumo, ou serviços de saúde, eram alcançadas por meio do deslocamento para as cidades distantes, o que se tornava em uma via crucis para os trabalhadores pobres. A Rota 6, ou rodovia da fronteira centro-sul, que faz a ligação das cidades Cidade do Leste e Encarnação, teve o asfaltamento concluído em meados da década de 1980. Até então, nas épocas de chuva, a terra se transformava em um barro liso e escorregadio como se fosse sabão, devido à sua composição argilosa (terra de pó fino sem a presença de areia), o que tornava a chegada ao destino em algo incerto. O mesmo acontecia, e ainda acontece, nas outras estradas não asfaltadas.

A mãe dos quatro irmãos, na ocasião da primeira visita feita à sua filha Sara, no ano de 1982, acompanhada do seu companheiro, relembra a aventura enfrentada pelo casal na estrada de chão, no território leste paraguaio, até chegar ao destino:

> [...] nós demoramos dois dias e meio até que chegamos no Paraguai. Nós fomos por Santa Catarina, Paraná, Foz do Iguaçu, até chegar no Paraguai. Quando chegamos neste país, aí começou a chover sem parar! Toda estrada era de chão batido, não asfaltado. Volta e meia tínhamos que descer da Kombi, e empurrar ela, pois ficava atolada no barro. Depois íamos um pequeno pedaço, e aí novamente atolava e descíamos para empurrar ela. E assim fomos indo, andávamos um pouco, descíamos para empurrar esse carro.

A viagem estava prevista para durar um dia, com a saída bem cedo e a chegada ao destino no início da noite. Mas a condição da estrada não permitiu o planejado pela turma de passageiros que lotava a Kombi. O relato dessa primeira viagem para o Paraguai segue:

> [...] no final do dia, quando estava começando a escurecer, atolamos de novo! A sorte foi que o motorista conhecia o morador que morava perto. Ele disse: "temos que ficar aqui, amanhã a gente segue". Nós fomos naquele morador, jantamos e dormimos na casa dessa família. Eram pessoas muito boas! Muito mesmo!

Por causa da situação da estrada nos dias de chuva, o motorista da Kombi conhecia todos os moradores ao lado dessa estrada, pois, na hora do aperto, ele os procurava para pedir ajuda. A mãe desses irmãos conclui a narrativa dessa aventura digna de um roteiro para um filme da seguinte maneira:

> [...] no outro dia seguimos a nossa viagem, aí o tempo estava um pouco melhor. Mas ainda era longe! Depois de um bom trecho andado, atolamos outra vez! Já era no final da tarde, por isso ficamos de novo numa família para dormir! No dia seguinte

*conseguimos tirar o carro afundado na lama, e continuamos. Aí o motorista falou: 'ao meio dia estaremos lá'. Chegamos à casa da nossa filha as 14:00 horas.*

Hoje predomina, amplamente, o modelo agrícola empresarial denominado de agronegócio, com a utilização da tecnologia moderna para a produção em larga escala de monoculturas, principalmente da soja, para o mercado internacional. Os grandes e médios proprietários adotam esse modelo de produção agrícola: utilização de máquinas modernas, fertilização química, aplicação de inseticidas e herbicidas, realização de empréstimos junto ao mercado financeiro. Os apropriadores de vasta extensão de terra possuem silos para a secagem e o armazenamento da produção dos grãos, estabelecem convênios com a indústria e o sistema financeiro e dominam o poder do Estado. Vários deles possuem empresas com a finalidade de comprar e exportar os produtos dos médios e pequenos agricultores e a comercialização de máquinas, implementos e insumos agrícolas. Esse setor busca a maximização da produção agrícola, que tem, como efeitos maléficos, a destruição do meio ambiente e a expansão de um modelo de agricultura que estrangula a produção camponesa.

Os pequenos produtores rurais ainda existentes na fronteira leste do Paraguai procuram resistir a esse modelo agrícola perverso, em termos de justiça social, e predador da natureza. Há um claro processo de concentração das terras e de exclusão dos pequenos proprietários rurais, por meio da crescente inviabilização do cultivo da terra pelo sistema tradicional. Para quem não consegue se integrar ao modelo de agricultura dominante, a tendência é a venda da terra por parte das novas gerações e a busca por trabalho no meio urbano. Os pequenos proprietários resistentes que adotam o modelo camponês desenvolvem a policultura, ou seja, produzem várias espécies de vegetais para servirem de alimento para o próprio consumo e a destinação de uma parte para o mercado, assim como criam animais com a mesma finalidade, como porcos, frangos e vacas leiteiras. Esse segmento do mundo rural é o verdadeiro produtor de alimentos para a sua família e para a população em geral.

No decorrer dos anos, com o aumento da produção e a melhoria da infraestrutura social, houve um expressivo crescimento das cidades nessa região, o que fez com que o setor de serviços também se expandisse, principalmente o comércio. Esse setor se tornou um meio de trabalho assalariado para muitos jovens filhos de pequenos proprietários de terra ou assalariados rurais. As terras atualmente estão muito valorizadas, com um preço equivalente ao cobrado no Brasil, o que impossibilita a nova geração de se apropriar de um pedaço de chão, restando-lhe o emprego urbano. Portanto, paralelamente à modernização agrícola, nessa região há um processo de diversificação das atividades econômicas, crescimento das cidades, oferta de emprego e aumento da migração, inclusive de trabalhadores de origem paraguaia.

Diante das dificuldades iniciais encontradas no mato paraguaio, parte significativa dos trabalhadores rurais pobres não resistiu e decidiu pelo retorno ao Brasil. Outro contingente não conseguiu pagar as dívidas bancárias, principalmente por causa de fatores naturais que reduziram as expectativas em relação às safras esperadas, bem como devido aos baixos preços dos produtos, o que fez com que perdessem a terra para os bancos, ou a vendessem para saldar dívidas. Outra parte desses trabalhadores vendeu seu pequeno pedaço valorizado e migrou para outras áreas agrícolas em expansão para a aquisição de uma quantidade maior de terra, fato oportunizado por causa do preço mais acessível. Há, portanto, uma intensa migração interna na região fronteiriça, tanto para espaços de expansão agrícola como para as cidades. Outros trabalhadores rurais, já com certa idade, deixam a terra para os filhos e retornam ao Brasil para obter melhores condições de tratamento da saúde e acesso a outros serviços públicos, algo possível pelo fato de terem mantido a cidadania brasileira.

A entrada na terra da fronteira desejada pelos camponeses do estado brasileiro do Rio Grande do Sul dá-se pela Ponte Internacional da Amizade (Cidade do Leste), ou pela Argentina, nesse caso ingressando no Paraguai na cidade de Encarnação, localizada ao extremo sudeste do país. A distância a ser percorrida pelos trabalhadores sul-rio-grandenses para ingressar nas terras paraguaias pelo estado do Paraná, via Ponte da Amizade, é o dobro quando comparada ao trajeto que pode ser feito pela Argentina. Nessa via, até o final da década de 1980, o problema era a fiscalização severa nas aduanas argentinas, o que dificultava a passagem com mercadorias. A partir do início da criação do Mercado Comum do Sul (Mercosul), em 1991, aos poucos, a fiscalização foi atenuada, mantendo o rigor apenas com a documentação pessoal. A partir dessa década, a rota pela Argentina passou a ser o caminho preferido para as viagens desses camponeses, assim como para os visitantes.

Diante do contexto social da terra negada no território brasileiro e da disponibilidade de terra no outro lado do rio Paraná, um dos assuntos predominantes, nas conversas entre os trabalhadores rurais, no período que abrange, principalmente, as décadas de 1970 e 1980, era a possibilidade da emigração para o Paraguai. Tratava-se de uma das saídas para o enfrentamento da crise social vivida no Brasil e a busca de novas perspectivas para quem desejasse trabalhar em seu próprio pedaço de terra. Cada um e uma que já residia nesse país vizinho, quando voltava para passear, falava maravilhas sobre as possibilidades da realização desse sonho no outro lado da fronteira brasileira, região de terra abundante, fértil e barata. Parecia uma nova "terra prometida", uma reprise da luta protagonizada pelo povo hebreu! Para quem ia conhecer a região, voltava encantado sobre o que viu, arrumava a mala e retornava para permanecer em definitivo. Os parentes e amigos eram os principais mensageiros dessa boa nova. No entanto, em meio ao encantamento, não se ignoravam as dificuldades iniciais que se apresentavam no interior do mato para os trabalhadores empobrecidos.

A fronteira leste do Paraguai nutria, nos camponeses jovens sem terra, na Região Sul do Brasil, a esperança de acessar um pedaço de terra para dar continuidade à sua vida familiar, comunitária e camponesa, a uma determinada identidade sociocultural. Essa parte do território estrangeiro era vista e encarada como a terra das oportunidades para os camponeses excluídos da terra. Essa emigração rural também era de interesse do governo paraguaio para a realização de seu projeto de desenvolvimento agrícola na região, bem como para o governo brasileiro com a sua estratégia política de redução da pressão social por terra no Brasil. Aproximadamente, 400 mil brasileiros criaram coragem e emigraram, estabelecendo-se nessa imensidão da floresta com terra fértil e barata, tornando-se "brasiguaios". O número não é maior porque uma quantidade expressiva de trabalhadores não suportou as dificuldades, principalmente provocadas pela falta de recursos financeiros e de infraestrutura social, que os levou à decisão de retornar para a região de origem. Quatro irmãos da mesma família decidiram fazer essa aventura na busca de um pedaço de terra da fronteira paraguaia para dar continuidade ao jeito de viver aprendido desde a infância.

# 3
# A VIDA NA TERRA ALHEIA

Migrar para regiões de expansão da fronteira agrícola era uma das saídas encontradas para quem quisesse continuar a vida camponesa e não tinha condições financeiras para adquirir um pedaço de terra em sua região natal. A notícia que corria, entre os trabalhadores rurais, era a de que, no outro lado do rio Paraná, na fronteira leste do Paraguai, havia a condição essencial negada no país de origem: terra fértil e barata. A partir do início da década de 1970, milhares de agricultores sem terra, principalmente jovens e famílias novas, arrumaram a mala e encararam essa aventura no meio do mato em solo estrangeiro. É nesse espaço de fronteira que buscam realizar seu sonho.

Entre os camponeses brasileiros da Região Sul que decidiram emigrar para as terras vistas como promissoras, as condições materiais eram diferenciadas. Havia trabalhadores com pouca terra, insuficiente para sustentar a família com dignidade, e outros que só tinham terra debaixo das unhas, como eles dizem, ou seja, não tinham nada. Grande parte da juventude rural brasileira, que estava ensaiando os primeiros voos solo, não tinha para onde ir, onde pudesse ter boas perspectivas de vida. Para agravar a situação, esse contingente tinha pouca escolaridade, fato que reduzia as chances de um bom emprego na cidade. Mesmo assim, a maioria dos jovens enveredou por esse caminho e migrou para o meio social urbano para trabalhar em condições de muita exploração, além de implicar o abandono da identidade camponesa.

No contexto histórico da gravíssima crise econômico-social brasileira, principalmente no período de 1975 a 1990 – aliada à modernização agrícola excludente, o que afetou profundamente a vida dos trabalhadores do campo –, um significativo alívio veio no final do ano de 1988. Trata-se da aprovação da nova Constituição Brasileira que instituiu a aposentadoria de um salário mínimo para as mulheres e os homens trabalhadores rurais a partir de 55 e 60 anos de idade, respectivamente. Esse direito social foi uma conquista essencial que viabiliza, embora com dificuldades, a permanência de parte dos camponeses tradicionais em suas terras. Obviamente, essa política social não contempla os jovens que almejavam a inserção e afirmação no meio rural. Na mesma ocasião, a reforma agrária foi rejeitada pela maioria dos parlamentares constituintes, o que representou um duro golpe para os trabalhadores rurais sem terra.

Nesse contexto social brasileiro adverso, vivia a geração jovem integrada pelos quatro irmãos. Justamente nesse tempo de "vacas magras", esses irmãos, assim como milhares de outros na mesma situação, enfrentaram a dura realidade de deixar o país, emigrando para a fronteira paraguaia. Eles partiram sem nada em termos materiais, e seus pais, da mesma forma, por mais que quisessem, não puderam ajudar em quase nada! Mesmo assim, em anos diferentes, com coragem, determinação e esperança na alma e uma malinha na mão, esses irmãos encararam o desafio, sabendo das enormes dificuldades que enfrentariam no meio do mato com as mãos abanando. É o poder do sonho! O sonho de conquistar um pedaço de terra se sobrepôs a todos os obstáculos. A única coisa que eles tinham na bagagem era a coragem alimentada por esse sonho.

Deixar para trás a família, a comunidade e os amigos representa um parto dolorido! É romper com os afetos acalentados por um convívio criados desde a infância e partir rumo ao incerto, ao inusitado, ao desconhecido, ao estranho. É se lançar para uma realidade totalmente nova. A esperança no "futuro melhor", que é a expressão mágica usada por todos os emigrantes, faz parte, a partir de então, da vida desses trabalhadores. Para os familiares, não é nada fácil ver e sentir filhos e irmãos os deixarem dessa forma e para esse lugar. A mãe dos quatro irmãos fala, referindo-se diretamente à filha Sara e a seu genro Jacó, que foram os dois primeiros a emigrar, fato acontecido em 1982:

> [...] *nós ficamos com muitas saudades! Meu Deus! Nós os apoiamos, porque o Jacó já tinha ido ao Paraguai dois anos antes, e ele disse que gostou de lá, que é muito bom. Por isso a Sara também gostou, e disse: 'então vamos'! Mas, o que a gente sentiu de saudades e medo porque eles viviam no mato! A gente não pode imaginar como vivíamos em casa, como sofríamos, pensando sempre na filha e no genro. Não era nada fácil para nós! Nós entregamos tudo nas mãos de Deus!*

Essa experiência dos pais de encarar a saída de casa dos filhos, ainda jovens, para iniciar uma aventura, e sem poder ajudá-los, é uma situação geradora de profunda angústia, tristeza. Uma filha da Sara e do Jacó lembra que seu pai teria dito que o vovô, pai do seu pai, estando muito doente, teria ficado muito triste com a mudança dele para o Paraguai. Jacó se mudou ainda solteiro, no ano de 1980. *"O pai contava para nós que o vovô adorava o meu pai porque ele sempre foi muito sério e trabalhador, e teria ficado muito sentido, muito triste quando ele se mudou para o Paraguai."*

Júlia, por sua vez, conta que os familiares de seu companheiro Lauro também tiveram que suportar intensas dores quando o casal, vários anos depois da Sara, em maio de 1989, partiu para a fronteira leste do Paraguai. A mãe dele, com idade avançada, queria que seu filho ficasse morando com ela. Júlia relata:

> *[...] a nossa despedida aqui foi muito triste! Teve muito choro por parte dos irmãos do Lauro. A mãe dele não se conformava, ela não queria que nós fôssemos morar no Paraguai; ela queria que ficássemos para cuidar dela. Isso ela sempre desejava, ela sempre falava! Ela várias vezes disse para o Lauro: "agora, depois de casado, você quer morar no mato!". Ela sabia que seria muito difícil para nós.*

Lauro, para amenizar a situação, conseguiu que um de seus irmãos ficasse responsável pelos cuidados da mãe. Ele já estava morando ao lado, o que facilitava permanecer próximo dela, não a deixando desamparada. Júlia conta:

> *[...] nós também tivemos muita pena dela, o que levou o Lauro a fazer uma proposta para um irmão dele: "se você cuidar bem da mãe aí a minha parte da herança eu vou dar para você". Ele aceitou, e realmente cuidou muito bem dela até o seu último dia de vida. Com isso a gente saiu mais tranquilo para iniciar a nossa nova vida.*

Júlia lembra que os familiares dela, em especial seus pais, não sofreram tanto quando eles os deixaram para morar na fronteira do país vizinho. Esse sentimento existiu pelo fato de já estarem morando dois filhos naquelas terras, situação não vivida pela família do Lauro. Júlia diz: *"[...] os familiares aqui de casa não sofreram tanto, isso porque a mãe e o pai já estavam um pouco acostumados com a mudança de filhos para o Paraguai: Sara e Luís já estavam morando lá".*

A irmã mais nova de Sara, que na época ainda não tinha completado 10 anos de idade, recorda como se sentiu quando sua mana partiu para a terra estrangeira: *"[...] fiquei muito triste quando a mana Sara foi morar no Paraguai, pois ela era uma mãe para mim! Ela era mais mãe do que a própria mãe! A saída dela da nossa casa foi muito sofrida para mim! Nossa, senti muito a ausência dela!".*

Na comunidade vizinha – atualmente sede de município –, havia um motorista que transportava, de forma clandestina, as pessoas para o Paraguai com uma Kombi. Ele fazia esse trajeto de ida e volta todas as semanas. Os objetos da mudança dos passageiros eram amarrados em cima do carro. Esse cenário aponta para a situação de pobreza com que se transferia grande parte desses jovens camponeses para o mato em solo paraguaio. A mudança dos quatro irmãos se resumia a isso: malinhas contendo algumas mudas de roupa. O que eles levaram em abundância foi coragem e esperança de uma vida bem sucedida nas terras vistas como férteis e baratas. Esse cenário faz lembrar o êxodo do povo hebreu registrado na *Bíblia*, a sua luta pela emancipação da escravidão no Egito e a esperança e fé na conquista da terra onde "mana leite e mel".

Anteriormente, vimos o relato da mãe dos quatro irmãos sobre os percalços encontrados na primeira viagem feita devido à lama que existia nas estradas provocada pelas chuvas. Ela também relembra como procederam para realizar essa viagem com essa Kombi.

> *Tinha um homem da comunidade vizinha que sempre viajava para lá de Kombi. Nós fomos a casa dele e comunicamos que queríamos ir com ele. O motorista disse que todas as semanas ele ia e vinha. Nós combinamos com ele para ir, que ficaríamos em torno de quatorze dias, e depois voltaríamos com ele. Quando chegou o dia, nós aprontamos a nossa mala e fomos.*

Os outros irmãos, inclusive Jacó, todos também emigraram com essa Kombi. A vantagem era que esse motorista tinha muita experiência e deixava as pessoas no local de destino. Era a Kombi que transportava os camponeses com uma esperança incorporada. Estando excluídos no Brasil, eles buscaram uma vida nova possibilitada pelo acesso a um pedaço de terra na fronteira paraguaia. Eles entraram nessas terras determinados a realizar um sonho. Toda semana, essa Kombi levava gente com esses sentimentos. Por outro lado, como reverso da moeda, essa mesma Kombi voltava, toda semana, com trabalhadores rurais que sucumbiram diante das enormes dificuldades iniciais encontradas nessas terras tomadas pela floresta. Havia a esperança para os que iam e a decepção para os que voltavam! É a vida com as suas idas e vindas! A vida tecida de esperanças e de desilusões!

Os filhos, ao se tornarem jovens e com o desejo de formar a sua própria família, deparam-se com um pesadelo, qual seja, o problema de como conseguir recursos financeiros para a compra de seu pedaço de terra e, dessa forma, viabilizar o projeto de vida camponesa. Diante do fato de a família dos quatro irmãos e a do namorado, e posterior companheiro, da Sara não terem condições financeiras para ajudá-los, uma das soluções encontradas para continuar com o sonho da terra própria foi emigrar para o Paraguai. Porém, mesmo com a terra bem mais barata do que no Brasil, eles não tinham condições para comprar um pedaço na fronteira paraguaia. Restou-lhes arrendar um pedaço de terra coberta de mato de propriedade alheia e postergar o sonho da terra própria, projeto esse para o qual eles se submeteram a enormes dificuldades iniciais. Foi necessário se sujeitar a essa situação extremamente indesejada, que consistia em limpar a terra de outrem na esperança de, com a renda do cultivo dessa área, um dia obter os recursos para adquirirem seu próprio lote.

Sara é a segunda filha mais velha de um total de sete irmãos. Ela é de uma família camponesa tradicional de descendência alemã, assim como as demais na microrregião de seu nascimento. A terra de 23 hectares dessa família dava, com dificuldades, para sustentar os membros desse núcleo familiar. Entre esses sete irmãos, na atualidade, apenas três continuam vivendo no campo e trabalhando na lavoura. Os outros quatro irmãos residem e trabalham no meio urbano. O pai da Sara partiu dessa vida aos 82 anos de idade; ele e sua companheira sempre moraram no mesmo lote de terra onde os filhos nasceram e curtiram a infância. A mãe dela, prestes a completar 80 anos de idade, ainda vive na mesma casa, e terra, e goza de muita saúde.

Sara tinha pouco estudo, desistiu de frequentar a escola na 6ª série do ensino fundamental. Os obstáculos eram enormes para desenvolver o estudo, pois o trajeto até a escola, de 3 km, era feito a pé em um estradão de terra que termina na divisa com a Argentina. Naquela época essa estrada não estava asfaltada. Era uma estrada movimentada, com muita poeira na seca e lama nos dias de chuva. De segunda a sábado, fazendo calor de 40º graus no verão, ou frio de 0º graus no inverno, numa parte do dia havia esse calvário a ser percorrido. O trecho era caminhado descalço, e o par de congas azuis de bico branco, que integrava o uniforme, era carregado nas mãos e usado na escola somente após a lavação dos pés. Havia um lavatório comprido com muitas torneiras instaladas exatamente para essa necessidade dos estudantes.

Naquele ambiente social, além dos obstáculos para frequentar a escola, para a grande maioria da juventude, o estudo ficava fora de qualquer perspectiva em termos de qualificação para uma boa inserção no mundo de trabalho. O ensino médio na época era ofertado à noite, o que aumentava as adversidades de toda ordem. Nesse contexto social, era inimaginável cursar uma faculdade. Para as mulheres, considerando-se o ambiente de cultura machista, os problemas se avolumavam para quem almejasse enveredar pelos estudos. O próprio trabalho na roça demandava muita mão de obra, pois todas as atividades eram realizadas de maneira manual. A dificuldade de sustentação da família por meio da produção agrícola camponesa impunha, como primeiríssimo lugar, o trabalho, e não o estudo. Os estudantes faltavam às aulas com muita frequência por causa da execução de certos trabalhos no campo.

Sara, à medida que crescia, intensificava seu trabalho no espaço doméstico e na lavoura. Ela trabalhava muito desde a infância. Quando adolescente e jovem, o encontro dela com os amigos e amigas e a diversão ficavam para os fins de semana. Frequentar matinês e bailes, em sua comunidade e nas vizinhas, era algo imperdível em quase todos os sábados e domingos. Ela gostava de dançar. Numa oportunidade dessas, aos 16 anos de idade, ela dançou a noite inteira com um rapaz. Ele se chamava Jacó. Foi o início do namoro.

Sara era uma pessoa agitada na adolescência. Esse comportamento mudaria radicalmente ao iniciar o namoro. Essa relação amorosa elevou a sua autoestima, o prazer de viver, fazendo-a ficar bem com ela mesma. Ela se tornou uma pessoa alegre, serena, segura, confiante. Sentir-se amada por alguém fora da família, e na esperança de que o namorado seria a pessoa com a qual construiria um projeto de vida a dois, foi um fator decisivo na sua vida para que assumisse e edificasse a sua individualidade em bases autônomas. Esse sentimento é fundamental na fase de transição para a vida adulta, pois proporciona certas condições subjetivas que encorajam o indivíduo a assumir as rédeas do seu destino. Sara fez isso!

Na primeira vez em que o namorado, depois do baile, decidiu passear na casa dela, foi uma surpresa e grande novidade para a família. Ela foi a primeira a namorar, assim como foi o seu primeiro namorado. Seu irmão mais velho estava no seminário e, coincidentemente, estava na casa dos familiares naquela noite, pois era período de férias de julho, na estação de inverno. No dia seguinte, um domingo, seus irmãos mais novos ficavam nos cantos, atentos, olhando de "rabo de olho", procurando captar um possível primeiro beijo de sua irmã com o namorado. O desapontar da juventude abre a vida para o novo, para a emancipação pessoal guiada pelos desejos e sonhos, o que enseja que essa gente tenha à sua disposição as condições objetivas e subjetivas para caminhar na direção do futuro almejado.

Jacó nasceu e viveu próximo da comunidade da Sara, distante 6 km. Ele é de uma família cujos pais tinham oito filhos, sendo cinco irmãos e três irmãs. Essa família morava no campo, porém integrava o segmento social dos sem-terra, pois possuía apenas cinco hectares, o que é absolutamente insuficiente para viver de seu cultivo. O pai dessa família sofria com doenças crônicas desde os 32 anos de idade, quando, durante dois dias e uma noite sem parar, ajudou a apagar o fogo numa fazenda onde trabalhava de empregado na época. Essa ação o levou a ter problemas cardíacos dos quais ele nunca se recuperou, muito pelo contrário, a situação da sua saúde foi se agravando com o tempo, impedindo-o de trabalhar. Ainda assim, com sofrimento, ele viveu até os 66 anos de idade, quando partiu dessa vida. A mãe do Jacó, por sua vez, como se quisesse compensar, deixou esse mundo no ano de 2018, aos 93 anos de idade.

A irmã mais velha do Jacó fala do problema de saúde enfrentado pelo pai durante 34 anos:

> [...] o coração do meu pai queimou um pouco na ponta de baixo por causa do fogo que ele ajudou a apagar, e depois foi, lentamente, calcificando até chegar à parte de cima, tomando conta de todo o órgão. Isso foi acontecendo devagar, demorou muitos anos, e o pai foi sofrendo sempre mais com isso até falecer.

O tratamento médico feito pela família aconteceu com muito sacrifício nesse tempo todo, gastando o dinheiro que não tinha. Naquela época não se contava com o serviço de saúde gratuito oferecido pelo poder público, assim como não havia cobertura assistencial, por parte da previdência social, para esse pai de família, que se encontrava em situação de incapacidade para o trabalho. Essas dificuldades financeiras, provavelmente, impediram um tratamento adequado para contornar o problema de saúde no seu estágio inicial. Essa irmã do Jacó relata esse problema:

> [...] quando a gente levava o meu pai ao médico, assim como todo o tratamento da saúde dele, tudo foi particular, tudo foi pago por nós! Naquela época tudo era particular! Nós tivemos que pagar tudo! Não tinha outra forma de tratar a doença. Todo esse dinheiro gasto na saúde do meu pai fez muita falta!

Sara conta a situação precária vivida pelos familiares do Jacó no mundo rural com pouquíssima terra:

> [...] eles sempre viveram pobres. Moraram e trabalharam em vários lugares. Eles sempre foram muito pobres! O pai deles, enquanto

*podia, trabalhava de peão nas terras dos outros. Eles sofreram muito! Os cinco primeiros filhos não sobreviveram ao período de gestação, falecendo durante a gravidez. Eles nunca descobriram a causa. A primeira filha nasceu em 1950 e ainda está viva, depois nasceram mais sete filhos sem problemas na gestação.*

Aos oito filhos, restava trabalhar "fora", como eles dizem, desde cedo para se sustentar financeiramente e construir o futuro. Todos eles tinham escolaridade baixa, o que os levava a priorizar as atividades na lavoura, trabalhando nas terras de outros, além de exercerem outros tipos de serviço. Qualquer tipo de trabalho para aumentar a renda era bem-vindo. Todos se casaram com pessoas camponesas da região, e elas igualmente tinham pouca, ou nenhuma, terra ao iniciarem a vida a dois. Jacó e seus irmãos e irmãs sempre nutriram o sonho de ter o próprio pedaço de terra e viver do trabalho desenvolvido nela. Aquilo que seus pais não conseguiram virou quase uma obsessão para os filhos.

Jacó, desde a adolescência, trabalhou no serviço de servente de pedreiro em diversas modalidades de construção; depois, com os aprendizados adquiridos, tornou-se mestre de obras, ou pedreiro, como eles definem essa profissão. Um irmão dele também exerceu essa atividade no mesmo período. Em várias construções, os dois irmãos trabalhavam juntos. Eles eram muito animados, ágeis e caprichosos no serviço, qualidades requisitadas para quem desejava construir, ou reformar, um imóvel. Jacó, no período em que exercia o trabalho de pedreiro, mais precisamente no ano de 1978, começou a namorar a Sara; ele tinha 19 anos de idade na época.

Contudo, num determinado tempo, essa forma de viver do Jacó recebeu uma guinada brusca. Ele tinha um irmão que trabalhava de assalariado nas terras da família da sua irmã no Paraguai. Esse irmão do Jacó sempre falava bem dessa região da fronteira, dizendo que os trabalhadores rurais que realmente desejavam ter a sua própria terra conseguiam realizar esse sonho nesse país. Certo dia, no ano de 1979, portanto quando já estava namorando Sara, Jacó resolveu visitar seu irmão para conhecer essas terras. Ele gostou do que viu! Ficou encantado! Retornou ao Brasil maravilhado com a qualidade daquelas terras. A partir desse momento, seu sonho meio adormecido começou a ganhar novas cores!

De volta ao berço natal, Jacó encontrou um senhor conhecido de uma comunidade vizinha que tinha duas colônias de terra de mata nativa na fronteira paraguaia. Percebendo seu interesse e encanto – o brilho nos olhos –, ele fez a proposta de que poderia morar naquela terra e derrubar o quanto quisesse de mato, e tudo o que produzisse no período de três nos anos seria dele. Jacó topou! Era a proposta viável para ele, pois não tinha recursos financeiros para comprar um pedacinho de terra. O jeito era trabalhar temporariamente na terra alheia, retardando a realização do seu desejo de ter o seu próprio lote.

No ano seguinte, em 1980, quando tinha 21 anos de idade, e em plena fase de namoro, Jacó juntou as poucas mudas de roupa que tinha e emigrou para a fronteira no outro lado do rio Paraná, na localidade chamada Rovenha. Eram duas colônias de puro mato a seu dispor. Durante dois anos, ele ficou sozinho naquela terra arrendada, derrubou mato, plantou para o consumo próprio e, principalmente, para a comercialização. Ele ergueu, dentro do mato, uma barraca para morar e trabalhava de segunda a domingo. Durante o segundo ano, com o dinheiro suado que conseguia juntar, ele mandou serrar umas toras de árvores em forma de tábuas e vigas e, assim, foi construindo sua casa de madeira. Enquanto construía, ele pensava na namorada com quem se casaria e que moraria com ele no ano seguinte. O pequeno povoado incipiente ficava nas imediações, distante menos de 2 km dessa terra.

O irmão do Jacó que o motivou a conhecer as terras paraguaias ficou apenas dois anos nesse país, pois em seguida se casou, e sua companheira não quis morar fora do Brasil. No decorrer da década de 1980, depois da emigração do Jacó, mais dois irmãos dele se mudaram na esperança de conquistar um pedação de terra e, dessa forma, viver com dignidade no meio rural. Os dois obtiveram êxito no que se refere ao sonho de ter a própria terra. Embora tivessem enfrentado muitas dificuldades iniciais, eles continuam vivendo até hoje nesse país, considerando-se realizados; um deles era o pedreiro que trabalhava em parceria com Jacó.

O pai da Sara foi conhecer as terras antes da filha. Na segunda visita feita por Jacó à namorada, no retorno dele ao território paraguaio, o pai da Sara aproveitou a ocasião e foi junto. Ele estava pensando que a única possibilidade de seus filhos conseguirem terra seria passar para o outro lado do rio Paraná. Ele gostou muito do que viu e, com o consentimento de sua companheira, deu apoio à sua filha para encarar esse desafio. Sara relembra esse fato:

> [...] o pai foi conhecer o Paraguai antes de mim. E ele achou a terra muito bonita, elogiando bastante aquele lugar. Meu pai me convenceu a ir, falou que era muito bom morar no Paraguai. Ele disse que nós teríamos muito futuro neste país.

O pai desses quatro irmãos ficou tão encantado com as terras do leste paraguaio que, por um tempo, com quase 50 anos de idade, estava interessado em vender o que tinha no Brasil e comprar terra e morar naquela região, recomeçando tudo outra vez. A principal intenção com esse projeto era conseguir ajudar melhor os filhos a obterem seu pedaço de terra, algo que ele e a sua companheira tanto queriam. A mãe dos quatro irmãos era uma liderança ativa na comunidade, muito participativa, assim como na família, dando sugestões nos assuntos que achava pertinentes, mas, em relação à mudança dos filhos para o país vizinho, ela ficava mais contida, não tinha a mesma empolgação do pai deles. Sara recorda o anseio que ele tinha num determinado tempo de emigrar para as novas terras:

> [...] o pai falou que até ele queria vender o que tinha e comprar terra e morar no Paraguai, mas depois não deu certo. A mãe e o meu irmão mais velho não eram muito favoráveis, achando que entrar no mato seria coisa para os novos. Talvez eles acertassem em não ir. Vai saber o que é melhor! Deus sabe o que faz!

Logo após o casamento, que aconteceu no mês de junho de 1982, Sara se juntou ao seu companheiro, Jacó, nessa aventura. Uma conquista estava garantida para Jacó: não estaria mais sozinho no interior da floresta! Ela foi morar com ele sem nunca ter saído de casa para ir além das comunidades vizinhas, o que tornaria a experiência de morar e trabalhar na fronteira paraguaia em algo inusitado. A terra que a esperava era mato denso, tomado por árvores robustas, com um clarão aberto que Jacó tinha transformado em lavoura dois anos antes.

Uma das filhas desse casal recorda hoje o que ouviu de seus pais sobre o motivo e como aconteceu a mudança para essa nova frente:

> [...] pelo que me contaram, o pai veio primeiro porque lá no Sul ele não tinha nada. Ele veio para trabalhar, achou bom, gostou, viu que aqui no Paraguai ele teria um bom futuro. Ele via que aqui tinha terras boas, produtivas e eram baratas. O pai ficou um tempo aqui, depois voltou para o Sul, casou com a mãe e a trouxe para cá.

Chegou a hora de partir...! Cada um com uma malinha na mão, os dois entraram na Kombi e foram para a estrada rumo à "terra prometida", uma terra onde "mana leite e mel", uma conquista desejada semelhante à do povo hebreu narrada na *Bíblia*. Eles deixaram para trás o lugar de convivência, as relações de afeto com os familiares e amigos e partiram para iniciar uma vida nova em terra nova. Sara descreve o sofrimento pelo qual passou ao deixar as pessoas do convívio e todo o ambiente social onde vivera desde a infância e se lançar para um mundo desconhecido, incerto:

> [...] não era nada fácil! Os outros que passaram por isso sabem como é ficar longe de casa! Ficar distante da família e de tudo... não era fácil, não! E pior, era um país diferente. A maioria achou que este lugar ficava fora do mundo! Achou que era no fim do mundo! Era difícil fazer essa viagem, por isso parecia longe. Hoje é bem mais fácil viajar do que naquela época, tornando-se um lugar que fica perto.

A bagagem dos dois se resumia, basicamente, à esperança e vontade de conquistar a própria terra para trabalhar e viver com dignidade o jeito de ser camponês. Sara relembra em que condições chegaram ao local para iniciar a nova vida: "[...] *quando chegamos no Paraguai, nós começamos do zero! Chegamos ali só de mala, não tinha nada de mudança. Começamos dentro do mato, e sem nada!*".

Ao chegar à terra onde já residia e trabalhava seu companheiro, o cenário onde iria morar foi impactante, espantoso, assustador para Sara, provocando nela muita tristeza, agonia, choro! No ato da chegada, a esperança já recebeu um duro golpe! Ela relembra emocionada a situação na terra alheia onde iniciaria sua nova morada:

> [...] quando eu cheguei ali, tinha uma casa que não era tão pequena, mas estava no meio da capoeira. Tinha frestas grandes no piso da casa por onde subia capoeira, e ao redor da casa estava tudo tomado pelo mato. No dia em que cheguei ali, eu chorei, chorei, chorei...! Eu me sentia muito mal!

A chegada ao lugar, ao invés de alegria, provocou choro! Após a longa viagem, uma das primeiras providências tomadas foi preparar algo para comer, pois eles estavam com fome. A limpeza embaixo e ao redor da casa podia esperar. Sara conta, assim, a cena da preparação da primeira refeição:

> [...] neste primeiro dia sentei na porta no interior da casa para descascar a mandioca, porque não tinha como ficar no lado de fora, pois o pátio não estava limpo; um matinho tinha tomado conta de tudo ao redor da casa. Enquanto eu fazia isso, o Jacó foi caçar um bichinho para termos carne para comer junto com a mandioca. Foi um começo muito triste!

A casa quase não tinha mobília nos primeiros anos nessa terra alheia. Eles somente providenciaram o estritamente necessário, pois os recursos financeiros eram poucos, além do fato de que tinham a preocupação de economizar para adquirirem seu próprio pedaço de terra. Sara descreve como era o interior da casa:

> [...] junto com a mala levei umas panelinhas e um pouco de louça dentro de uma caixa de papelão. O fogão a lenha nós compramos ao chegar lá. O pai e a mãe me deram uma vaquinha, eu a vendi, e com esse dinheiro, mais o acréscimo de uma quantia que o Jacó tinha, pois o dinheiro da venda do dote era insuficiente, nós compramos o fogão. Este foi o único objeto que compramos para pôr dentro de casa, e nem tínhamos dinheiro para comprar outras coisas.

Jacó usou a madeira do mato para construir os demais móveis elementares para o uso dentro de casa, bem rústicos, tornando-se um "quebra galho" nos primeiros anos de casados. Se funcionasse, ele teria feito igualmente um fogão de madeira! Sara fala como eles agiram para terem a mobília necessária no interior da casa:

> [...] para dormir, não tinha cama, nem colchão! No primeiro ano nós dormíamos no chão em cima da palha de feijão! O Jacó fez uma mesa com uma tábua, e para cadeiras nós usamos cepos cortados de tronco de árvores para sentar em cima. Para guardar a pouca louça, ele fez uma pequena prateleira com tábuas e pregou na parede.

A alimentação do casal era, no início, a mandioca plantada, feijão e arroz colhidos por eles e animais do mato que Jacó caçava para terem carne para comer, ou ao menos para fazer um molho como complemento. O pão também era feito em casa, necessitando, para tanto, comprar pacotes de farinha de trigo. Sara relata o que comiam ao menos no primeiro ano no interior do mato:

> [...] tinha mandioca, feijão e arroz para comer, plantados pelo Jacó. Para ter carne para comer, nós matamos animais do mato, principalmente passarinhos. As aves preferidas eram os tucanos. Eles tinham uma carne bem vermelha, que dava um molho tão vermelhinho, tão gostoso!

A falta da energia elétrica era outro problema. Era difícil conservar os alimentos frescos durante alguns dias. Aí era necessária imaginação para usar os recursos disponíveis na natureza para amenizar essa carência. Sara recorda como fizeram para a conservação da carne fresca de um dia para o outro:

> [...] de vez em quando nós compramos um pedacinho de carne para fazer um molho diferente, e comíamos com mandioca. Mas não tinha energia elétrica. Aí colocamos a carne numa bacia e a fechamos bem com uma tampa e deixamos na sanga para conservar por um ou dois dias, pois a água no mato era bem fresquinha.

Essa mulher aguerrida, a primeira dos quatro irmãos a enfrentar o desafio de morar nas terras do país vizinho, conta que tinha um morador na localidade de Rovenha que tinha prometido a Jacó, no tempo em que ele ainda morava sozinho, dar a ele uma galinha com 12 pintos no dia em que morasse com sua companheira e a apresentasse para ele. Pouco tempo depois da chegada da Sara ao Paraguai, Jacó não teve dúvidas de ir com ela fazer uma visita àquele senhor. Ao chegarem à casa dele, Jacó teria dito, com o sotaque alemão característico dele: *"aqui está a minha mulher!"*. Nisso seu amigo lhe agradeceu e pagou a promessa. Sara conta, assim, esse presente recebido:

> [...] ele nos deu um lindo galo e uma galinha com doze pintos! Assim tivemos o início da criação de galinhas. Um tempo depois sempre tivemos ovos e muitas vezes, geralmente nos domingos, um frango para comer! Eu não me esqueço dessa bondade dele em nos ajudar!

O galo recebido foi além da promessa feita. A criação de animais domésticos para a alimentação é essencial para os camponeses. Essa prática está na alma, no sangue, na cultura da tradição camponesa. Além da criação de galinhas, uma vaca leiteira e uns porcos são imprescindíveis para os agricultores que produzem os alimentos para a autossubsistência. Sara relembra como eles produziram e guardaram a carne para o consumo:

> [...] um tempo depois da nossa chegada nós conseguimos construir um chiqueirinho e criamos os nossos porquinhos. Por causa da falta de energia elétrica, fritamos tudo num tacho e guardamos a carne em latas misturada com a banha. Era muito bom, depois do serviço na roça, ao chegar em casa, poder tirar a carne frita, precisando só esquentar ela numa panela. Era muito gostoso comer essa carne com mandioca.

Ainda bem que esse casal gostava de mandioca! Aproximadamente duzentos metros ao fundo da casa, havia um córrego muito lindo margeando o mato, com uma água cristalina. Essa água, além de fazer a divisa da terra e servir para manter certos alimentos frescos por um tempo mais longo, também era utilizada para as diferentes necessidades na casa. Jacó construiu uma roda de água de madeira, represou o córrego com toras de árvores para que ela tivesse uma queda, comprou uma bomba, instalou tudo e, dessa maneira, ele bombeou a água até à sua casa. Com a criação e o uso dessa engenharia, a família tinha água abundante e limpa dentro do lar.

A vida dos dois se resumia, basicamente, ao trabalho! Tudo era feito de forma manual, com muito desgaste físico. Jacó, dois anos antes, logo após sua chegada sozinho, tinha comprado uma motosserra. Diante da necessidade de derrubar o mato para o cultivo da terra, essa ferramenta de trabalho era a mais imprescindível para os agricultores daquela região, por outro lado, para o azar da floresta e dos animais que viviam em seu interior. Jacó lembra a maneira como conseguiu comprar essa ferramenta essencial para o trabalho:

> [...] eu guardei a última parte do dinheiro que recebi da casa que construí antes de partir do Brasil para comprar a motosserra no Paraguai. Poucos dias depois de concluída esta obra, eu me mandei sozinho para este país. Foi a primeira compra que eu fiz quando cheguei no mato onde iria trabalhar.

Depois de alguns dias de parte do mato derrubado, era a vez de pôr fogo para fazer a limpeza. Quanto mais tudo queimava e se transformava em cinzas, melhor, inclusive as lindas e enormes árvores de madeira nobre. O que se desejava era ver a terra limpa para o plantio. O mato em pé e derrubado era um entrave para iniciar a lavoura, por isso a necessidade de cortá-lo e queimá-lo. Os tocos das árvores cortadas permaneciam verdes, por isso não queimavam. Plantava-se em meio aos tocos, e, com frequência, era necessário tirar os brotos para que não sufocassem o desenvolvimento dos cultivares. As ferramentas de trabalho, além da motosserra, era o machado, a foice, o facão, a enxada e a matraca. Tudo era movimentado pelas mãos de Jacó e Sara. Dessa forma, o casal conseguiu abrir e plantar nove hectares no período do contrato.

Sara trabalhava na roça, todos os dias, o dia inteiro. Alguns serviços eram específicos de Jacó, tais como a lida com a motosserra e o machado na derrubada do mato, mas ele sempre contava com a presença e o auxílio de sua companheira. Outros serviços eram comuns aos dois, e alguns eram exclusivos da Sara, como o trabalho doméstico. Na cultura tradicional camponesa, existe uma divisão sexual do trabalho bem definida, em que certos serviços são atribuídos aos membros da família por meio do seu sexo. A estrutura familiar é patriarcal, fazendo com que o homem fique no topo da hierarquia, tendo o poder de comando no grupo familiar. Dentro dessa lógica organizacional e decisória, no interior da família, o trabalho doméstico cabe às mulheres.

Trabalhava-se de forma exaustiva, pois da quantidade plantada e do resultado das colheitas dependiam as condições financeiras para a futura aquisição da terra própria e, dessa forma, livrar-se do trabalho na terra alheia. Não se perdia tempo, principalmente em certas épocas do ano, como conta Sara:

> *[...] o trabalho acontecia dia e noite. Nós nunca perdemos uma lua cheia sem trabalhar na roça no tempo da colheita! Trabalhar neste horário era necessário para não perder parte da safra. Nós também fazíamos de noite certos trabalhos em casa.*

A principal plantação para o comércio era a soja, bem como, nos primeiros anos, foi um bom negócio o cultivo da hortelã. Essa era plantada para a produção do óleo de menta. Na localidade havia um alambique para socar a hortelã e, dessa forma, extrair o valioso óleo. Além da enorme dificuldade para trabalhar na lavoura cheia de tocos de árvores e efetuada de maneira manual, havia a exploração do trabalho imposta a esses camponeses. No que se refere ao cultivo da hortelã, Sara lamenta: "*[...] no início o preço da hortelã era muito bom. Quando a nossa lavoura estava bem formada com esta plantação, aí não era mais esse preço bom! O senhor do alambique começou a pagar pouco*". Os comerciantes exploradores se aproveitam dessa situação: depois de imensas áreas plantadas, os camponeses não têm muitas alternativas para dar aos seus produtos, ou seja, veem-se forçados a vender ao preço ofertado, ou deixam de colher, perdendo, assim, a plantação, sendo essa a menos provável para quem necessita de recursos financeiros.

A colheita da soja era extremamente trabalhosa nos primeiros anos. Devido aos tocos na lavoura, não existia a possibilidade de a colheita ser feita com uma máquina ceifadeira. A forma de proceder era cortar manualmente, depois recolher e juntar tudo num monte, encostar uma máquina de trilhar contratada para extrair os grãos das vagens. Esses grãos eram ensacados e levados para o mercado local. O milho era colhido da mesma forma. A vantagem do milho era a de que não existia tanta pressa para fazer a colheita, pois a palha da espiga é resistente, o que garante uma proteção maior dos grãos perante a chuva. Com a soja era diferente, pois a vagem protetora é muito sensível à chuva, apodrece facilmente, com isso há o perigo da perda da safra. A hortelã era cortada manualmente e depois levada em fardos para o mercado comprador; também tinha o período propício para ser colhido.

Não bastassem essas dificuldades de toda ordem para iniciar a vida no mato, distante de tudo e de todos, existe o fator climático que pode agravar os problemas para quem vive da agricultura. Existem anos em que a seca, ou a chuva em excesso, impõe perdas irreparáveis aos trabalhadores do campo. Sara testemunha um desses fatos protagonizados pela ação da natureza: *"[...] nós tivemos muito azar no primeiro ano; quase toda soja apodreceu por causa da chuva"*. O que ocorre mais frequente é o contrário, ou seja, a escassez de chuva, o que impede o desenvolvimento esperado das plantas e resulta na redução da produção e, consequentemente, da renda dos camponeses. A situação do casal começou a melhorar a partir das colheitas feitas do segundo ano em diante. São as contradições existentes na natureza e na vida social! As forças em tensão podem provocar sentimentos de prazer ou dor. A ação humana deve propiciar, ao máximo, a redução dessa e o aumento daquele em intensidade e duração.

Uma alegria misturada com preocupação se acrescenta nessa aventura do casal na fronteira paraguaia. Sara conta que, após, *"três meses morando no Paraguai, já fiquei grávida da nossa primeira filha. Engravidei em cima da palha de feijão! Ela nasceu no mês de aniversário do nosso primeiro ano de casamento"*. Não foi nada fácil iniciar a primeira gestação, sem experiência, numa realidade vivida de forma precaríssima, sem vizinhos por perto, sem infraestrutura social, tais como estradas de boa trafegabilidade, hospital e assistência médica. Eram dois jovens encarando e fazendo acontecer a vida tecida por meio do trabalho árduo, de muita carência e onde tudo se apresentava como novo. A determinação pela conquista do pedaço de terra foi o alimento que gerou a energia suficiente para enfrentar e superar esses desafios.

No início do ano de 1983, antes do nascimento da filha, os pais da Sara fizeram uma surpresa para eles, visitando-os. A decisão de fazer essa viagem aconteceu repentinamente, provocada pela saudade que não cabia mais no peito! Além disso, os pais da Sara estavam curiosos para conhecer o lugar onde eles moravam. A mãe dela nunca tinha ido ao Paraguai. Eles só tinham visitado, em várias oportunidades, os irmãos do pai dela residentes no extremo oeste do Paraná. Dessa vez eles foram até o outro lado do rio Paraná. Rovenha, localidade de residência e de trabalho da filha e do genro "brasiguaios", fica distante 110 km da Ponte da Amizade e 45 km, em linha reta, até o rio Paraná. A mãe da Sara conta a emoção que sentiram ao chegarem à casa deles, depois de uma viagem complicada devidos às chuvas, aventura já relatada:

> [...] quando chegamos lá, mas que alegria! Deus me livre! Foi muita emoção! Sara e Jacó acharam que nós nunca íamos visitar eles neste lugar. Era uma alegria imensa quando chegamos lá de surpresa! Ela estava grávida. Nós ficamos lá durante três semanas. Nós os ajudamos a trabalhar na roça.

A chegada de surpresa para essa visita foi um teste cardíaco para os dois casais. Foi emoção com muito choro de alegria! Para os pais da Sara, tudo o que vivenciaram nessas terras longínquas também foi novidade. Devido à situação precária existente para ganhar a criança, os pais se prontificaram a voltar para estarem juntos no período do nascimento. Porém, depois de estarem de volta no Brasil, eles mudaram de ideia, resolveram ir antes e sugeriram que ela fosse à casa deles para ganhar o nenê. Seria a primeira neta deles, o que aumentou a ansiedade, a preocupação, a atenção e o esforço para contribuir da melhor forma possível.

Chegou a hora de a filha nascer, depois de completado o tempo da gestação, período esse em que Sara não deixou de trabalhar todos os dias na lavoura. Para garantir um nascimento mais seguro, eles acataram a sugestão e foram à casa dos pais dela para ganhar a criança. No entanto essa viagem foi mais um capítulo da vida de aventura, de obstáculos no caminho. As estradas paraguaias em tempos de chuva eram intransitáveis. A terra vermelha e argilosa é extremamente escorregadia, proporcionando os atoleiros e dificultando o deslocamento de carro, mesmo usando correntes nos pneus. Os moradores em condições financeiras melhores tinham carros mais apropriados para essa realidade, como tração nas quatro rodas. Mas Jacó e Sara nem carro possuíam. Nos dias em que se completou o tempo da gestação, para a infelicidade deles, chovia sem parar. Sara conta mais esse drama vivido por eles nesse primeiro ano em terras estrangeiras:

> [...] nós saímos do Paraguai para o Brasil com muitas dificuldades, pois chovia muito, era enchente em toda a região, inclusive no Brasil. Para sair, tivemos que fazer grandes voltas para desviar dos rios que transbordaram e inundaram parte das estradas. A nossa sorte foi que tinha um alemão da Alemanha que foi de carro traçado para Cidade do Leste, e nos deu carona. Em Foz do Iguaçu nós pegamos o ônibus para fazer o trajeto no Brasil até a casa dos meus pais.

Dessa vez eles não foram com a Kombi pelo fato de ela estar no Rio Grande do Sul naqueles dias, e demoraria demais esperar a sua chegada ao Paraguai e depois fazer a viagem e estar a tempo no lugar para fazer o parto. Poucos dias depois do nascimento, a filha já foi batizada e, logo em seguida, era necessário tomar o caminho de volta para o mato, pois havia muito trabalho a ser feito. O retorno foi o costumeiro, feito com a Kombi. A filha deles nasceu no início do mês de junho, período apropriado para a derrubada do mato, trabalho necessário para ampliar a área para a produção, pois, nos meses de agosto e setembro, a época é propícia para o plantio.

Essa primeira filha de Sara e Jacó nasceu com problema psíquico-mental, o que a torna uma pessoa pertencente ao grupo portadora de necessidades especiais. Sara admite que talvez esse problema possa estar relacionado a tudo por que ela passou durante a gestação. Alguns anos depois, quando estava em situação financeira melhor, o casal levou a filha para tratamento médico, inclusive em grande centro hospitalar no Brasil, porém não obtiveram resultados satisfatórios. Ela é uma pessoa muito bondosa e a que recebe mais atenção e carinho entre os familiares.

A segunda filha dessa família nasceu dois anos depois, no mês de novembro, e igualmente veio ao mundo na mesma casa no território brasileiro. Sara conta que teve problemas de saúde naquela ocasião:

> [...] quando nasceu a segunda filha, me deu uma recaída, o que fez com que eu ficasse de outubro até janeiro na casa dos meus pais para me recuperar. Precisei ficar alguns dias no hospital. O Jacó me levou, e meio logo depois ele teve que voltar, pois precisava colher a hortelã.

Provavelmente o trabalho pesado e exaustivo e as privações pelas quais ela passou são fatores que interferiram na gestação dessas duas filhas. O terceiro filho nasceu no Paraguai no tempo em que ainda viviam na terra arrendada. Sara não havia tomado medidas preventivas para evitar uma próxima gravidez, motivado pelo fato de ainda não terem um filho homem, o que era um desejo do casal. Ela relembra o nascimento do filho:

> [...] quando retornei do Brasil com a segunda filha, eu não tomei comprimidos para evitar uma próxima gravidez. É que nós queríamos ter também um menino. Por isso, pouco tempo depois, eu engravidei de novo. Daí eu falei: 'desta vez não vou ao médico. Vou ficar em casa'! Tinha uma parteira naquela vila, e sempre fui nela para me acompanhar durante a gestação. O filho nasceu na casa dos donos da terra onde morávamos. A patroa estava junta na hora do nascimento.

O último filho nasceu quando a família já morava em uma pequena área de terra própria, comprada, conquistada com o suor do trabalho na terra arrendada! Mesmo assim, por prudência, dessa vez a Sara decidiu fazer o parto no hospital de uma cidade próxima e próspera, distante 45 km. O casal tem, portanto, quatro filhos: primeiro tiveram duas filhas e depois dois filhos.

A vida também é tecida de fatos pitorescos! O irmão mais velho da Sara narra uma situação inesperada vivida quando ele e sua mãe foram visitar a família "brasiguaia" no mês de janeiro de 1984:

> [...] quando chegamos à casa deles no meio da tarde, o Jacó e a Sara ficaram tão felizes que não sabiam o que fazer. Horas depois, ele, no final da tarde, disse: 'vai junto buscar um porco para carnear na casa de um amigo'. Ele tinha esse porco em haver em troca de serviços prestados. Nós fomos com um fusca velho de cor azul comprado recentemente. Eu fiquei pensando, como vamos trazer esse porco num fusca! Para chegar ao local, havia uma longa estrada de acesso, com mato num lado e lavoura no outro, e na lateral da estrada tinha uma fileira de pasto plantada para servir de alimentação para os animais.

O irmão da Sara conclui esse fato irônico ocasionado quando se encontrava pela primeira vez no Paraguai:

> [...] chegando perto da casa, o dono estava cortando desse pasto, e tinha deixado a carriola no meio da estrada coberta de matinho entre as duas trilhas por onde passam as rodas. O Jacó, empolgado, e, como de costume, andando em alta velocidade, não viu esse obstáculo no meio do caminho, passando por cima! O eixo e as rodas da carriola eram de ferro, o que fez com que produzisse um estrondo e um impacto que quase tombou o fusca. O dano causado foi apenas o corte de boa parte do assoalho nos dois lados do carro, sem danificar o motor. Mas esse fato e susto não impediu uma sorte melhor para o porco. Ele deixou de viver neste local, o que possibilitou transportá-lo e ser carneado na casa da família da Sara e do Jacó! Foi uma noite de muita festa, animada com muita caipirinha enquanto se dava um destino final ao porco.

Os visitantes podiam ficar tranquilos para permanecer por um bom período na casa dessa família acolhedora, pois havia carne à vontade, fritada e preservada numa lata com banha, o que é uma delícia para a refeição acompanhada de mandioca, arroz, feijão e uma salada verde, cardápio típico das famílias camponesas. Esses alimentos, considerados básicos, já eram produzidos por eles mesmos nessa época da visita. Eles procuraram comprar o mínimo no mercado local, pois cada guarani (moeda paraguaia) economizado fazia a diferença para quem almejava comprar um pedaço de terra.

Para reforçar o caixa da família, além do trabalho na roça, nos primeiros anos, Jacó produzia rodas de água no tempo em que tinha menos serviço na lavoura para quem solicitasse, assim como as instalava, deixando a bomba funcionando nas propriedades rurais. Dezenas de agricultores foram agraciados com essa engenharia de bombeamento da água até as residências, utilizando-se da própria força da água, considerando que não havia energia elétrica. A renda da roça acontecia em certas épocas do ano, pois dependia do período da colheita. O dinheiro obtido com a venda das rodas de água era bem-vindo no tempo de entressafra. Sara conta:

> [...] o Jacó fez muitas rodinhas de água para vender nos primeiros anos em que moramos no Paraguai. Com esse trabalho nós sempre tivemos um pouco de dinheiro durante todo o ano. As pessoas também ficaram muito satisfeitas quando puderam ter a água instalada dentro de casa.

No decorrer da década de 1980, para obter mais uma fonte de renda, Jacó começou a trabalhar na construção de casas e de silos para o armazenamento da produção agrícola, exercendo a função de pedreiro, mesma atividade realizada no Brasil. Ele trabalhava nesse setor igualmente nos períodos em que tinha menos serviço na roça, ficando o trabalho agrícola cotidiano sob a responsabilidade da Sara, principalmente a parte da capina dos brotos dos tocos e da erva daninha. Sara relata: "[...] *o Jacó se ofereceu para os conhecidos, dizendo que sabia construir casas. A primeira construção feita foi a farmácia na vila perto de casa. Depois dessa construção, que foi elogiada pelo pessoal, ele teve muito serviço de pedreiro*".

O meio de transporte da família, nos primeiros anos, eram duas bicicletas velhas. O povoado de Rovenha, por ser perto e com o relevo plano, facilitava o deslocamento de bicicleta, evitando que se fizesse o trajeto a pé. Esse meio de transporte também era usado para os passeios nos finais de semana em tempos com menos serviço na lavoura. Mais tarde eles conseguiram comprar um fusca já bem rodado, o mesmo que foi usado para buscar o porco naquela ocasião. A descrição feita por Sara sobre esses passeios de bicicleta é digna de cena de abertura de um filme:

> [...] para sair nos primeiros anos, nós tínhamos duas bicicletas. Quando as duas primeiras filhas eram pequenas, para poder passear com elas, nós encaixamos cadeirinhas de madeira no volante das bicicletas para elas poderem ficar sentadas. E assim, nos domingos nós saíamos pedalando, íamos passear na casa dos amigos.

Eles ficaram morando na terra arrendada por sete anos, incluindo os dois primeiros anos em que o Jacó morou sozinho. A partir do quarto ano, eles tiveram que entregar parte do valor da produção para a família proprietária dessa terra. Em 1987, eles conseguiram comprar uma pequena área de terra de seis hectares localizada igualmente próxima do povoado, lugar onde construíram uma casa de madeira e passaram a morar. Finalmente a família conseguiu morar e criar um ambiente de vivência em um espaço de terra própria. Foi o começo de uma nova etapa na vida desse casal em companhia dos filhos, a realização de um sonho e para a qual lutaram de corpo e alma.

A vida é constituída de tensões, contradições, uma mistura de prazeres e dores, alegrias e tristezas, sonhos e decepções. Na trajetória de vida de cada indivíduo, desfrutam-se sabores e amargam-se dissabores. Tem os dias e as noites, e existem dias que parecem noites, e noites que são iguais aos dias. Um fato triste acontecido no início da vida de Jacó nas terras da fronteira paraguaia foi contado por uma de suas filhas. O pai dele gostava muito desse filho por causa da sua seriedade e dedicação ao trabalho. Após o casamento, quando Jacó e Sara se mudaram para o Paraguai, ele teria ficado muito triste por não ter mais esse filho por perto e teria dito que, na primeira oportunidade que surgisse, ele faria uma visita ao seu filho nesse país vizinho. Porém não foi possível a concretização desse desejo, como conta a filha: "*[...] acho que dois meses depois deles terem ido morar no Paraguai, o meu vovô, pai do meu pai, faleceu!*".

Sara confirma o relato da filha. Esse fato, já lamentável em si, teve um drama a mais, o que deixou a família bastante emocionada:

> *[...] nós ficamos sabendo do falecimento dele oito dias depois, quando uma mulher conhecida nos avisou. Ela sempre ouvia a rádio do município da nossa terra natal no Rio Grande do Sul, e escutou que haveria a missa de sétimo dia de falecimento do pai do Jacó. Foi desta forma que ficamos sabendo. A carta que recebemos comunicando da sua morte, ela chegou bem depois.*

A precariedade da comunicação, a falta de informações, fez com que Jacó, assim como as demais pessoas da família, não pudesse estar presente no velório do pai nem na missa de sétimo dia, que era um ato religioso tradicional da cultura católica alemã. A filha lembra que o recebimento da carta, escrita por uma irmã do seu pai, embora eles já soubessem do falecimento, gerou novamente uma profunda dor no Jacó, pois somente naquela hora havia chegado a notícia por meio dos familiares dele:

> *[...] como não tinha celular naquela época, nem telefone no lugar onde moravam, o único meio de comunicação era através de cartas. Então se passaram vários meses até que chegou a carta para o meu pai com a triste notícia da morte do vovô.*

A filha conclui o relato sobre esse fato, dizendo: "*[...] essa história o meu pai já contou para nós várias vezes, e sempre com lágrimas nos olhos!*". Sara, ao terminar de contar a história vivida por eles na terra alheia na fronteira leste paraguaia, após uma respiração profunda, um olhar perdido no horizonte, seguido de um longo silêncio, assim como demonstrando muito cansaço, verbalizou: "*[...] ah..., assim é a vida! Assim foi a nossa vida! Assim fomos começando...!*". Em outro momento, ao se referir àquele tempo árduo, vivido com enorme sacrifício, e misturando esse passado com o período de vida atual, ela declara: "*[...] claro que não era nada fácil! Nós sofremos muito! A gente chorava muito! Até hoje, quando bate a saudade, a gente chora...!*". Nesse instante ela interrompeu o relato e novamente começou a chorar!

É a história de luta de um casal pertencente a duas famílias camponesas pobres que emigrou para a área de expansão agrícola no leste do Paraguai, localizada na região da tríplice fronteira territorial, na busca da realização do sonho da conquista de um pedaço de terra para dar continuidade à vida camponesa, um direito social negado no solo brasileiro. É a trajetória de luta de dois jovens para conquistarem seu "lugar sob o sol", uma luta travada com suor, lágrimas e sangue, sem poder contar com o apoio mínimo necessário do Estado dos dois países, a não ser certa possibilidade de acesso à terra. É a história inicial de luta persistente e de superação de Sara e Jacó, dois trabalhadores que viam na vida camponesa o melhor caminho para a formação da família e uma vida digna. Para tanto, nos primeiros longos anos, eles tiveram que se submeter ao trabalho em terra alheia.

Assim como essa família, milhares de outros trabalhadores rurais empobrecidos protagonizaram a mesma história em terra alheia, ou no próprio pedaço de chão, aventurando-se na floresta na esperança da satisfação de um sonho em território estrangeiro. Parte desses trabalhadores emigrantes brasileiros foi vitoriosa na luta pelo desejado acesso a um lote de terra, uma conquista alcançada com enormes dificuldades, fixando-se nessa região da fronteira, tornando-se cidadãos "brasiguaios". Outra parte, constituída igualmente de milhares de camponeses, por causa desse sofrimento desumano no interior do mato, desistiu desse sonho e retornou ao país de origem.

# 4
# A VIDA NA TERRA CONQUISTADA

Sara e Jacó tiverem que se sujeitar, durante vários anos, a morar e trabalhar em terra alheia na fronteira leste do Paraguai, mesmo considerando a terra barata quando comparada ao preço no Brasil, o que os levou a postergar o sonho de terem o próprio pedaço de terra. Os outros três irmãos que decidiram fazer essa mesma aventura, diferentemente, foram morar e trabalhar no próprio pedaço de chão, mesmo conseguindo, a duras penas, fazer o devido pagamento, de forma parcelada. Portanto, na ocasião da emigração, esses já tinham seu lote de terra conquistado. Eles iniciaram, na fronteira paraguaia, a superação de outra fronteira, passando da condição social de sem-terra para a condição de com terra e, dessa maneira, puderam dar continuidade à identidade camponesa.

Luís é o terceiro mais novo da constelação de sete irmãos. Com pouca escolaridade, não chegou a concluir a 6ª série do ensino fundamental, e vendo pouca perspectiva de êxito na migração para o meio urbano para viver do trabalho assalariado, ele alimentou o desejo e o sonho de continuar no campo trabalhando em seu próprio pedaço de chão. O problema era como conquistar terra diante de uma situação social totalmente adversa vivida no Brasil com os demais familiares. A alternativa que se vislumbrava era seguir os passos de sua irmã Sara.

A história de vida de Luís é pura superação desde seu nascimento, uma vida constituída de renascimentos. Sua trajetória pessoal faz lembrar o mito grego da fênix, uma ave que morria e renascia das próprias cinzas. Quando tinha menos de 2 meses de idade, Luís foi levado às pressas para o hospital e foi recebido pelo médico praticamente morto. A causa, que podia ter se tornado numa tragédia na família, foi devido à compra de sal amoníaco inapropriado numa loja local. Esse produto utilizado nas bolachas era vendido avulso e estava guardado numa lata misturado com um veneno altamente letal destinado a matar ratos e formigas na lavoura. Nunca foi explicado, ou devidamente apurado, como isso foi possível de acontecer.

Na véspera de Natal, a vovó de Luís fez bolachas com esse sal e, devido ao formato e à cor esquisitos – farelenta e de cor rosa – levou para a mãe dele, que comeu das bolachas, assim como as distribuiu entre os filhos. Luís, por ser um bebê, recebeu uma bolacha amolecida no leite. Logo depois veio o efeito, tais como vômitos, cor roxa, desmaio, choro e desespero. A sorte – para pessoas iluminadas tende a acontecer isso – foi que seu pai tinha chegado nessa hora da roça, portanto não tinha comido dessas bolachas, e a família já possuía um carro. Ele levou às pressas todos para o hospital. Após esse tremendo susto, que virou notícia na região, todos se salvaram, incluindo os quatro irmãos que futuramente emigrariam para o país vizinho. A situação mais crítica foi a de Luís, uma vez que era um bebezinho ainda muito frágil.

A infância de Luís se resumia ao estudo, ao trabalho na lavoura e à diversão nos finais de semana. Ele gostava de jogar bola com os amigos e de fazer carrinhos de madeira para descer em alta velocidade a ribanceira na terra de seus avós. Ele buscava a adrenalina, pois outra diversão apreciada era entrar num pneu e descer naquele mesmo lugar; embaixo havia um córrego e árvores de vários tamanhos, contra as quais a roda se chocava com ele dentro. Quanto maior o impacto, mais emocionante era para ele e para os demais amigos corajosos que faziam a mesma brincadeira. Ele nunca se machucou gravemente com essas aventuras. Seus maiores amigos eram o irmão Jairo e um primo vizinho. Os três sempre estavam juntos nas travessuras.

O desinteresse pelo estudo na adolescência levou os três a praticarem pequenas arruaças na escola. Luís conta que recebeu um castigo da professora já no primeiro dia de aula, no seu último ano de estudo, e teve que ficar em pé no cantinho da sala de costas para a turma durante o restante da aula. Enquanto isso, os outros dois amigos se divertiam com o constrangimento amargado por ele! Mesmo com esse espírito desafiador da ordem estabelecida, típico de adolescente em fase de emancipação e de afirmação enquanto indivíduo, ele sempre foi uma pessoa muito carismática, educada, respeitosa, compreensiva, esforçada, determinada, lutadora, qualidades essas entranhadas na sua vida até hoje. Sara, assim como os demais irmãos, possuem as mesmas qualidades. É o resultado da educação recebida dos pais.

No ano de 1980, quando tinha apenas 14 anos de idade, Luís viajou, pela primeira vez, para o Paraguai. Naquela oportunidade, em um curto período, ele ajudou na colheita da soja do Jacó, na companhia de mais outros dois que viajaram com ele. Para esses três brasileiros que nunca tinham ido para o Paraguai, a viagem foi uma aventura. Devido à distância e à lentidão da viagem, pelo fato de o ônibus ter entrado em todas as cidades, a certa altura, já agoniado, um deles teria dito: "*[...] eu sabia que o mundo é grande, mas não imaginava que fosse tanto!*". Luís conta a façanha vivenciada na estrada até chegarem ao local onde residia o Jacó:

> *[...] no Paraguai era tudo estrada de chão. De Cidade do Leste até a cidade de Santa Rosa nós conseguimos ir de ônibus. Dali até Rovenha não tinha ônibus, e era um trecho longo. Deste lugar em diante era na base de carona. Nós conseguimos ir com um caminhão até a entrada da cidade de Naranjal. Esse caminhão tinha lona até a metade da carroceria, mas esta parte estava cheia de mercadorias, restando-nos ficar do meio para trás, no espaço descoberto.*

Luís lembra a tristeza pela qual passou nesse trajeto da viagem em cima do caminhão, uma aventura empreendida para ajudar o namorado da irmã Sara a fazer a colheita da soja, trabalho que era feito de forma manual:

> *[...] eu estava parado em cima de uma pequena tampa no assoalho que serve para o descarregamento dos grãos, e ela abriu, com isso um pé meu foi para baixo. Eu estava com chinelo de couro novo, e o desse pé caiu no chão. Aí eu comecei a gritar para o motorista parar, pus a cabeça para o lado de fora para que ele me visse pelo retrovisor. Para o meu azar, ao lado da estrada tinha mato, com isso um galho bateu na minha cabeça! Eu chorei de dor e por perder um chinelo novo! O motorista não percebeu, por isso não parou.*

Ele segue narrando essa primeira e inesquecível viagem para o Paraguai, um feito em que a alegria e a curiosidade de conhecer novos lugares foram interrompidas por momentos de sentimentos de dor e sacrifício:

> *[...] da entrada do município de Naranjal até Rovenha nós fomos com um outro caminhão, este transportava toras, e eu triste pelo fato de estar apenas com um chinelo e um enorme caroço na cabeça. Ao chegar finalmente no destino, já estava escuro e eu muito cansado, depois de dois dias de viagem, aí percebi que não tinha colchão na casa do Jacó. Nós dormimos em cima de palha de feijão por quase dois meses!*

Foi uma viagem e uma experiência desagradável que podiam ser decisivas para a desistência de Luís de retornar àquele país. Porém, ao contrário, ao se deparar diante da imensidão da floresta com terras férteis e consideradas baratas, seu sonho ganhava novas cores, e seu coração imprimia uma pulsação mais vibrante na esperança de fincar seu destino na região da fronteira. Ele percebeu que nesse espaço seria possível conquistar seu pedaço de terra e viver do trabalho de produção de alimentos, algo negado na terra natal brasileira. Em meio aos incidentes e às dificuldades vividas na viagem e no trabalho, ele conseguia ver luzes que lhe abriram um novo horizonte.

Seus pais, dois anos depois, na primeira viagem feita para essa região para visitar a filha Sara, tiveram a mesma percepção e sentimento de encantamento pelas terras. Eles vislumbraram que, assim como sua filha Sara emigrou, outros filhos poderiam acessar um pedaço de terra no solo paraguaio, mesmo sabendo do sofrimento inicial ao qual deveriam se submeter. Nesse sentido, decidiram contribuir com o valor de cem sacos de soja para cada um dos filhos ao iniciarem a vida conjugal. Depois, ao ficarem maravilhados com a beleza do solo paraguaio, eles pensaram de que seria possível antecipar essa ajuda, decidindo contribuir na compra de terra no outro lado do rio Paraná para os filhos que desejassem continuar a vida no meio rural, mesmo estando ainda solteiros.

Essa ação foi iniciada no ano de 1983, oportunidade em que os pais desses quatro irmãos compraram uma colônia de terra (25 hectares) para os filhos Jairo e Luís, na fronteira do país vizinho. O projeto deles era, com essa iniciativa, dar condições mínimas para que eles conseguissem adquirir um pedaço de terra, mesmo localizado em terra estrangeira e longe do convívio familiar. Eles deram o valor em dinheiro de cem sacos de soja para os dois filhos, e o restante do pagamento das parcelas ficariam por conta deles. Esses as pagariam com a produção a ser desenvolvida na própria terra. Essa área adquirida era coberta de mata nativa, o que aumentava o desafio para o cultivo de quem não tinha condições financeiras para derrubá-la por meio de máquina.

Nessa oportunidade, além dos pais, o casal Jacó e Sara também comprou um pedaço de terra, porém uma área menor, de 13 hectares, que ficava ao lado da terra de Luís e Jairo. Um conhecido deles igualmente adquiriu nessa ocasião um pedaço de chão, uma área maior, de duas colônias. Tratava-se de três propriedades de terra de mato contíguas localizadas em um local belíssimo, de relevo plano, sem pedras, solo fértil, árvores exuberantes, tendo ao fundo um córrego com uma água límpida. Era comum o fato de parentes e conhecidos da mesma região brasileira irem juntos comprar terra, porém cada um adquiria seu lote, ficando um ao lado do outro. Essa estratégia dava mais segurança na negociação para a compra, pois não era fácil lidar com a burocracia num país onde eles não dominavam o idioma local, assim como havia o temor de a terra estar em situação irregular, algo que acontecia com frequência.

Jacó e Sara conseguiram comprar esse pedaço de terra graças à ajuda recebida do valor de cem sacos de soja para efetuarem a entrada, sendo o restante do pagamento responsabilidade deles. Eles tiveram bastante dificuldade para a posterior quitação da terra. Eles arrendaram esse lote para que fosse desmatado durante o período em que moravam na terra alheia. Portanto, eles não tiveram rendimentos durante vários anos, pelo contrário, tiveram apenas gastos com as parcelas que precisavam ser pagas.

Luís conta o que o encorajou a tomar a decisão de retornar para o Paraguai de forma definitiva:

> [...] o pai veio antes e comprou uma colônia de terra no Paraguai para mim e para o meu irmão Jairo. Só que ao menos um de nós dois tinha que ir trabalhar nesta terra, produzir para terminar de pagá-la com a própria produção. Porém, o meu irmão não quis ir, com isso sobrou para mim me mudar para trabalhar nesta terra.

Luís se recorda muito bem de como foi o encontro com seu pai e o que ele falou quando entregou para os dois filhos a terra recém-comprada:

> [...] o pai foi fazer o pagamento da primeira parcela da terra e, quando voltou, ele falou: "a entrada eu paguei, agora um de vocês dois pode ir lá trabalhar para terminar de pagar a terra. Esta terra é de vocês". O Jairo falou que não ia, daí eu falei: "eu vou!". Meu pai ficou muito feliz com a minha decisão, e a mãe ficou mais contida, dando a entender que não seria nada fácil.

Após a aquisição da terra, Luís, com 17 anos incompletos e sozinho, juntou suas três mudas de roupa e foi morar em definitivo naquela terra que o aguardava. Seu irmão Jairo continuou morando com os pais. A futura companheira de Luís confessa que ele *"[...] emigrou para o Paraguai com a cara e a coragem para fazer um futuro melhor"*. A bagagem dele consistia nisso: vontade de trabalhar em seu pedaço de terra, contando com o apoio dos pais. O deslocamento para outro lugar é uma ruptura, um desenraizamento, uma desterritorialização, ainda mais para outro país. É uma partida tomada pela esperança, assim como acompanhada de tristeza para quem vai e para quem fica.

Sua irmã mais nova, tendo apenas 11 anos de idade na época da partida de Luís, traz, em suas lembranças, o sofrimento provocado quando alguém da família ia embora, e, mais complicado ainda, quando emigrava, rompendo com os vínculos diários do convívio familiar e comunitário:

> *[...] quando o Luís foi para o Paraguai, eu senti muita tristeza e saudade. Eu tinha muita pena do meu irmão, pois ele era muito novo e passou por muitas necessidades no mato. Eu era muito apegada a ele, o que aumentava a dor sentida com a sua ausência.*

Novamente a Kombi foi o meio usado para a realização da viagem, da travessia para o outro lado do rio Paraná. A terra conquistada à espera de Luís se encontrava numa região desabitada, distante de qualquer povoado, constituindo-se numa realidade ampliadora das dificuldades, dos sofrimentos. Com uma máquina motosserra – não se sabe como ele conseguiu efetuar essa compra –, mais um machado, uma foice e um facão, ele começou a derrubar o mato. Depois de seco, ela metia fogo, na esperança de que tudo virasse cinzas para deixar a terra pronta para o plantio da soja e do milho. Todo trabalho, desde a derrubada do mato até a colheita, era feito manualmente. A companhia diária de Luís era o mato, os animais e a plantação que cultivava. Acrescido a isso, e que é fundamental, ele contava com o sonho incorporado de que havia a possibilidade de ser bem-sucedido nessa aventura.

Todas as árvores eram derrubadas e queimadas, não importava a qualidade da madeira, pois o que se desejava era a terra limpa. As toras das árvores tinham pouco valor naquela época, além de ficar custoso contratar uma máquina para puxá-las para a beirada da terra, empilhando-as para uma utilização futura, ou para mandar logo serrar em forma de tábuas e vigas. Nesse tempo eram permitidas as queimadas sem limites, atendendo a um desejo dos agricultores. Nos principais meses do ano em que eram realizadas as queimadas, os dias ficaram com pouca claridade, quase se confundindo com as noites enluaradas, tanta era a fumaça que tomava conta do ar. Os animais existentes no mato também não eram respeitados, sendo-lhes imposta a migração enquanto existia floresta por perto. A flora e a fauna não rimaram com a agricultura desde o tempo em que os primeiros agricultores se instalaram naquela região.

Perto da terra de Luís, morava a única família na redondeza, que aceitava gente para pernoitar e fazer as refeições na casa. Essa família também tinha terra, mato para ser derrubado, e desenvolvia a plantação. Ele só fazia as três refeições nesse lugar e passava as noites na barraca erguida em sua terra. O pagamento da alimentação era feito mediante dois dias de trabalho por semana na terra da família. Ao Luís não havia alternativas para se alimentar a não ser naquele lugar e se submeter a essas condições de pagamento. Além de todo esforço empreendido em sua terra, para derrubar manualmente o mato e fazer o cultivo, ele ainda teve que fazer o mesmo trabalho dois dias por semana na terra alheia. É uma realidade que beira ao absurdo! É a dureza da vida enfrentada para quem se encontra numa fronteira social de exclusão, exigindo um esforço sobre-humano na luta pela conquista de condições mínimas de dignidade.

Pior ainda era a qualidade da comida oferecida por essa família. Esse tipo de trabalho agrícola é extremamente exaustivo e desgastante, o que requer uma alimentação abundante e adequada. Porém não foi nada disso que o irmão de Sara encontrou nessa pensão. Lurdes, sua futura companheira, relata o que ele já contou várias vezes para seus familiares e amigos quanto à alimentação oferecida:

> [...] a boia era péssima! Nas três vezes por dia só ofereciam polenta com leite, e o coitado nem leite costumava tomar. Quando ele tinha sorte, essa família caçava algum animal para terem carne para comer. Ele conta que certa vez tinha um cheiro horrível na mesa, ele se serviu um pedaço de carne com um gosto muito estranho. Depois um colega que fazia as refeições com ele contou que era carne de graxaim-do-mato, também conhecido como cachorro-do-mato!

Imprimir um trabalho árduo sem uma alimentação de qualidade para repor as energias é uma situação deplorável! As refeições de Luís eram literalmente um prato indigesto! Ela continua falando sobre a alimentação diária servida aos hóspedes, entre eles o Luís:

> [...] mas a fome dele era tanta...! Não tinha opções naquele lugar. Era polenta todo o dia com um milho mal moído, parecendo uma quirela! Depois das refeições, a limpeza da panela coube aos cachorros, pois ela era colocada no chão para que esses animais a lambessem até que ficasse limpa!

No final desse primeiro ano de trabalho de Luís (1983), provavelmente por causa da saudade e da preocupação com a situação do filho, seu pai foi buscá-lo para que passasse as festas de fim de ano com a família. Devido ao serviço que ainda havia para ser feito na lavoura, o pai ficou uma semana ajudando antes da sua viagem de retorno. Restava-lhe também fazer as refeições naquela pensão. Ele era extremamente enjoado com comida. Luís conta que seu pai não comeu nada naquela semana. Eles estavam a pé no mato longe de qualquer mercado. Desde a infância, ele tinha ojeriza ao leite e, no caso da polenta diária oferecida como cardápio, feita sem a higiene mínima, ela ainda continha leite, o que obstruía a entrada na sua boca, muito menos descesse pela sua garganta. Nem com reza brava, ele conseguiria engolir essa mistura de milho triturado acrescido de água e leite. A estratégia adotada pelo pai na mesa foi deixar discretamente a boia servida cair no chão para a festa dos cachorros e gatos já em prontidão ao seu redor.

Diante da negativa em engolir a polenta, as pessoas da pensão percebiam e ficavam preocupadas, insistiam para que comesse, ao que pai do Luís dizia que estava sem fome, sem apetite. A mãe de Luís lembra que ele chegou em casa caminhando que nem bêbado, andando em ziguezague, tal era a situação de fraqueza e subnutrição em que se encontrava. Já tendo um porte físico franzino, ao retornar ao lar, ele estava reduzido em pele e ossos! Enquanto o pai revigorou as forças, Luís engordou 10 kg nos 30 dias em que ficou passeando e descansando na casa dos seus pais. Ele também estava esquelético devido à comida nada aprazível com a qual se alimentava. Não bastasse todo sacrifício diretamente implicado no trabalho, na própria lavoura e na dos donos da pensão, ainda se acrescentava o problema da indigesta alimentação.

Mesmo em situação de subnutrição, sentindo-se fracos, os dois ainda tiveram que enfrentar uma viagem dos horrores no retorno à casa dos pais dos quatro irmãos. Na véspera de Natal, ao chegarem à rodoviária da cidade de Foz do Iguaçu-PR, eles foram informados de que as vagas das poltronas estavam todas vendidas, restando fazerem o trajeto de mais de 300 km em pé dentro do ônibus. Naquela época era permitido viajar dessa forma. A companheira de Luís lembra esse fato:

> *[...] no dia 23 de dezembro eles foram em pé dentro do ônibus para o Rio Grande do Sul. Fazia um calor infernal, por isso uns passageiros passaram mal, chegando a vomitar dentro do ônibus de tanta agonia que sentiram com esta situação de desconforto. Foi uma viagem que os dois não querem nem recordar!*

Luís, para acelerar a derrubada do mato, ampliar a área de plantio e, consequentemente, aumentar a produção agrícola, arrendou uma parte do mato para um conhecido. O contrato era o de praxe: o contratado podia ficar com tudo o que plantasse e colhesse na área de mato que conseguisse derrubar nos três primeiros anos. Luís, dessa forma, teve um parceiro que o ajudaria na limpeza da terra, pois sozinho, e exercendo todo trabalho de maneira manual, demoraria demais para ter toda a área à disposição para o cultivo. Após a aquisição da terra, o desejo seguinte era torná-la área desmatada, inclusive limpa dos tocos das árvores, condição necessária para a contratação de máquinas para efetuar os serviços essenciais: plantio, pulverização e colheita. Fazer a terra produzir para alcançar uma vida confortável, é isso que norteia a vida dos camponeses após a conquista do pedaço de chão.

Nos primeiros longos anos, além de todas as dificuldades para plantar a soja na terra cheia de tocos das árvores cortadas, o mesmo acontecia para fazer a colheita. Dado o fato de que existia apenas uma máquina de trilhar soja nessa microrregião, a agonia tomava conta dele na época de colher os grãos. Essa planta, depois de madura e seca, requeria a colheita rápida para evitar a ameaça das chuvas, pois a safra não podia ser perdida sob a hipótese alguma. Esse perigo da perda também ocorria mediante a ação do calor do sol, pois as vagens abrem depois de uns dias secas, com isso o valioso cereal cai no chão. Essa máquina de colher contratada funcionava dia e noite para dar conta da demanda na redondeza. Luís conta como acontecia a colheita:

> [...] no nosso lugar só tinha uma máquina trilhadeira, e ela funcionava vinte e quatro horas por dia no período da colheita da soja. Às vezes ela chegava de madrugada para fazer esse serviço. Aí era necessário levantar e fazer esse trabalho, mesmo estando muito cansado pelo fato de no dia anterior ter cortado e carregado esta planta nas costas, deixando tudo num monte para a máquina encostar e fazer a colheita.

Os primeiros anos vividos por Luís no Paraguai foram de muito sofrimento. A realidade enfrentada por ele não é digna para um ser humano, nem de qualquer outro ser vivo. Todos os motivos estavam dados para que ele desistisse e retornasse ao lar dos pais no Brasil, algo que milhares de outros camponeses pobres fizeram. Ele, porém, resistiu, superando-se a cada novo dia. Além da péssima comida e do trabalho extenuante realizado sozinho em sua terra, ele economizava ao máximo para conseguir sobreviver e sair dessa situação. Ele contou para a sua futura namorada e companheira:

> [...] nos poucos bailes em que ia, eu só comprava uma cerveja, quando a vontade era de beber um engradado com vinte e quatro garrafas. Eu fazia isso para não gastar! Nas poucas vezes em que eu saía para passear nos domingos ou precisava ir ao mercado, dava vontade de tomar ao menos um refrigerante, mas eu não comprava para não gastar. Eu só comprava o que realmente era necessário. Eu sempre tinha em mente o próximo passo que precisava dar para facilitar o trabalho e melhorar a situação de vida, e, para tanto, era preciso ter dinheiro.

Quatro anos depois, em 1987, com a terra já paga e boa parte desmatada, Luís foi morar na família da sua irmã Sara. A partir desse ano, ela já morava com sua família na própria terra de seis hectares comprada nas imediações do povoado de Rovenha. Foi o fim da residência e do trabalho dessa família em terra alheia. Essa pequena área adquirida serviu, principalmente, para a moradia do casal com os filhos, embora também fosse cultivada por produtos para o próprio consumo; a maior parte era plantação de soja para o mercado. A moradia na terra própria lhes deu mais tranquilidade e segurança, pois passaram a ocupar um espaço de seu domínio.

Essa localidade tinha uma infraestrutura social mínima para atender às demandas básicas e criar relações de convívio, diferentemente da região onde Luís tinha a terra, local onde morava e trabalhava. A migração dele para esse novo lugar foi, fundamentalmente, para buscar mais conforto e, assim, deixar para trás a solidão vivida até então numa região onde predominava o mato e a ausência de pessoas. Embora não morasse mais na sua própria terra, ele continuava plantando lá, fazendo isso em certos períodos do ano. Alguns anos depois, ele contratou uma máquina esteira para destocar toda a terra, o que possibilitou a realização do trabalho de forma mecanizada. Embora tivesse que contratar as máquinas, o que implicava custos, ele se livrou do extenuante trabalho manual. É a trajetória de vida que consistiu na emigração e de migração interna na região da fronteira paraguaia.

A vida do Jacó, por sua vez, mudou significativamente a partir do momento em que sua família passou a morar em seu pedaço de chão. Ele passou a se dedicar exclusivamente ao trabalho de construção de casas, galpões e silos. Jacó deixou de trabalhar diretamente na agricultura, dedicando-se à profissão de pedreiro, ou construtor. O lote de terra sem mais vestígio de mato era cultivado mediante a contratação de máquinas para fazer o serviço, ficando Sara responsável pela parte da produção de alimentos para o próprio consumo. Jacó, dessa forma, voltou a se dedicar ao serviço que exercia no Brasil, ao passo que a Sara continuava com o mesmo trabalho: doméstico e lavoura, acrescido da educação dos filhos, responsabilidade compartilhada pelo casal. O sonho do Jacó de viver dignamente, por meio do trabalho agrícola na sua própria terra, teve entraves, levando-o a retomar o trabalho exercido na terra natal, porém agora na fronteira paraguaia, não desistindo desse país.

Essa região do outro lado do rio Paraná estava em grande expansão econômica e social, tanto na produção agrícola quanto no setor de construção de imóveis na vila e nas propriedades rurais. Devido a essa expressiva demanda, pagava-se relativamente bem para os profissionais do serviço de construção. Jacó precisava de bastante mão de obra, que era contratada por ele. Esse contexto fez com que Luís aceitasse o convite para morar com a família dele e trabalhar como servente de pedreiro. Esse trabalho passou a ser também a principal fonte de renda para Luís e considerada segura, diferentemente do trabalho agrícola, que requer alto investimento e é de risco, pois depende das condições climáticas e sociais, como o preço cobrado para os insumos e pago para os cereais produzidos, fatores que interferem diretamente nos ganhos com a produção agrícola. Luís, dessa forma, dividia o tempo de trabalho entre a construção como assalariado e o cultivo de sua terra.

Ele pagava uma pensão mensal à família de Sara e Jacó para poder usufruir da moradia e da alimentação. O pagamento recebido pelo serviço na construção era semanal e, integralmente, embolsado por ele. Além de receber por esse trabalho, ele aprendeu a ser pedreiro. Posteriormente, ele fazia esse serviço de forma autônoma, tornando-se construtor, ou mestre-de-obras, o que aumentava seus rendimentos. Todo esse trabalho era desenvolvido sem o registro formal ou público, evitando o pagamento de impostos, assim como a contribuição para a previdência social. A consequência desse sistema é que não há direitos trabalhistas, tornando-se um problema em caso de acidente de trabalho e na fase da velhice, pois não existe pensão e aposentadoria. Havia, e em boa medida ainda perdura, um completo desamparo na assistência social em relação aos trabalhadores urbanos e rurais.

Luís, a partir do final da década de 1980, começou a experimentar, aos poucos, o que tanto aspirava e que foi o motivo de sua ida para o Paraguai e da sujeição a tanto sacrifício. Conquistou sua própria terra, cultivando-a, assim como obteve rendimentos com o trabalho na construção, e, dessa forma, pôde auferir certo bem-estar, ou conforto, em sua forma de viver. Luís, o segundo dos quatro irmãos que se aventurou na fronteira paraguaia, ao comprar outro pedaço de terra para o Jairo, garantiu o sonho da conquista de um pedaço de terra de 25 hectares registrada em seu nome. Ele deixou de ser um trabalhador rural sem terra.

Em 1991, com as rendas de sua terra e do trabalho de pedreiro, ele se encorajou para fazer um financiamento no banco e obter recursos para pagar pelo serviço de destoca – arrancar os tocos das árvores cortadas –; a área já estava toda desmatada. Esse serviço era caríssimo na época, pois tinha poucas máquinas esteiras e muita demanda. Para efetuar esse financiamento, Luís pegou como avalista o proprietário de uma empresa compradora de soja que lhe devia toda a safra do ano anterior (1990). Pouco tempo depois, esse empresário decretou falência, fugiu do país e não lhe pagou uma moeda sequer dessa safra de milho e da soja. Luís teve que amargar mais esse duro golpe, uma situação de muita tristeza, exatamente no momento em que estava se ajeitando na vida. Ele perdeu todo um ano de trabalho exaustivo exercido na lavoura. É a vida com seus sabores e dissabores. A aplicação desses golpes era muito comum naquele país, pois o sistema de justiça do Estado era inoperante e corruptível, o que garantia a impunidade aos mal intencionados.

Como resposta a essa ação condenável do comerciante, tendo em vista a recuperação de, ao menos, uma parte desse prejuízo sofrido injustamente, Luís não pagou as prestações do empréstimo junto ao sistema financeiro, deixando-as para serem quitadas pelo avalista que lhe devia. Temendo perder a terra para o banco por causa desse débito, pois o nome dele ficou no *forção* – estar na forca, como eles dizem nesse país, ou estar com o nome "sujo" junto às instituições financeiras –, ele transferiu o registro da terra para sua namorada. Anos depois, esse empresário retornou ao país, retomou a empresa e pagou as dívidas de Luís junto ao banco, o que fez com que ele novamente ficasse com o nome "limpo" no sistema financeiro. Diante desse alívio, ao se casar, Luís pôde passar a escritura da terra para o nome dos dois.

Essas práticas de trapaça no âmbito das relações do mercado, bem como nas condutas interpessoais, acontecem com muita frequência no Paraguai. A família de Sara e Jacó recentemente também foi roubada por uma das maiores empresas vendedoras de insumos agrícolas e compradora dos produtos cultivados nas lavouras. A família comprava numa empresa o que precisava para o investimento na terra, e, depois, as despesas eram abatidas na produção entregue ao mesmo estabelecimento comercial. O roubo aconteceu mediante a falsificação de documentos e cheques, fazendo constar nos registros um débito, quando, na verdade, a família tinha crédito naquela empresa. A impunidade, ou a "compra" dos agentes públicos do sistema judiciário, é um incentivo para essas práticas de extorsão cometidas por empresas privadas.

Diante da negativa de entregar os produtos agrícolas naquela empresa para quitar as supostas "dívidas", a família conseguiu uma autorização judicial para ir, com a polícia militar, à lavoura, durante a colheita da soja, e levar a produção à força para uma das filiais daquela empresa. Diante da resistência da família de Jacó, desencadeou-se um conflito que virou notícia nacional. Essa prática fraudulenta aconteceu com várias outras famílias camponesas. Esse enfrentamento gerado contra a polícia gerou traumas até nos netos de Sara e Jacó. Uma filha casada do casal, que chama esse fato de "golpe", conta:

> [...] meu filho mais velho foi atingido com esse acontecimento triste. Quando começou o período de ir à escola, percebemos que ele tinha um trauma. Ele não queria ir, pois tinha medo da polícia pegar e levar ele. Aí levamos o filho num psicoterapeuta e, graças a Deus, conseguimos tirar o trauma e ele voltou a frequentar as aulas. Esse confronto com a polícia foi um choque muito grande para todos nós.

Essa prática de corrupção, em todas as esferas da sociedade, acontecia de maneira deliberada durante o longo período da ditadura militar do governo Alfredo Stroessner (1954-1989). As instituições do Estado não coibiam essas condutas, muito pelo contrário, seus agentes públicos tinham o mesmo comportamento mediante a cobrança de propina pelos serviços prestados, ou para a obtenção da impunidade. Por exemplo, nada avançava nos órgãos governamentais sem que fosse dado um "agrado", ainda mais quando os demandantes eram "brasiguaios", esses tendo pouco conhecimento da burocracia estatal e se sentindo, ou sendo tratados como, cidadãos de segunda categoria. Essa herança ainda é muito corriqueira na atualidade, embora seja menos explícita. Num passado recente, ela era escancarada, quase legalizada! Claro, na sociedade brasileira, essas práticas corruptas, nos âmbitos privado e público, não são muito distintas.

Luís, além da melhora financeira, saindo da situação desumana vivida nos primeiros quatro anos no mato longe de tudo e de todos, também começou a encarar e superar sua solidão afetiva. O novo ambiente social proporcionado pelo povoado onde passou a residir, as relações estabelecidas mediante o trabalho no setor da construção e o aconchego na família de Sara e Jacó, inclusive podendo se alimentar de maneira adequada, constituíram-se numa nova realidade que favoreceu seu convívio, um conjunto de fatores não tidos anteriormente. O carinho recebido das pessoas próximas, a diversão com os amigos, a paquera e o namoro com garotas devolveram-lhe a autoestima, a alegria e o prazer, qualidades que eram características de seu modo de ser quando vivia com os familiares. A vida começava a sorrir para ele!

Solteiro, sem nunca ter tido uma namorada, ele começou a namorar nas terras paraguaias. A primeira namorada dele não deu certo, encontrando, depois, muitas dificuldades para interromper essa relação amorosa. Ela, sendo de uma família de 17 irmãos, insistia, fazia de tudo, inclusive ameaças, para continuar o namoro e se casar com ele. Luís, procurando ser compreensivo e resolver a separação por meio do diálogo, sofreu com esse problema. Os sentimentos, os desejos e o prazer são uma fonte de energia poderosa que impulsiona os seres vivos a se aproximar e estabelecer relações de diferentes formas e intensidades. Luís e sua primeira namorada tinham sentimentos diferentes entre si. Cada indivíduo lida com a dimensão dos afetos de maneira singular, integrando-a no seu viver de forma diferenciada, tendo a razão um poder de controle maior ou menor sobre os sentimentos. São os mistérios e as maravilhas da vida!

Certo dia, no início do ano de 1991, Luís foi a uma festa na localidade chamada Iarol, distante 50 km, comunidade onde moravam primos e amigos dele; lá conheceu uma garota que mexeu com seu coração e que mudaria a sua vida. Essa moça se chama Lurdes. Ele dançou com ela a noite inteira durante o baile, e, a partir de então, iniciaram uma relação de namoro que teve como ápice o casamento em agosto de 1994. Com esse novo relacionamento amoroso, ele conseguiu dar um fim definitivo ao namoro anterior. Os dois constituem um belo casal até hoje. E assim, depois de conquistar seu pedaço de terra a duras penas, Luís caminhava na direção da realização pessoal nas diferentes dimensões de que é tecida a vida, materializando o sonho do bem-estar que o encorajou a deixar para trás o ambiente de sua infância e se aventurar no Paraguai.

A sorte também se apresenta na vida para quem luta! Luís foi participar de um evento festivo no qual foi realizado um bingo que tinha como primeiro prêmio um carro zero Km. Ele decidiu comprar uma cartela, embora sentisse pelo dinheiro que desembolsou, e, para a sua alegria, foi um dos ganhadores, com outros três. Ele vendeu a sua parte e, com esse dinheiro e mais algum recurso que já tinha ajuntado, graças ao trabalho de pedreiro, comprou outro pedaço de terra no ano de 1992. Esses recursos foram suficientes para o pagamento da primeira parcela. Era uma área de 12 hectares desmatada localizada logo acima da terra e moradia da família de Sara, nas imediações do povoado de Rovenha. Depois, aos poucos, ele foi construindo uma casa de madeira nesse lote, tendo como projeto fixar morada nesse pedaço de chão.

Dois anos depois, quando a casa ainda não estava totalmente concluída, ocorreu um fato não planejado: sua namorada Lurdes engravidou. Esse imprevisto não impediu que eles já fossem morar naquela casa logo após o casamento, curtindo a lua-de-mel nesse espaço. Onze anos depois da emigração para o outro lado do rio Paraná, Luís finalmente possuía a própria casa, construída no segundo pedaço de terra conquistado, e dava início à sua própria família, inclusive com o primeiro filho a caminho. O projeto de vida de Luís começava a se afirmar e a brilhar, ganhando as cores desejadas e sonhadas quando encarou esse desafio de se aventurar em solo estrangeiro.

O casal voltaria a comprar mais uma colônia e meia de terra (38 hectares) no ano de 2001. Essa aquisição foi possível mediante a produção nas duas áreas de terra que eles já possuíam, com o trabalho de pedreiro e da venda de quatro hectares de terra que Lurdes havia recebido dos pais. Após o pagamento de uma parte à vista, eles tiveram muitas dificuldades para quitar as parcelas seguintes. Nessa época a terra já tinha deixado de ser barata. Lurdes conta que certo dia eles foram convidados por três vizinhos para jogar caxeta, que é um tipo de jogo de baralho, mas estavam sem condições de ir:

> [...] nós só tínhamos umas moedas em casa. Aí, para não contar a verdade e despistar, falamos para eles que estávamos com gripe, pois se nós perdêssemos não tínhamos como pagar o jogo. Era bem baratinho, sendo uma forma de dar mais seriedade ao jogo, mas, mesmo assim, a falta de um pouco de dinheiro impediu de nos encontramos com os amigos.

Na sequência ela acrescenta que a falta de dinheiro, como naquela oportunidade, nunca os privou das necessidades básicas, o que foi possibilitado graças ao espírito camponês que se mantinha vivo no trabalhado agrícola desse casal:

> [...] mas fome nós nunca passamos. Nós plantávamos mandioca, batata doce, batatinha, amendoim, pipoca, tinha frutas, hortaliças, criamos galinhas, porcos, vacas. Certas coisas que não produzíamos para comer, principalmente o feijão e arroz, nós compramos no mercado da vila.

Três anos depois, no ano de 2004, a família já estava em condições para comprar mais uma área de terra de 29 hectares. O pagamento foi por meio da entrega anual do valor de determinada quantidade de soja. Essa terra, eles conseguiram pagar com certa facilidade, pois a renda proveniente da produção agrícola era suficiente para honrar o compromisso. Posteriormente, o aumento da produção possibilitou a aquisição de uma chácara de cinco hectares ao lado do povoado da Rovenha, área comprada para a futura construção de uma casa de alvenaria. Eles construíram inicialmente nesse local um galpão erguido com tijolos e a cobertura feita de estrutura metálica para guardar as máquinas, implementos e insumos agrícolas. Depois, antes de iniciar a construção da moradia, eles transportaram intacta, em cima de um caminhão, a casa de madeira antiga para essa chácara, servindo de lar enquanto erguiam a nova casa.

O planejamento inicial era para o próprio Luís erguer a casa, que seria a última construção que faria na vida, pois já sentia problemas na coluna. Porém ele não conseguiu realizar essa vontade. Lurdes recorda:

> [...] meu marido pensou: "devagar vou fazendo com a ajuda dos dois filhos; o mais velho faria a massa de concreto e o mais novo carregaria os tijolos". Quando ainda estava nos fundamentos da casa, ele machucou a coluna, restando entregar para outro pedreiro fazer a obra.

Mesmo assim, com a supervisão de Luís, o resultado final foi a construção de uma belíssima casa onde reside a família até hoje. Tendo começado a vida na fronteira leste paraguaia morando numa barraca no interior do mato, 20 e poucos anos depois, Luís passou a residir com sua família na própria casa, construída numa das áreas de terra conquistadas com muito sacrifício, contando, em todas as frentes, no decorrer dessa trajetória de luta, com a parceira de sua companheira Lurdes. Da condição de sem-terra para com terra, de barraco no mato para uma linda casa ao lado da cidadezinha, esse é o resultado da luta pessoal desmedida de alguém que sonhou uma vida digna por meio do trabalho agrícola na sua própria terra. Trata-se de uma aspiração a que todos os trabalhadores rurais deveriam ter direito de auferir e, para tanto, poder contar com os recursos materiais e sociais necessários para alcançá-la. Estamos falando da concretização de um direito social que impeça e rechaça a sujeição a uma situação de vida subumana para conquistar um "lugar sob o sol", um direito a ser viabilizado com políticas públicas geridas pelo poder do Estado.

Dois anos depois da construção da casa, a família adquiriu mais uma área de 24 hectares nas imediações da vila onde residem. Essa terra era uma das propriedades do filho do senhor que era o dono da terra arrendada por Jacó e Sara nos primeiros sete anos. A família decidiu que, a princípio, essa compra seria a última e definitiva propriedade rural, tendo consciência de que já possuíam terra suficiente para viver dignamente, inclusive para ajudar os dois filhos quando planejassem dar seus próprios voos. Agora o casal pretende dar prioridade à conservação e ao usufruto daquilo que conquistaram com muito suor.

Essa é a história da luta e de conquista da terra de um rapaz que chegou, aos 17 anos incompletos, à fronteira do Paraguai com uma malinha contendo três mudas de roupa e o sonho de trabalhar e viver dignamente na sua própria terra. Depois de incansável luta e sofrimento, uma trajetória de superação, inicialmente sozinho, depois na companhia da Lurdes, e mais recentemente com a ajuda dos seus dois filhos, ele e a família conquistaram 132 hectares de terra de excelente qualidade para desenvolverem a produção agrícola na condição de trabalhadores rurais, preservando, em boa medida, a identidade camponesa. Hoje vivem com o conforto almejado.

********

Júlia foi a terceira dos quatro irmãos que emigrou para as terras da fronteira do Paraguai, seguindo o mesmo caminho de Sara e Luís, porém vários anos depois. Ela é a terceira mais velha dentre os sete irmãos. Sua infância e adolescência foram serenas no ambiente de convívio numa família camponesa e numa comunidade rural tradicional de descendência germânica e católica. Ela sempre foi muito séria, dedicada e caprichosa em tudo que fazia. Ela, como é normal nesse contexto familiar e social, trabalhava muito em casa e na roça desde criança.

Júlia sempre arranjava umas horas de folga na infância para brincar, principalmente com sua irmã Sara e algumas amigas vizinhas. As brincadeiras preferidas eram com bonecas e bolas, de fazer comidinha, de ser professora, esconde-esconde, pular corda. Na fase da adolescência, ela gostava de cantar, assim como dançar. Dificilmente ela perdia bailes e matinês nos finais de semana na sua comunidade e nas localidades vizinhas. Ela era uma moça estudiosa, tinha facilidade para aprender, mas, mesmo assim, certa vez ela disse que, a partir do dia seguinte, não iria mais à escola. E assim fez, interrompendo os estudos no transcorrer da 6ª série do ensino fundamental. Havia muitas dificuldades para ir à escola devido à distância; o meio de transporte eram as pernas, e o caminho a ser percorrido era uma estrada de chão. Além desse empecilho, o trabalho na roça não dava tréguas. Existia também pouca perspectiva para a continuidade dos estudos após à conclusão do ensino fundamental, pois o ensino médio era ofertado à noite, o que aumentaria os obstáculos, e o curso de graduação era algo impensável na época para quem vivia nesse ambiente social.

Ela teve vários namorados, ou pretendentes, antes de namorar Lauro, com quem se casaria no último dia do ano de 1987. Sua irmã Sara, diferentemente, casou com o primeiro namorado. Considerando o cenário que se apresentava para a Júlia de pouca escolaridade e pertencente a uma família sem terra para repassar aos filhos, para viabilizar o projeto de construção da sua família, restou-lhe apostar as fichas na continuidade da vida no campo. Para tanto, Júlia alimentou o sonho de conquistar seu pedaço de terra para trabalhar e, dessa forma, buscar a realização pessoal e familiar.

Lauro é natural da comunidade vizinha. Ele é o quinto mais novo de um total de 12 irmãos e também muito cedo deixou de frequentar a escola. Seu pai faleceu quando ele tinha 9 anos de idade, e sua mãe partiu dessa vida com idade avançada. Essa família tem uma colônia de terra ao lado dessa pequena cidade, e a sua frente faz parte da zona urbana, inclusive a mãe morava lá, e hoje moram vários irmãos nessa ponta da terra. A principal entrada para a cidade fica nesse lugar, com a rua fazendo divisa com a terra. A Rodovia Federal passa lateralmente nessa terra. É uma terra belíssima, tendo ao fundo um córrego, com várias nascentes de água cristalina. A área foi herdada pelos filhos, constituindo-se em terra de grande valor, que pode ser destinada para o loteamento urbano, pois está localizada num espaço estratégico para a expansão dessa pequena cidade e sede do município.

No início do ano de 1988, após o casamento, Júlia e Lauro foram morar na casa da mãe dele nessa terra e cidadezinha. Lauro foi o escolhido pela mãe para cuidar dela na velhice, por esse motivo foram morar nessa casa. Porém Júlia, acostumada a viver no campo, teve dificuldades para se adaptar ao meio urbano, com uma casa ficando ao lado da outra, como ela relata:

> [...] eu falei para o Lauro: "o que a gente quer tudo num monte aqui, todo mundo morando tão pertinho. Vamos procurar outro lugar para morar". Eu não me sentia bem viver desse jeito. Eu estava acostumada a viver na roça, que é um espaço onde a gente fica bem mais a vontade e as famílias moram distantes umas das outras.

Júlia, com uma personalidade de maior iniciativa quando comparada ao jeito de ser de Lauro, convenceu-o a procurar uma terra em outro lugar para morar e trabalhar e, dessa forma, retornar ao meio rural. Eles tinham dinheiro para dar uma boa entrada, em se tratando de um recurso financeiro no valor de cem sacas de soja conseguido dos pais dela quando eles se casaram. Ele foi à procura de um pedaço de terra em locais onde havia notícias sobre a venda de propriedades rurais, mas a qualidade das terras, ou o preço e as condições de pagamento, não lhe agradou. Outra possibilidade era se aventurar na fronteira paraguaia, seguindo os passos de Sara e Luís. Como não conhecia a região, um dia Lauro decidiu viajar para o outro lado do rio Paraná para observar essa parte do território do país vizinho e ver as possibilidades para a realização do acesso ao desejado pedaço de terra. Mas não foi só ele nessa viagem com a Kombi, inclusive sua primeira para o país, como conta a Júlia:

> [...] eu, o Lauro e o Jairo fomos em 1988 visitar a mana Sara e o Jacó no Paraguai e também queríamos ver como era aquele lugar. Estávamos muito curiosos em conhecer aquela região para decidir se compraríamos ou não terra neste país.

Os três, de acordo com as decisões tomadas no ano seguinte, gostaram do que viram, ou ao menos perceberam que na região da fronteira era mais viável a conquista da sonhada terra, mesmo considerando que o valor era bem mais alto quando comparado ao início da década. O pai da Júlia, depois de desistir de morar nesse espaço do território paraguaio com a família, uma vontade que tinha alimentado por algum tempo, dava todo o apoio aos filhos que quisessem terra e estavam com a intenção de se mudar para esse país. Ele estava convicto de que para a nova geração de trabalhadores rurais que não conseguia terra no Brasil, o outro lado do rio Paraná proporcionava as condições para tanto. Mesmo assim, além de desejar isso para os filhos, ele e sua companheira também resolveram comprar um pedacinho de terra. Certo dia ele e Lauro foram para esse lado da fronteira com tal propósito, como lembra Júlia:

> [...] em fevereiro de 1989, o Lauro e o pai foram no Paraguai conhecer as terras que estavam à venda. O pai queria comprar uma terra. Aí os dois foram olhar um lugar de terra com mato, e cada um decidiu comprar um pedaço de terra. Eles compraram uma colônia, sendo que 15 hectares ficaram para os meus pais e 10 hectares para nós. Foi assim que conseguimos a nossa terra.

Diante dessa decisão, Lauro não atenderia o desejo da mãe de morar na casa dela e de cuidar dela. Um irmão dele que morava ao lado se comprometeu em dar toda assistência necessária, recebendo, em troca, a parte da herança que caberia a Lauro. Enquanto os demais irmãos seus herdaram parte dessa valiosa terra, mesmo não tendo a responsabilidade de cuidar da mãe, o companheiro de Júlia abriu mão da riqueza a que teria direito, mesmo precisando muito, pois o casal não possuía nada. A consideração e o carinho pela mãe se sobrepuseram a qualquer interesse material.

Alguns meses depois da compra da terra, em maio de 1989, com Júlia grávida, o casal juntou as mudas de roupa que tinha e se mudou para o leste paraguaio com um primo também recém-casado, e tendo como meio de transporte a famosa Kombi. Eles deixaram o Brasil sem nada, a não ser a vontade de trabalhar na própria terra e a esperança de serem bem-sucedidos na condição de camponeses em solo estrangeiro. Júlia relata as condições com que partiram para as terras ditas como "férteis e baratas":

> [...] nós fomos com uma Kombi que fazia viagens para o Paraguai. Além de nós foi também um primo com a sua esposa. Eu saí grávida do Brasil. Nós fomos apenas com uma mala com as mudas de roupa. Uns dias depois foi um caminhão que levou a mudança de cinco famílias. Neste caminhão foi a nossa mudança, que era um baú que o Lauro ganhou da sua mãe. Nesse baú colocamos, antes de sair, um pouco de louça que iríamos usar no Paraguai.

Júlia, assim como sua irmã Sara e seu irmão Luís, diante das dificuldades de obter um pedaço de terra no Brasil, criou coragem de emigrar para essas terras do país vizinho por influência e apoio dos familiares e amigos, dentre eles, tendo um peso maior, aqueles que já moravam na região da fronteira. Júlia narra o motivo da mudança dela e de seu companheiro:

> [...] nós também decidimos ir morar no Paraguai porque lá já estavam morando a mana Sara e o mano Luís. Nos mesmos dias, além de nós, os meus pais também resolveram comprar terra lá, assim como um primo, um tio e dois amigos nossos. No Brasil não tínhamos condições de comprar terra boa para trabalhar. Lá nós queríamos fazer a nossa vida, o nosso futuro. Foi por isso que resolvemos ir morar e trabalhar no Paraguai.

Mas a partida nunca é prazerosa. Ela provoca fissuras nas relações de convívio com os familiares e amigos, aflorando os sentimentos de tristeza motivados pela ausência e distância. Porém é a alternativa que se vislumbrava para quem deseja viver e trabalhar no mundo rural em sua própria terra. Os familiares de Lauro, que pela primeira vez passaram por essa experiência de um membro se aventurar no Paraguai, sofreram muito com sua emigração. A irmã mais nova de Júlia tinha 16 anos na época. Ela conta que gostava de passear na casa onde residia Júlia, um prazer que ficaria no passado com a mudança:

> [...] quando a mana Júlia casou e foi morar na comunidade vizinha, eu gostei, pois era perto, e eu gostava de ir lá. A gente saía pouco, e esta visita era uma oportunidade para sair de casa. Eu saída de manhã, almoçava com ela, comia uma comida diferente, e de tarde voltava para a minha casa. Eu senti muita tristeza quando ela também foi morar tão longe!

Lauro e Júlia já estavam bem informados e preparados para enfrentar a difícil realidade que encontrariam pela frente. Eles sabiam, a partir da experiência contada por outros camponeses que os antecederam nessa aventura, que os problemas iniciais seriam gigantescos, principalmente devido à falta das condições materiais mínimas para se lançar no mato. Júlia conta:

> [...] no começo não é fácil! Isso a gente já sabia. Até que a gente derrubava o mato e fazia a destoca, esse tempo seria muito sofrido. Isso foi o que o pessoal sempre falava. Todos os que lá começaram desta forma, sofreram. Nós sabíamos que íamos sofrer no início. Esses foram os comentários que a gente ficou sabendo. Nós fomos preparados para encarar esta situação.

A terra adquirida por eles em fevereiro de 1989 integra uma região de colonização criada e liderada por um padre austríaco. Justamente nesse mês e ano, o presidente Alfredo Stroessner foi golpeado do poder do Estado, depois de governar o Paraguai de forma ditatorial por 35 anos. O projeto de colonização, que fazia parte da expansão agrícola, consistia na venda de lotes pequenos e médios, exclusivamente, para famílias de descendência alemã para que pudessem trabalhar na própria terra e viver as tradições culturais de seus antepassados. Mais tarde, no ano de 2000, a família de Jacó e Sara também comprou terras e se mudou para essa localidade de nome Iarol. As melhores terras foram vendidas no início da década de 1980, período em que começou esse projeto de colonização, fato determinante para que Júlia, seus pais e primos e a família de Sara não encontrassem mais as melhores terras. Eles tiveram que se contentar com terras de qualidade um pouco inferior.

De posse da terra, uma pequena área de 10 hectares, era a hora de Júlia e Lauro se mudar para solo estrangeiro e começar a nova vida no interior do mato. Eles deixaram o Brasil no mês de maio para iniciar o desmatamento, pois, a partir de agosto, começa a época propícia para o plantio. Na verdade, foi comprada por um grupo de famílias uma área grande de 600 hectares de terra coberta de mato. Além de Lauro e Júlia, faziam parte do grupo os pais dela, o irmão Jairo (lote comprado pelo seu mano Luís), o primo Guido, um irmão dele, outro primo e mais alguns amigos, todos oriundos da mesma região no território brasileiro.

Essa área de terra ainda não estava dividida entre as famílias compradoras, assim como não havia nenhuma estrada aberta no interior dela na época em que Júlia e Lauro fizeram a mudança. Estava combinado que o casal ficaria na casa da família de Sara enquanto aguardasse a divisão das terras para saber qual seria seu pedaço e, assim, poder iniciar o trabalho. Júlia recorda muito agradecida essa acolhida que tiveram:

> [...] a Sara e o Jacó sempre falaram: "se comprarem terra no Paraguai, aí vocês poderão ficar na nossa casa até que for medida a terra e puderem começar o trabalho". Nós moramos na família da mana entre maio a setembro de 1989. Esta família foi muito boa para nós.

Enquanto eles esperavam a definição do lote e as demais condições para poderem entrar na terra, os dois ajudavam no trabalho da família da irmã, como lembra Júlia:

> [...] Jacó era pedreiro, o que fez o Lauro ajudar ele como servente nas construções em troca da hospedagem e alimentação na casa deles. E eu trabalhei com Sara no serviço da casa e da roça deles. Assim a gente foi se virando neste tempo, um ajudando o outro.

Porém, à medida que o tempo passava, e não era feita a medição da terra, aumentava a angústia do casal. No mês de setembro, já em plena época do plantio, Lauro e o primo Guido pularam na moto e foram até a comunidade onde se localizava a terra para pressionar o padre colonizador, pedindo-lhe urgência na definição das áreas que cabiam a cada família. Na ocasião boa tarde das terras já estava dividida, porém a estrada de acesso estava aberta apenas até um pedaço. A distância do lote até a vila de Iarol era de 12 km, e tinham apenas 6 km de estrada precária. Restou-lhes abrir uma picada de igual distância para conseguirem chegar ao lote que os aguardava. Na oportunidade os dois já aproveitaram para limpar uma pequena área perto de um lindo córrego para erguer o barraco de lona que serviria de moradia.

O tempo não esperava mais. Embora não houvesse estrada até o local, não restou alternativa senão se mudar assim mesmo para o interior do mato. Júlia conta como iniciaram a aventura na sonhada terra na fronteira paraguaia:

> [...] eu ajudei a instalar a pequena lona, e foi assim que começamos a nossa vida no meio do mato. Logo começamos a derrubar mato para poder plantar. A gente tinha bastante medo dos bichos. Nem cama e colchão nós tínhamos. Nós dormimos em cima de bambu forrado com folhas.

Nessa barraca, além do casal Lauro e Júlia, que estava grávida, morava o irmão Jairo e o primo Guido, e cada um trabalhava em seu lote de terra. Jairo, o quarto dos irmãos da mesma família a emigrar para o outro lado do rio Paraná, iniciou essa aventura dois meses depois da sua mana Júlia, em julho de 1989. Ele também ficou morando na cassa da Sara e Jacó até o mês de setembro, esperando o sinal verde, o que demorou a acender. Embora já tivesse seu próprio pedaço de terra comprado por seu irmão Luís, ele trabalhou na terra dos pais, atendendo, assim, a um desejo deles de verem a terra sendo transformada em lavoura.

O pai do Guido, tio dos quatro irmãos que passaram a integrar a condição de cidadãos "brasiguaios", ficou encantado com as terras baratas e férteis da fronteira leste do país vizinho. Ele, pai de sete filhos homens e com pouca terra no Brasil, só não emigrou para a fronteira territorial porque sua companheira não quis acompanhá-lo. Em compensação, ele estimulou a ida dos filhos. Dos sete, quatro emigraram; dois se fixaram no país, e os outros dois desistiram e retornaram. Um desses que reside nesse território vizinho relata:

> *[...] meu pai gostava muito do Paraguai. Quando eu vim para cá, estávamos só eu e meu irmão mais novo em casa na companhia dos pais. Se a minha mãe tivesse aceitado ir junto, meus pais também teriam vindo morar nestas terras do Paraguai. Por este fato eles ficaram no Brasil.*

Esse primo de Júlia continua relatando o encantamento do pai com as terras da fronteira paraguaia, tomado pelo desejo e pela vontade de reiniciar a vida camponesa no interior do mato:

> *[...] meu pai não cansava de se admirar das terras do Paraguai. Ele sempre dizia o que conseguiria comprar a mais de terra neste país se vendesse o pouco que tinha no Brasil. Ele achava a terra muito plana, fértil e barata, própria para a agricultura, e que garantiria um ótimo futuro para os seus filhos. Mas a mãe não aceitou ir junto.*

Rose, a mulher com a qual Guido está casado, reforça esse encantamento do pai deles pela terra paraguaia, vendo-a como a oportunidade para os filhos terem acesso a um pedaço para trabalhar e viver. Ela relembra o apoio dado pelo pai aos filhos:

> *[...] o vô dos meus filhos apoiou muito os filhos dele para virem comprar terra no Paraguai. A vó não queria, pois ela queria que os filhos ficassem perto dela. Ela achava difícil. É sempre assim, é o sentimento de mãe! Mas, como os filhos começaram a crescer – eles são entre sete irmãos, e todos são homens –, e a área lá era pequena para eles sobreviverem ou fazerem o futuro, pois só eram quinze hectares de terra, o sonho deles sempre foi de cada um ter o seu pedaço de terra. Boa parte do tempo eles trabalhavam de peão para lá e para cá, mas com isso eles não tinham muito futuro.*

Dando continuidade ao relato, ela destaca a alternativa que se apresentou aos filhos dessa família para darem continuidade à vida camponesa:

> Daí veio a onda de vim para o Paraguai. Uma parte já estava neste país, e outra parte começou a vim. Teve a colonização aqui em Iarol, fato que levou uma caravana para vim conhecer as terras desta localidade, oportunidade em que o sogro e o Guido foram juntos. Era tudo mato, mas a terra era bonita, se via que era produtiva. O Guido e um irmão dele estavam interessados. Os pais deles tinham um pouco de dinheiro para dar uma pequena ajuda para os filhos. O vô falou: "vou ajudar vocês dois a comprar um pedaço de terra em Iarol. Poço dar uma entrada, e o resto do pagamento vocês me ajudam. Eu ajudo vocês!". E assim ele apoiou os dois. E depois vieram mais dois filhos.

Rose também frisa o posicionamento contrário por parte da mãe deles. Ela não concordava que os filhos morassem distante, num outro país e em condições muito adversas. A companheira de Guido recorda:

> [...] a vó só chorava! Ela não estava de acordo porque eles morariam muito longe, que não teriam o conforto necessário... Meu avô falou: "não, não podemos pensar nisso. Temos que pensar no futuro dos filhos". E daí eles vieram. Se fosse pela vó eles não estariam aqui. Volta e meia o vô vinha para acompanhar eles no trabalho. O sogro era, sinceramente, uma pessoa sempre positiva, apoiando eles em tudo! Enquanto estava aqui ele falava que a vó só chorava em casa, que ela tinha dificuldades em aceitar quando se fazia alguma coisa diferente, levando-a sempre a chorar. Ela sentia muito pelo fato dos filhos estarem distantes dela. Ele sempre tentava convencer ela de que os filhos tinham que fazer o futuro deles. E assim aconteceu a vinda deles, mesmo contra a vontade da mãe.

Quanto ao seu companheiro Guido, Rose fala que ele sempre foi uma pessoa persistente e determinada para alcançar o que traçava como objetivo, tendo um espírito e uma conduta que explica a sua resistência em meio às dificuldades e a permanência até hoje na região da fronteira paraguaia. Segundo ela,

> [...] o Guido é uma pessoa muito forte, muito batalhadora, muito decido para enfrentar os problemas. O que eles enfrentaram aqui no começo não foi brincadeira! O irmão dele não aguentou, acabou desistindo. Ele ficou um tempo no Paraguai, e aí voltou denovo para a terra dos seus pais no Brasil, e hoje mora no Paraná. O Guido está aqui firme e forte batalhando, e, graças a Deus, nós construímos a nossa família e estamos hoje com uma vida confortável.

A realidade precaríssima vivida por Júlia e Lauro, no meio do mato, debaixo de uma pequena lona, longe de tudo e de todos, é digna de um roteiro de filme para quem gosta de aventura recheada de fortes emoções. As dificuldades que eles sabiam que encontrariam não chegaram perto das proporções que elas realmente ganharam e que tiveram que enfrentar e suportar. A condição de camponeses pobres e a ausência do poder público do Estado é uma mistura química que produz uma situação de vida tomada de adversidades, de angústia, de sofrimento, de dor. A terra negada no Brasil transforma-se numa vida camponesa sofrida na luta pela sua conquista no Paraguai.

Júlia e Rose, mulher que Guido conheceu naquela localidade e com a qual se casou, relatam várias situações e episódios acontecidos com os ilustres moradores que viveram debaixo da lona preta de plástico, fatos que revelam a dimensão do sacrifício a que se sujeitaram esses trabalhadores para possibilitar a conquista da tão sonhada terra. Júlia relembra como foi sua primeira noite no mato:

> [...] todo mundo sempre falava e recomendava que era preciso fazer um fogo todas as noites ao lado da barraca para espantar os tigres que existem no mato. Lá tinha muitos. E nós sempre fazíamos fogo quando anoitecia, por isso estávamos sempre defumados que nem charque!

Ela continua o relato das lembranças dessa primeira noite em que tentaram dormir em um ambiente radicalmente diferente do habitual:

> [...] na primeira noite no mato, todo mundo estava dormindo – Lauro, Jairo e o Guido – e eu continuava acordada e preocupada, pois estava com medo de que poderia vim um bicho bravo. Numa hora, de longe, escutei um barulho de um animal caminhando em cima das folhas secas do mato, um animal vindo, vindo, chegando sempre mais perto! Aí acordei o Lauro e falei: "vem um tigre!". Ele, para me acalmar, disse: "não, não é um tigre, porque ele vem bem quietinho". E eu continuei com medo, pensando no pior, e uma agora gritei: "ele chegou, agora ele vem nos atacar!".

Júlia dá sequência ao relato, relembrando aquela noite de agonia no meio do mato, sem vizinhos por perto, e contando sobre a convivência com outros tipos de seres vivos, tornando-se a noite dos horrores por causa do medo dos animais ferozes que existiam em abundância naquela região:

> [...] aí o Lauro acordou os outros, e eles ficaram esperando o animal. Ele sempre vinha mais perto. Nisso o Lauro levantou e pegou a espingarda, e quando o bicho chegou bem próximo da barraca,

> ele atirou, mas de tanto medo que ele também tinha, errou o alvo. Para a nossa sorte, foi uma anta que passou ao lado da barraca para ir ao córrego beber água.

Júlia passou esse medo e aflição todas as noites. Em vez do merecido descanso após um dia de trabalho exaustivo, as noites se transformaram em tempo de pura agitação e agonia. Ela recorda:

> [...] minha nossa, quanto medo a gente sempre passou de noite no mato! De noite, quando estávamos deitados, eu sempre segurava o Lauro e dizia para ele não pegar no sono antes de mim porque eu estava com medo! Claro, com isso eu não dormia e não deixava ele dormir.

Foram muitas as dificuldades vividas no início por esses trabalhadores rurais naquele lugar inóspito. Ela conta, em outro momento que, além do medo dos bichos que impediam um ambiente sereno e seguro para o descanso, eles tiveram que dormir em uma cama nada confortável:

> [...] eu vivi naquele lugar com muita ansiedade, com muito medo, além de estar grávida morando em baixo da lona! Na cama feita de paus cortados no mato, a gente não se virava com medo dela desmontar e nós cairmos no chão e sermos mordidos por bichos. Eu não dormia nada por causa dos bichos que existiam lá.

Rose tinha, nessa época, contato direto e quase diário com eles. Ela trabalhava no mercadinho onde eles faziam as compras. De origem alemã, ela emigrou com seus familiares para o Paraguai quando ainda era criança. Sua família é oriunda de um município do estado de Santa Catarina localizado ao lado do rio Uruguai na região onde esse faz a divisa com o estado do Rio Grande do Sul. Ela narra em detalhes o que ouviu sobre aquela primeira noite da Júlia na floresta:

> [...] a Júlia estava grávida no meio do mato! Coitada dela! Eu ficava com tanta pena dela e dos três homens! Na primeira noite que eles dormiram no mato, eles tinham muito medo. A Júlia não queria dormir no chão em cima das taquaras. O Jairo e o Guido dormiram no chão usando a palha de taquara como colchão. Por causa do medo dela, o Lauro inventou de fincar no solo umas estacas com forquilha que cortou no mato, e fez uma armação com paus, taquaras e palha para poderem deitar no alto fora do alcance dos bichos.

Ela dá continuidade ao relato sobre essa primeira noite, uma parte da história não foi contada pela Júlia, mas foi confirmada por ela:

> [...] o Guido e o Jairo teriam falado: "essa engenharia não vai aprovar, não vai aguentar, vocês vão se deitar em cima e isso vai cair". O Lauro teria dito: "não, isso vai dar certo". Não deu outra! A Júlia se deitou em cima, beleza! Depois ele se deitou, aí desmoronou tudo e os dois caíram no chão!

A família proprietária desse pequeno mercado em Iarol era proveniente do mesmo município brasileiro de onde vieram os quatro irmãos: Sara, Luís, Júlia e Jairo. Eles tinham boa amizade com essa família, local a que acorriam para pedir ajuda nas horas de aperto, assim como foi o estabelecimento comercial onde compravam os alimentos básicos Foi nesse mercado que trabalhava a moça que Guido conheceu e com quem constituiu família. Nas primeiras semanas, a cada dois dias, Lauro se prontificava a comprar pão e outros alimentos, fazendo a pé esse trajeto de 12 km. Júlia conta como foi a alimentação desses aventureiros:

> [...] nós logo fizemos amizade com a família que tinha o mercadinho na vila. Nós achávamos graça, porque quase todos os dias alguém corria na vila para pegar pão! Assim também foi com as outras comidas, era rancho, rancho, rancho. O Lauro estava indo de dois em dois dias para fazer rancho. No final eu falei para eles: "meu, a gente come tanto pão e outras coisas compradas prontas". Eu percebi que isso não estava correto.

Ela se prontificou a cozinhar, mesmo sem um fogão, tendo só uma panela, assim como estava sem mesa e tudo mais que é necessário para facilitar esse trabalho. O jeito foi se virar com o que eles tinham disponível, como relata Júlia:

> Lauro fez um buraco no chão, pôs uma tampa feita de uma lata velha, e aí comecei a cozinhar, e sempre fazia só com uma panela, porque não cabiam mais. A mana Sara me deu uns baldinhos de plástico. Eu terminava uma comida, colocava naquele baldinho, fechava bem e aí ficava quentinho, enquanto preparava outro tipo de alimento.

E assim era preparado, todos os dias, o almoço para os quatro trabalhadores rurais residentes debaixo da lona preta. Júlia também começou a fazer pão para evitar essa correria para a vila, possibilitando, assim, aos homens dispor de todo o tempo para o trabalho na lavoura. Ela recorda:

> [...] eu também fazia pão. Depois de ter feito o almoço, eu tirava as brasas, colocava em cima da tampa de lata e fechava bem a frente do buraco, e com esse calor eu assava pão no interior do

> mesmo. Eu não tinha formas, aí peguei latinhas de azeite, abria toda a tampa e enchia de massa. Dava pãezinhos bem pequenos. O Lauro sempre dizia, em alemão, que o formato desses pãezinhos era que nem as nádegas, e todos riam. A gente se virava desse jeito para não passar fome.

Ela faz questão de compartilhar essa experiência de vida, terminando a narrativa sobre a criatividade usada para a obtenção e a preparação dos alimentos em um ambiente que colocava à prova a resistência desses camponeses:

> [...] nós ganhávamos com frequência mandioca da mana Sara e da família do mercadinho. Para preservá-la por mais tempo, a gente enterrava as raízes no chão. Às vezes já estavam azuis, vencidas, e mesmo assim a gente comia! O mato dá muito apetite, então se comia qualquer coisa para matar a fome! No início eu fazia só carreteiro, mas depois essa comida enjoou, aí eu procurava variar a comida dentro do possível. Eu fiz até massa caseira! Nós tínhamos uma tábua, usava um rolinho de bambu, e assim fazia a massa caseira! Assim a gente foi se virando!

Júlia também trabalhava muitas horas por dia na lavoura, pois a preparação da comida era feita na segunda metade do período matutino. A companheira de Guido recorda e reforça esse drama vivido por esses aventureiros para se alimentar no interior do mato, estando distantes de tudo e de todos, assim como o trabalho árduo exercido para transformar em lavoura uma terra coberta pela floresta. A empregada do mercado na época conta:

> [...] geralmente nos sábados o Guido vinha buscar um pouco de carne. Durante a semana, se eles caçavam alguma coisa, aí eles tinham carne, se não, ficaram sem este alimento. Era muito difícil! De tanta pena que eu tinha deles, não só do Guido, mas também da Júlia e do marido e irmão dela, eu sempre falava para a patroa, pois eles já tinham vaca e outros animais: "vamos fazer um requeijão e dar para eles". Aí eu preparava um vidro cheio e mandava junto através do Guido quando vinha namorar. Eles realmente não tinham nada de diferente para comer.

Devido ao local onde residiam na selva, tudo era difícil, tudo ficava longe e parte do caminho tinha que ser percorrido a pé. O convívio deles era com a vegetação da floresta e com os animais silvestres. Rose confessa: *"[...] nem com dinheiro eles conseguiriam alguma coisa por ali perto, porque era tudo mato. Tudo ficava longe, por isso ficava muito complicado! Não foi fácil!"*.

Um tempo depois, Guido conseguiu comprar uma moto e, alguns meses adiante, adquiriu um lote na vila, local onde construiu uma casinha e passou a morar. Essas aquisições foram possíveis graças aos seus pais. A partir do início do ano seguinte (1990), ele passou a morar na vila e trabalhava na sua terra. Os habitantes da barraca, com isso, perderam um morador. Rose continua o relato sobre as adversidades enfrentadas, contando como eles transportavam um saco de 60 kg de sementes de soja até a moradia de lona plástica:

> [...] para transportar as sementes de soja, o Guido colocava a bolsa na moto e levava até o fim da estrada de 6 km. Neste local ele escondia a moto no mato, e daí em diante o meu namorado e o Lauro levavam cada um meia bolsa no lombo e caminhavam por picadas e pinguelas até o lugar onde ficava o barraco.

Certos fatos agradáveis que se manifestam de forma inesperada são bem-vindos para quem mora nessa situação de penúria. No ano seguinte, na etapa final da construção de uma pequena casa de madeira para a moradia, e com a filha já nascida, Júlia relembra a forma inusitada como começaram a criação de porcos:

> [...] um dia, enquanto o Jairo e o Guido estavam fazendo os acabamentos na nossa casinha, eu estava dando de manar para a nossa filha, e uma hora falei para eles: "lá embaixo tem um porco-do-mato"! Não, disseram eles, "é um porco". O Lauro estava capinando no feijão perto da casa. Aí falei: "vão chamar o Lauro e prendem esse porco". Aí os três conseguiram tocar ele até perto de casa, e conseguiram pegá-lo e o colocaram dentro da privada. Em seguida eles fizeram um pequeno preparado com madeira e o deixaram ali preso. Nossa, nós ficamos muito faceiros com esse porco! Não tinha vizinho morando por perto. Esse porco caiu do céu para nós!

O vizinho mais perto morava a 6 km dali. Vivendo entre os animais silvestres, para a agradável surpresa deles, existiam também espécies domésticas. A alegria foi redobrada com uma nova visita no dia seguinte à captura do porco, como conta a Júlia:

> [...] no outro dia cedo, quando acordamos, tinha um cachaço deitado ao lado. Aí conseguimos também pegar ele e o colocamos junto com a porca. Umas semanas depois vimos que a porca estava enxertada. Nasceram doze porquinhos. Foi coisa mais linda! Ninguém fazia a mínima ideia da onde veio esse casal, ninguém se manifestou, foi perguntar se vimos dois porcos por ali. Assim começamos a criar porcos, tendo carne para fazer charque e salame, e até vendemos uns.

A saudade do berço familiar e comunitário de origem ardia no peito, agravada pela situação precaríssima vivida na nova terra, pela distância, pelo fato de nunca terem morado longe, pela dificuldade de comunicação, pela ausência dos encontros afetuosos. A solução era escrever cartas, mesmo sabendo da demora para chegarem ao destino. Da mesma forma, era uma eternidade até que recebessem as esperadas cartas vindas do Brasil. Eles viviam um isolamento quase absoluto, uma experiência pela qual nunca tinham passado antes. Certa vez Júlia resolveu escrever duas cartas e enviar em mãos por intermédio do seu tio – pai do Guido – que tinha viajado para a região, pois ela queria acalmar a sua mãe e a do Lauro, pois a saudade era de via dupla. Porém o problema foi onde escrever, como ela conta:

> [...] quando estávamos morando em baixo da lona, aí veio um tio nos visitar, aquele que era o pai do primo Guido. Eu tanto queria escrever uma cartinha, mandar um recado para a mãe do Lauro e para a minha mãe, porque nós estávamos com muitas saudades! Lápis eu achei, mas não tinha papel. Aí peguei um pedaço do pacote de farinha onde escrevi uma cartinha para as duas mães.

O tratamento da saúde é outro problema sério para quem vive num lugar de total falta de infraestrutura. Além de morarem no mato de difícil acesso, o hospital mais perto ficava longe. Nessa realidade, ganhava intensidade a torcida para que nada de adverso acontecesse aos corpos. Era proibido ficar doente! E, caso ocorresse, a primeira saída era apelar para os recursos alternativos da medicina caseira. Foi essa medida adotada por Júlia numa oportunidade; aproveitando-se dos conhecimentos recebidos de seus pais, conseguiu solucionar o problema, como ela recorda:

> [...] numa noite eu tinha inflamação de ouvidos que ganhei embaixo da lona. Doía, doía, doía...! Minha nossa, e agora, fazer o quê? A gente aprendeu a fazer muitos tratamentos caseiros, ainda bem que aprendemos isso! Aí levantei de noite, peguei terra, depois água e fiz um barro, pus num paninho e apliquei em cima do ouvido doído. Sabe que ficou bom! Depois de ficar pouco tempo no ouvido, o barro já estava seco de tanto que puxou aquilo que provocava a dor.

À medida que foi se aproximando o final desse primeiro ano na nova terra, estava também perto a data do nascimento da filha de Júlia e Lauro, prevista para o início de fevereiro. Além disso, haveria também eleições gerais no Brasil naquele ano (1989), inclusive para a Presidência da República, depois de quase 30 anos sem eleição direta para esse cargo político, um longo período de impedimento da participação popular na escolha do seu principal governante. O casal, mais Jairo e Guido, foi para a terra natal votar na eleição do segundo turno, assim como aproveitou a oportunidade para passear e diminuir a saudade. Já estava decidido que Júlia ficaria na casa dos pais para ter a filha, agindo da mesma forma como fizera Sara. Porém os outros novos "brasiguaios" não podiam ficar até o Natal e o *Réveillon*, tendo que retornar após à eleição para trabalhar nas suas terras.

Para essa primeira viagem de retorno ao território brasileiro, Júlia estava preocupada com a aparência física deles. O jeito de viver no mato não contemplava essa questão. Ela recorda, com pitadas de humor, como era seu estado físico:

> [...] quando voltamos para o Brasil para votar, nós estávamos todos defumados! Nós cheirávamos que nem charque defumado! Meu cabelo estava amarelo e vermelho de tanto que pegou fumaça, porque de baixo da lona ficava muita fumaça. Eu falei: "meu Deus, como nós vamos para lá com esse cabelo. Vou colocar um xampu cinza para que ele fique mais escurinho".

Júlia segue compartilhando essa volta passageira para a terra natal, as situações nada prazerosas vivenciadas por eles nesse trajeto da viagem:

> [...] a viagem foi com um ônibus "pinga-pinga", porque ele parava em tudo que é cidadezinha. Nós saímos de manhã cedo e chegamos somente no outro dia no início da noite na casa dos meus pais. Chovia muito! Eu estava usando um casinho claro, e, ao me molhar por causa da chuva, o meu cabelo escorria, tingindo a blusinha com a cor preta! Nós ríamos da situação para não chorar!

Rose, que namorava Guido na época, teve que aguentar esse cheiro desagradável nos seus encontros amorosos. Ainda bem que a paixão e o amor são capazes de conviver com esses contratempos, cegos para certas adversidades, como ela rememora:

> [...] o Guido aparecia lá em casa, vinha nos fins de semana para namorar, passear, mas ele fedia, fedia que nem os índios, os bugres! Eles não notaram esse cheiro forte, pois já estavam acostumados, mas fediam que nem os bugres do mato.

Ela se refere à população pobre que vivia em barracas no mato, extraindo da floresta certos alimentos, assim como produziam artesanato com o material coletado da vegetação para a comercialização nas cidades. O fogo fica a céu aberto ao lado dos ranchos, o que faz com que tenham o cheiro acentuado de fumaça. Nesse sentido, literalmente, Júlia, Lauro, Jairo e Guido viviam na selva da mesma forma como esses povos nativos. Além disso, a vida nessas condições requer pouco cuidado com a higiene e a aparência corporal, tornando os próprios banhos em algo esporádico durante a semana, assim como o uso de cosméticos. O meio natural e social determinam, em grande medida, a forma de ser e de conviver.

Diante da iminência de terem uma nova integrante na família, Lauro precisou providenciar melhores condições de moradia, mesmo sendo no mato. O casal já tinha comprado uma pequena casa de madeira antes da viagem para o Brasil. Eles queriam levar ela inteira em cima de um caminhão até o local onde estava a barraca, mas o problema era como fazer esse transporte sem estrada. A saída foi exercer pressão política sobre as pessoas influentes para que essa necessidade elementar fosse resolvida. A insistência surtiu efeito. Na véspera do retorno do casal com a filha ao Paraguai, a casinha estava em pé no lugar desejado, o que foi possível graças à abertura da estrada até o local. Só agora as noites de sono seriam mais serenas, inclusive seus corpos tratados com a maciez do colchão adquirido.

A filha nasceu no início de fevereiro de 1990, a única do casal. Um pouco antes do nascimento, Lauro voltou ao Brasil para estar presente no dia da sua vinda ao mundo e depois retornar para a fronteira paraguaia com a companheira e a filha. O nascimento transcorreu de forma tranquila. A volta para o Paraguai aconteceu poucos dias depois, pois eles quiseram aproveitar uma carona oferecida, bem como essa pressa era motivada pelos muitos afazeres na roça, como conta a Júlia:

> *[...] após o nascimento da filha, nós a batizamos poucos dias depois, e com oito dias de vida nós já voltamos para o Paraguai, aproveitando uma carona e por causa do serviço. Foi uma dupla alegria para mim e para o Lauro: ter a nossa filha e poder morar numa casa, mesmo sendo pequena! Isso deu um novo ânimo para nós.*

A irmã mais nova, que estava morando com os pais, lembra quando Júlia esteve lá para ganhar a filha. Ela recorda, inclusive, da noite de sábado em que ela nasceu, pois foi o primeiro dia em que recebeu uma visita especial, como conta:

> *[...] quando a Júlia e a minha mãe estavam no hospital, estávamos em casa eu, meu pai e o Lauro, e naquele dia veio pela primeira vez o meu namorado para passear. Depois da janta chegou o irmão do Lauro e outro morador próximo e amigo dele. Durante a conversa, numa hora o irmão do Lauro perguntou para o meu*

> *pai se esse rapaz era nosso parente. O meu pai respondeu que ele "ainda poderá ser"! Eu fiquei com muita vergonha, eu tinha apenas 17 anos. Foi naquela noite que nasceu a filha deles, e eu fiquei pela primeira vez madrinha. Foi inesquecível!*

O nascimento da filha provocou grandes mudanças na vida da família. Além da casa no local de trabalho e da aquisição da mobília básica, o meio de transporte também foi melhorado. Os irmãos Sara e Luís descobriram, na cidadezinha de Rovenha, um senhor que tinha um cavalo com charrete para vender e comunicaram isso a Lauro e Júlia. Eles se mostraram interessados na compra. Um dia Luís os surpreendeu ao aparecer lá no mato com esse novo meio de locomoção, depois de fazer um trajeto de 50 km, o que proporcionou um imenso alívio para a família, como externa a Júlia:

> *[...] antes da compra da charretinha, a nossa saída era sempre a pé, a pé, a pé... carregando a filha e as compras do mercado. A bicicleta era usada quando alguém ia sozinho. Isso cansa! Isso cansou! Foi uma grande alegria quando o mano Luís chegou na nossa casa com o cavalo e a charretinha. Nossa, foi um alívio para nós!*

Foi um bálsamo para eles, pois agora a família podia deixar o mato e ir à vila de forma mais cômoda. Eles, inclusive, começaram a frequentar a missa nos finais de semana, pois eram pessoas muito católicas. Júlia lembra que, quando eles chegavam de charrete perto da Igreja, o padre os avistava e dizia para o povo: "*[...] lá vem a Sagrada Família, o José e a Maria com o menino Jesus!*". Era uma cena belíssima de se ver, o casal e a filha de cabelos brancos, inclusive o cavalo que puxava a charrete tinha essa mesma cor. Umas pessoas da localidade, inclusive, começaram a chamar Lauro de "o homem do cavalo branco"! A fé religiosa, que se constitui num dos fundamentos da vida nutrida desde o berço familiar, foi uma força valiosa para a sua persistência em meio a uma realidade extremamente adversa quando se considera como parâmetro a dignidade humana.

A atividade agrícola está diretamente vinculada à natureza, assim como os trabalhadores rurais desenvolvem uma sensibilidade aguçada em relação ao movimento da ordem natural. A produção agrícola depende das condições climáticas. Nesse sentido, certas plantações poderão ficar comprometidas, por exemplo, por causa do excesso ou da falta de chuva, ou uma geada fora de época, assim como devido à ação nociva de certas pragas. Uma boa colheita depende do comportamento da natureza e da ação humana, estabelecendo-se uma conexão intrínseca entre esses dois fenômenos. Lauro e Júlia tiveram muitas perdas na lavoura no primeiro ano em solo paraguaio, ou seja, as colheitas foram muito aquém do desejado. Além da experiência de vida subumana provocada pelas fronteiras sociais, as condições naturais não foram favoráveis. Júlia relata mais essa tristeza sentida em meio às tantas dificuldades enfrentadas:

> [...] naquele primeiro ano ninguém colheu quase nada. Fez muita seca. Naquele ano nós tínhamos comprado uma vaca para pagar depois com o feijão, mas aí veio uma geada e matou toda esta plantação. Na época da colheita da soja, veio uma chuvarada intensa durante muitos dias, aí não conseguimos colher. Apodreceu quase tudo! Nós colhemos pouca coisa naquele ano!

Seca, geada e excesso de chuva são fatores da natureza que interferem diretamente nos projetos e desejos humanos. Não bastando essas adversidades sobre as quais se tem pouco controle, a maior tristeza, que foi um fato profundamente lamentável, foi a perda da terra comprada por Lauro e Júlia, assim como para os demais camponeses que adquiriram a área dos 600 hectares de terra no município de Iarol. Ela foi vendida pelo padre de forma ilegal, pois se tratava de uma área pública do Estado reservada para a construção de uma escola técnica agrícola. Não se sabe por que isso aconteceu, ou nunca houve interesse na explicação do motivo da venda dessa área pública. Um tempo depois realmente foi construída nesse local uma escola agrícola, um belíssimo prédio, e o destino dado à área de terra foi o desenvolvimento de estudos, pesquisas, experiências e produção de alimentos para a formação e sustentação dos estudantes.

A perda da primeira terra adquirida foi uma experiência profundamente desagradável, tornando-se um fato quase inacreditável. Júlia relata como iniciou mais esse drama na vida deles na fronteira paraguaia:

> [...] depois de ficar morando um ano lá, aí nós perdemos esta terra. Um dia, quando eu e o Lauro estávamos almoçando, aí vieram uns xirus. Nossa! Meu Deus, nós nos assustamos tanto! Nunca apareceu xiru nesse fim de mundo, e estavam bem vestidos! Eles perguntaram se nós tínhamos a escritura desta terra. Aí o Lauro disse que sim, só que o papel estaria com o padre de quem nós compramos a terra. Aí eles agradeceram e foram embora.

Júlia continua relembrando esse episódio que os deixou preocupados, desnorteados e agoniados diante da incerteza criada com essa visita inesperada, sem terem dado maiores explicações sobre o motivo da pergunta em relação à escritura da terra:

> [...] a chegada deles nos deixou muito preocupados, e, logo em seguida, no início daquela tarde, o Lauro pulou na bicicleta foi na vila conversar com o padre. Ele era um padre austríaco que vendia terra. Depois que ele explicou o que aconteceu, o padre teria dito em alemão que o Lauro fez certo em ter ido na paróquia conversar sobre esse problema. Uns dias depois veio a notícia de que perderíamos aquela terra porque nesta área seria construída uma Escola Agrícola.

Em outro momento da narrativa, ela volta a esse episódio quase inimaginável referente à perda da terra conquistada com tanto sacrifício, e onde já estava construída a casinha deles:

> [...] nós descobrimos que esta terra nem era para ser vendida. Foi uma coisa muito triste que esse padre fez para nós! Quando o Lauro foi conversar com o padre, depois que aqueles xirus chegaram na nossa casa para pedir a escritura, aí descobrimos que esta escritura não existia. Não tínhamos nada em mãos! Não deveríamos estar morando e trabalhando naquela terra.

Júlia concluiu o relato acerca desse fato lamentável, expressando o sentimento de angústia, dor e desencanto que tomou conta deles, pois não estava mais em questão apenas a terra, e sim também a lavoura já formada e o lugar de moradia:

> [...] aí ficamos muito tristes, com vontade de chorar, sem saber o que dizer e fazer, porque a gente se judiou tanto, derrubou mato, construímos a nossa casinha, já tínhamos cercado ela com taquara, havíamos plantado grama ao redor. O lugar estava bem bonito. Mesmo vivendo no meio do mato, muito distante de tudo, sendo que o primeiro vizinho morava 6 km para frente, mesmo assim nós ficamos muito chateados com o que aconteceu.

O padre colonizador da região reconheceu o erro cometido, e, para compensar, entregou aos prejudicados uma terra melhor e por um preço mais barato, incluindo no valor o abatimento da parcela já paga da terra perdida. Lauro aproveitou a situação para ser recompensado ao máximo com esse prejuízo. A mesma coisa fizeram os pais de Júlia, Jairo e os outros agricultores que se sentiram lesados. Júlia conta como foi a negociação entre o casal e o padre:

> [...] quando fomos conversar com o padre, eu fui junto, e aí o Lauro disse: "agora eu quero um mato melhor", porque nesse mato onde estávamos tinha muita taquarinha, que é um sinal de que a terra não era muito boa. E pedimos também uma terra mais perto

*da vila. Aí o padre conversou com o seu secretário que media e ajudava na venda das terras, e este disse: "sim, Lauro, eu sei de um mato bonito, com terra muito boa e fica perto".*

E assim aconteceu. A colônia de terra de 25 hectares estava no nome do Lauro, mas 15 hectares dessa terra eram dos pais de Júlia, por isso entraram na negociação os dois lotes. Para não precisar pagar mais nada pela nova terra, as duas famílias abriram mão de cinco hectares, com isso Lauro e Júlia ficaram com cinco. e os pais dela. com 10 hectares. Da mesma forma foi feito com a terra comprada por Luís o seu irmão Jairo, ficando igualmente nesse novo lugar ao lado da terra das duas famílias, porém mantendo a mesma quantidade. É um belíssimo solo que fica na entrada da vila, distante 2 km. Tem um córrego lindo que passa pelo meio da área, além de muitas nascentes de água. Após a negociação, mesmo com toda dor vivida por Lauro e Júlia, eles ficaram satisfeitos com o novo lote de terra, embora minúsculo.

O próximo passo foi novamente transportar a casinha, porém para uma terra bem mais perto da vila. Era área de puro mato. Novamente foi necessário começar a derrubada do mato para deixar a terra em condições para o plantio. Agora, perto de serralherias, Lauro decidiu entregar as toras das árvores de madeira nobre, e em troca recebeu uma parte em tábuas e vigas. Esse material foi usado para ampliar a casa com puxados, assim como para a construção de um pequeno paiol e um chiqueirinho de porco. Eles também contrataram Jacó para construir uma roda de água, com isso tiveram esse líquido precioso saindo das torneiras no interior da casa. Dessa casa eles têm uma foto, que é ostentada com orgulho numa moldura pela filha na sua casa, pois ela aparece no colo da mãe, ao lado do pai e junto de parentes, inclusive o pai do Guido.

Lauro tem parentes que migraram em épocas anteriores para o Paraguai. Em várias oportunidades, eles receberam a visita de uma prima dele e seu marido. Esse casal tinha um supermercado na principal cidade da região. Essa condição facilitou a ação generosa em cada visita que fizeram para os novos "brasiguaios": eles levaram vários tipos de alimentos para matar a fome dos moradores do mato. Essa solidariedade também representa um valioso alimento, pois nutre e fortalece o espírito dos camponeses que estão iniciando a nova vida numa situação de extrema precariedade. Quanto mais vulneráveis se encontram os seres humanos, mais necessitam de solidariedade e ajuda em termos pessoais e político-sociais.

Quando a família de Júlia morava na segunda terra, outro primo de Lauro, que já era "brasiguaio" há bastante tempo e já tinha conquistado expressiva quantidade de terra nessa região da fronteira, descobriu-o e foi fazer-lhe uma visita. Ao ver a situação de vida da família, possuidores de um ínfimo lote de terra, fator que limitava as perspectivas de um futuro promissor, esse primo lhes fez uma proposta de trabalho, como conta Júlia:

> [...] quando nós estávamos morando uns dois anos nesta segunda terra, aí um primo do Lauro nos descobriu. Ele foi nos visitar, e perguntou se nós não queríamos trabalhar para ele; o Lauro seria tratorista, e eu, se ajudasse a trabalhar na lavoura, aí receberia por hora. Isso foi uma boa proposta para nós. O Lauro achou bom! Seria mais fácil para nós. A nossa terra já estava toda aberta, e a dos pais já estava quase toda destocada. Mesmo assim, nós aceitamos a proposta. Quando fomos trabalhar nas terras do primo, aí arrendamos a nossa terra.

E assim, depois de dois anos vivendo no segundo pedacinho de terra própria, Júlia e Lauro partiram e foram trabalhar na agricultura de uma forma que não estavam acostumados: serem empregados, ele sendo remunerado por um salário e ela pela quantidade de horas trabalhadas. Eles também receberam uma pequena porcentagem sobre a produção agrícola desenvolvida no ano. Após alguns anos de trabalho na própria terra na fronteira leste do país vizinho, a família foi trabalhar na terra alheia nessa mesma região, porém não por conta e iniciativa própria, e sim, ele na condição de empregado rural e ela de diarista no trabalho agrícola. Foi uma experiência nova e não projetada quando deixaram o território natal para trás. Na perspectiva do sonhado e do desejado de trabalhar na própria terra, esse foi um passo dado para trás no solo paraguaio.

Um fator decisivo para a tomada dessa atitude que não estava no horizonte quando eles alimentavam sonhos na terra estrangeira foram as dificuldades e os sofrimentos de toda ordem vividas naquele país. O outro fator determinante dessa mudança de rota no caminho traçado foi a falta de perspectivas para a família, considerando a quantidade ínfima de terra que possuía, insuficiente para viver dignamente do trabalho e da produção. Aliados a isso, os rendimentos obtidos com o trabalho eram muito baixos, pois a terra estava cheia de tocos das árvores cortadas, e eles não tinham recursos financeiros para fazer a limpeza, o que os obrigava a fazer todo o serviço de maneira manual. Nesse caso, plantava-se pouco, trabalhava-se muito e colhia-se aquém do mínimo necessário para o sustento da família.

Eles ficaram dois anos nessa condição de trabalho assalariado na terra do primo. Nesse tempo os pais de Júlia estavam morando sozinhos, e já com as forças se exaurindo para continuar o cultivo da terra. Jairo, após o retorno do Paraguai, estava destinado a morar com os pais após o casamento e tomar a dianteira nos serviços da lavoura. E assim ele fez, casou-se em 1992 e continuou morando com eles, agora também com a sua companheira. Porém, dois anos depois, quando foi fundado o novo município (1994), ele realizou um concurso público municipal e foi aprovado. Por esse motivo, ele deixou de trabalhar na terra dos pais e, inclusive, foi morar com a sua família na cidade que fica na comunidade ao lado. Os outros filhos estavam todos residindo fora, motivado por trabalho ou estudo. Os pais ficaram sozinhos num momento em que estavam prestes a se aposentar e com a intenção de reduzir o trabalho.

Eles, ao perceberem que Júlia e Lauro não estavam muito satisfeitos no trabalho rural assalariado, decidiram fazer o convite para que voltassem a morar e trabalhar na terra natal. A mãe de Júlia conta como foi a iniciativa de propor para que retornassem para o Brasil:

> [...] eu e o pai já estávamos morando vários anos sozinhos. O pai não queria arrendar a terra. Nós já não podíamos trabalhar muito, estávamos sem condições para plantar toda a terra. E a Júlia não se sentia muito bem no Paraguai. Ela disse: "mãe, se vocês querem, nós vamos morar com vocês". Então eu escrevi uma carta para ela, e disse: "Júlia, podem vir, será melhor para nós. Podem vir! Daí nós vamos construir uma casinha ou vocês podem morar juntos na nossa casa". E assim aconteceu! Eles vieram e moramos juntos até hoje. Deu certo!

E assim aconteceu. Depois de cinco anos enfrentando enormes obstáculos na fronteira leste do território paraguaio, tendo se submetido a uma condição de vida subumana, eles retornam para a mesma casa e terra onde a Júlia nasceu e viveu até seu casamento. A sonhada vida digna por meio do trabalho na própria terra vislumbrada em solo estrangeiro não se consumou para Júlia, Lauro e sua filha. Foi um sonho que não virou realidade! O louvável nessa saga amargada foi a esperança e a tentativa de buscar a viabilização do projeto camponês de conquistar e trabalhar na sua própria terra e, dessa forma, viver dignamente. Não deu certo, da mesma maneira como aconteceu, antes e depois, com milhares de outras famílias camponesas pobres. A família de Júlia teve a coragem de retornar para o país de origem. E aí deu certo, como afirma a mãe de Júlia, porque eles agora tinham terra à sua disposição para plantar, embora em parceria com os pais. Lauro, por sua vez, mesmo não retornando para a casa da sua mãe, ficou morando a 2 km de distância, o que lhe permitia visitá-la com frequência, assim como pôde retomar o convívio com seus irmãos e familiares em geral.

Júlia relata como uma vitória o retorno da sua família para o Brasil: *"[...] nós ficamos uns dois anos trabalhando nesse primo. Depois resolvemos vim cuidar dos meus pais, que é o lugar onde moramos até hoje. Foi a melhor coisa que fizemos. Agora estamos bem".* Geralmente ocorrem certos conflitos quando duas famílias moram juntas e trabalham em parceria. Determinadas desavenças são provocadas, principalmente pelo membro externo que se integra na família por meio do casamento, no caso, os genros e as noras, pois a formação recebida é distinta, assim como deve ser considerado o fato de fazerem parte de outra geração. Além disso, o trabalho conjunto, frequentemente, não é o desejado, pois está incorporado na cultura camponesa a autonomia do grupo familiar, incluindo uma estrutura organizativa interna, tais como as atribuições de poder e a divisão do trabalho, o que cria certas dificuldades na interação entre dois núcleos familiares. Daí ser compreensível a existência de certos desentendimentos decorrentes dessa forma de convivência.

Júlia faz uma avaliação sombria da experiência vivida por eles na fronteira leste do Paraguai. Mesmo sabendo que enfrentariam muitas dificuldades nos primeiros anos, eles não sonharam com essa trajetória pessoal na luta pela conquista de sua terra e vida digna. Foi uma experiência que não deixou saudades. Foi uma verdadeira saga, uma história repleta de acontecimentos inesperados e indesejados. A história dessa família, nesses cinco anos na terra estrangeira, resume-se a tristeza e sofrimento expressos por Júlia:

> *[...] quando, agora, a gente se lembra sobre tudo o que aconteceu conosco... nossa... como nós sofremos! A gente não tem palavras para dizer como nós vivemos lá! O Lauro a pouco estava falando sobre o tempo que estivemos no Paraguai, e numa hora ele disse que foi tristeza demais, que foi muito sofrimento...! O que a gente passou...!!! [longo silêncio].*

Júlia continua compartilhando e externando a saga vivida por eles, a frustração do sonho alimentado e buscado no outro lado do rio Paraná:

> *[...] o Lauro as vezes fala: "não quero nem mais me lembrar de lá", pois é uma parte da nossa vida para ser esquecida, de tanto que a gente sofreu! Nossa... foi muito sofrido! Mas... graças a Deus que a gente conseguiu superar esse sofrimento! Antes de nos mudarmos*

> *para o Paraguai nós não imaginávamos que as dificuldades fossem tantas! Mas conseguimos passar por tudo isso e continuamos a nossa vida até hoje, agora junto com a mãe.*

Milhares de camponeses pobres "brasiguaios", depois de uma experiência decepcionante na região da fronteira, uma realidade não condizente com o sonhado, retornam amargurados para o Brasil. Essa volta geralmente se reveste de profunda decepção e vergonha, pois é a decretação pública do fracasso! A esperança se transforma em seu oposto! Várias famílias conhecidas e próximas de Júlia e Lauro desistiram das terras do Paraguai antes deles, não se submetendo a tantos anos de agonia. Uma família que retornou cedo para o país de origem foi uma das cinco que enviou a mudança por um caminhão e que integrava os compradores da área dos 600 hectares. Quando são camponeses parentes e conhecidos e que fazem parte do convívio social e que tiveram o mesmo sonho, a dor também é sentida para quem fica. Júlia conta o motivo da desistência essa família: "[...] uma das famílias que foi conosco permaneceu pouco tempo, aí voltaram, porque ela não aguentou viver lá". Muitas vezes é um integrante da família que não se adapta ao lugar, nesse caso foi a mulher, o que gera uma situação que inviabiliza a permanência do núcleo familiar.

Outra família do convívio do casal que ficou pouco tempo no outro lado do rio Paraná foi justamente a família daquele primo que se mudou com eles, fazendo o trajeto juntos na Kombi. Novamente, a mulher não quis mais ficar, como conta Rose, companheira de Guido:

> *[...] a mulher de outro primo deles também estava grávida. Ela teve o piá um pouco antes do que a Júlia. Eles também moravam aí neste matão. A Júlia era pacienciosa, aguentava a situação com calma. Mas a mulher desse primo, nossa, era puro desespero! Uma vez fomos lá, meu Senhor, ela só chorava, só chorava, queria ir embora de todo jeito! Ela quase ficou louca!*

A solidariedade e a cooperação entre os camponeses são fundamentais nesse ambiente social de adversidades, de isolamento e de abandono no meio do mato, sem poder contar com a assistência do poder público. Rose finaliza seu relato destacando a ajuda dada a essa mulher nada satisfeita com a realidade vivida:

> *[...] volta e meia nos fins de semana o Guido tinha que buscar ela de moto lá no buraco e levar ela para cima, para a vila. Nós ainda dávamos risada dessa situação, porque ele parecia o transportador dela, a trazia para cima para se acalmar, e depois ela voltava de novo para o mato. Ela não aguentou aquela situação.*

Essa família não teve alternativa senão deixar seu pedação de terra e retornar para o Brasil. No entanto eles não voltaram para a região de origem, e sim foram morar numa cidade próxima do Paraguai, na região do extremo oeste do estado do Paraná. Eles retornaram para o lado brasileiro do rio Paraná. Nessa localidade ele começou a trabalhar como pedreiro em construções, atividade que exerce até hoje. Atualmente eles estão com uma condição de vida confortável, fazendo com que a mulher desesperada de outrora no solo paraguaio se sinta agora satisfeita, realizada.

Outra família camponesa do convívio de Júlia e Lauro que retornou para o Brasil foi a que havia arrendado os cinco hectares deles quando decidiram trabalhar nas terras do primo. As dificuldades e a falta de perspectivas levaram essa família a não concluir o tempo do contrato de arrendamento, levando a largar a terra e se mudar para a região de origem. São as fronteiras sociais impostas que causam essa emigração de milhares de camponeses pobres para a fronteira leste do Paraguai e, pelo mesmo motivo, o retorno para o Brasil depois de amargarem uma experiência recheada de sofrimento. A família de Júlia e Lauro integra esse contingente que não conseguiu realizar esse sonho.

******

Jairo é o quarto integrante da família que tomou coragem suficiente, arrumou a malinha e emigrou para as terras tidas como "férteis e baratas" no lado da fronteira leste do Paraguai. Ele é a "salsicha" entre os irmãos, ou seja, ocupa o meio de um total de sete filhos. Até então ele sempre tinha vivido e trabalhado na lavoura com seus familiares. Em certas oportunidades, ele prestava serviços pontuais como diarista para ganhar um dinheiro extra. Jairo sempre foi muito determinado no trabalho. Seu estilo de vida sempre foi sereno, de espírito humilde, despojado, com um carisma que cria simpatia entre as pessoas de seu convívio.

Jairo, assim como seu irmão Luís, desistiu da escola, na mesma época, quando ambos estavam cursando a 6ª série do ensino fundamental. Essa situação de pouca escolaridade lhe fechou muitas portas para uma profissão promissora no mundo do trabalho. Mesmo considerando a quantidade de terra exígua possuída pelos seus pais, sempre permaneceu aceso o sonho de possuir o próprio pedaço de chão para plantar e, dessa forma, constituir família e viver com dignidade. Dar continuidade à vida camponesa em cima de seu lote terra era seu anseio, fincando, assim, as raízes nesse jeito de ser e de fazer-se, por meio dessa identidade sociocultural.

Na vida social, Jairo gostava de fazer o mesmo que seu irmão Luís, e não poderia ser muito diferente, pois os dois sempre estavam juntos. Jogar futebol e baralho, fabricar carrinhos madeira para descer nas ribanceiras e pedalar de bicicleta eram as diversões preferidas do Jairo. Ele nunca foi muito de curtir os espaços com a presença de grande público, de se divertir em festas, de ir a bailes, dançar, namorar. A primeira namorada que teve foi com a qual se casou no ano de 1992. Ele e seu irmão divergem frontalmente num aspecto: enquanto Jairo é fanático torcedor do Grêmio, Luís, por sua vez, é do arquirrival Internacional. Este começou a gostar do clube da cor vermelha por influência de Jacó (casado com sua irmã Sara), e aquele foi convencido pelo irmão mais velho a vestir as cores tricolores gremistas.

No ano de 1983, um ano após a ida de Sara para o Paraguai, os pais deles compraram uma colônia de terra na mesma região para os filhos Jairo e Luís. Na oportunidade, esse foi porque Jairo não se animou para encarar essa aventura. Seis anos depois, na ocasião da compra de terra efetuada por Lauro e Júlia, assim como pelos pais, Luís aproveitou a ocasião para comprar uma área para o Jairo. Essa foi a forma encontrada por Luís para ficar com a colônia só para ele. Agora, Jairo, tendo à disposição, sua própria terra e mais a de seus pais, o cenário mudou, levando-o também a encarar essa aventura. Dois meses depois da partida do casal Júlia e Lauro, ele tomou a decisão de embarcar na Kombi e foi para a fronteira no outro lado do rio Paraná morar e trabalhar na terra coberta pelo mato que o aguardava.

Ele não foi sozinho naquela Kombi. Dois outros primos, irmãos do Guido, também embarcaram nesse sonho e foram trabalhar na terra, cada um na área adquirida pelos pais. Os três novos "brasiguaios" combinaram a execução do trabalho em parceria em certas situações, ou seja, eles planejaram praticar a ajuda mútua quando sentissem necessidade, porém cada um no seu lote de terra. Diante das dificuldades de toda ordem, a começar pela falta de recursos financeiros, a cooperação dá fluidez ao trabalho agrícola. Foi o desafio assumido pelos três antes da partida, mas depois não concretizado, pois a lógica de cada um trabalhar no seu lote se impõe e mina o espírito do trabalho coletivo, mesmo sendo em determinadas ocasiões.

Na época da emigração, Jairo estava no início do namoro com Eliana, uma garota com a qual se casaria anos depois. Esse relacionamento mexeu com seus pensamentos, sentimentos e com sua imaginação no que se refere à projeção de sua vida futura, como a busca das condições materiais necessárias para a constituição de sua própria família. O trabalho na própria terra era visto como a melhor possiblidade para viabilizar esse projeto pessoal.

Com a partida de Jairo, é mais um brasileiro que se despede dos familiares e amigos e toma um rumo carregado de esperanças e incertezas. Mais um, na companhia de dois primos, que se soma aos milhares de trabalhadores que se aventuram em solo estrangeiro na busca da viabilização do jeito de ser camponês.

Um amigo em comum de Luís e Jairo, que é primo e era vizinho deles na infância, externa que sentiu muito a mudança dos dois para as novas terras. Mas, ao mesmo tempo, ele compreende a decisão tomada naquela época:

> [...] eu entendo que o principal motivo que levou os dois amigos a optar em ir para lá foi porque as terras eram mais baratas, e assim conseguiriam comprar uma área para si. Acho que eles viram que lá teriam mais futuro, condições para prosperar com mais facilidade. Trabalhar na terra era o que eles gostavam de fazer. Eles não se interessavam em estudar, e não tinha outra profissão para terem uma boa renda. Mas eu senti muita falta deles, pois eram meus amigos.

Esse primo e amigo, ao contrário desses irmãos, não se animou a seguir caminho igual, mesmo considerando que seus pais também tinham pouca terra. O motivo da recusa a emigrar foi o fato de não ter nutrido o desejo de trabalhar na agricultura. Seu próprio pai dele trabalhava pouca na terra, preferindo atuar na maior parte do tempo na marcenaria. Ele confessa: *"o motivo de eu não ter ido também para o Paraguai foi porque não me interessava muito em trabalhar na lavoura. Eu nunca gostei desse serviço"*. Esse amigo sempre trabalhou como assalariado no meio urbano e já goza da aposentadoria.

Chegando ao seu destino, na anunciada "terra prometida onde corre leite e mel", Jairo se juntou ao grupo formado por Júlia, Lauro, Guido e outros primos e conhecidos. Entre julho e setembro, ele vivenciou a mesma angústia dos demais que já se encontravam naquela localidade de colonização: a espera pela medição da terra e a abertura de uma estrada para o acesso aos lotes comprados. O cartão de visitas não foi de boas-vindas! Depois da repartição das terras, ele ajudou a montar a barraca de lona na terra de Lauro e Júlia e a morar com eles. Sem recursos financeiros, ele se viu obrigado a viver sob as mesmas condições de precariedade extremas relatadas pela sua irmã Júlia. A pobreza, a falta de incentivo do poder do Estado e o sonho de trabalhar na própria terra para viver a identidade camponesa com um mínimo de dignidade o levaram a se sujeitar à mesma realidade subumana vivida pelos demais trabalhadores.

Cada um derrubava mato e plantava no seu lote. Jairo, no caso, trabalhava na terra dos pais. Ele não chegou a trabalhar na sua própria terra, comprada por seu irmão Luís, pois queria satisfazer o desejo dos pais. A produção principal era a soja, também era cultivado o milho, porém em quantidade bem menor, tendo ambos como destino o mercado comprador. Dependendo dos recursos financeiros de que cada um dispunha, para acelerar o serviço, contratava-se um ou outro trabalhador em certos períodos para ajudar na derrubada do mato, assim como para plantar e colher.

Além dessa produção em maior escala, nas proximidades do barraco ínfimo onde os quatro quase não cabiam deitados, esses trabalhadores tinham uma roça em comum onde eram cultivados os alimentos para o próprio consumo, tais como mandioca, feijão, arroz, batatinha, batata doce, moranga, abóbora, melancia, hortaliças. A água era buscada em um córrego, que ficava ao lado, e carregada em baldes. Sem energia elétrica, as noites eram muito bem aproveitadas para dormir, um descanso merecido depois de um dia de trabalho exaustivo. As condições desconfortáveis para deitar eram relativizadas pelo cansaço, o que permitia ao menos dormir, mesmo sendo insuficiente para o adequado descanso.

Três fatos desagradáveis tiraram o ânimo que levaram Jairo a topar o desafio de iniciar seu projeto de vida na fronteira paraguaia. O primeiro fato lamentável foi seu envenenamento. Ao passar um inseticida ou veneno na plantação da soja para matar as lagartas que estavam comendo as folhas, ele se envenenou. Ele fez a aplicação usando uma máquina manual e sem o uso de qualquer equipamento apropriado para a proteção. Logo após esse trabalho, ele passou mal por causa do excesso de veneno que foi absorvido pelo seu corpo. Seu irmão Luís lembra esse drama em seus relatos de memória: "[...] *meu irmão se envenenou quando estava passando veneno na soja*". Ele parabeniza, na sequência, Sara e Jacó pelo socorro prestado: "[...] *eles logo foram buscar ele e o levaram no hospital, e depois ele ficou se recuperando na casa deles*". Ele precisou de vários meses para se recuperar desse problema e, mesmo assim, durante um longo tempo, continuava exalando um cheiro forte de veneno.

O segundo fato que deixou Jairo profundamente decepcionado e desanimado, na fronteira paraguaia, foi a perda da terra que ele estava cultivando, assim como seu próprio lote. Ele achou um absurdo terem vendido terra que estava reservada para outro fim. Júlia, que vivenciou toda essa história, lembra o quanto ele ficou chateado com a situação: "[...] *depois, quando perdemos essa terra, aí o Jairo disse: 'nunca mais Paraguai!'. Aí ele voltou para o*

*Brasil e não foi mais lá. Ele não ficou muito tempo lá*". Ele, inclusive, negou-se a relatar a sua experiência frustrada, querendo trancá-la como em um cofre e esquecê-la no passado. No ano de 1983, ao não aceitar a mudança para o outro lado do rio Paraná, parece que ele já antevia que esse projeto não estava em sintonia com seus sentimentos.

Além desses dois problemas que afetaram profundamente Jairo, somados à situação precaríssima vivida numa barraca no meio do mato longe de tudo e de todos, ocorreu um terceiro fato que o deixou amargurado. Trata-se da frustração com a safra naquele ano por causa da falta de chuva no período do crescimento da soja, e, depois, para piorar, essa soja pouco desenvolvida ainda apodreceu devido ao excesso de chuva na época da colheita. Foi um conjunto de fatores que borraram o colorido do sonho de construir um futuro promissor nas terras estrangeiras. Luís resume, assim, a história do irmão:

> *[...] o Jairo, na verdade, não aguentou! O serviço era muito pesado aqui. Ele não imaginou todas essas dificuldades! Além da vida precária que teve e o serviço pesado, ele teve o azar de se envenenar quando passava veneno na soja. Por isso ele desistiu do Paraguai!*

Júlia lembra a época e as circunstâncias em que Jairo desistiu do Paraguai e retornou para a terra e o lar dos familiares:

> *[...] ele voltou para o Brasil naquele ano em que nasceu a nossa filha, depois da safra, lá por abril ou maio do ano de 1990. Depois, quando nós perdemos a nossa terra, quando nós começamos na outra, aí ele decidiu não voltar mais. Quando aconteceu a perda da terra, ele não queria mais saber do Paraguai!*

Ele não completou um ano na região da fronteira. Nessa soma de fatores que determinaram a sua desistência, há ainda a influência de sua namorada Eliana. Ela não tinha interesse em se mudar para o Paraguai. Júlia recorda a pressão exercida pela namorada de Jairo para interromper o sonho de ser bem-sucedido na sua terra no território do país vizinho: "*[...] a namorada dele também não deixou mais ele ficar no Paraguai*". A filha de Jairo confirma que sua mãe, na época em que ainda curtiam a relação de namoro ,estava decidida a não morar naquele país: "*[...] outro motivo foi que a minha mãe quis permanecer no Brasil. Ela não tinha nenhuma vontade de morar no Paraguai*".

Outro aspecto que interferiu nessa decisão da Eliana para permanecer no Brasil foi a decepção amargada pela tia, que é a mulher que foi com o companheiro para o Paraguai nos mesmos dias da mudança de Júlia e Lauro e integrou o grupo que adquiriu os 600 hectares de terra. Eles retornaram pouco tempo depois porque ela não aguentou mais ficar naquela região. Esse casal é da mesma comunidade onde residia Eliana, sendo a localidade vizinha daquela onde moram os pais de Jairo. As conversas favoráveis ou contrárias entre as pessoas da mesma região, no que se refere à emigração, influenciam decisivamente a opção de embarcar ou não nessa aventura. São vários fatores que condicionam as decisões e ações dos indivíduos, sendo a emigração para o Paraguai uma decisão corajosa, radical que apenas uma parte dos camponeses pobres decidiu abraçar.

Mesmo Jairo tendo voltado à moradia e ao trabalho na terra onde nasceu e cresceu, ele manteve seu lote de 13 hectares de terra no Paraguai. Luís conta foi essa aquisição:

> *[...] eu comprei esta terra para o meu irmão, acho que foi em 1989, não tenho muita certeza se foi neste ano. Naquela vez os meus pais e o casal Júlia e Lauro também compraram cada família um pedaço ao lado da que comprei para o meu irmão. Eu dei uma entrada, e em seguida perdemos aquela terra porque ela fazia parte de uma área do Estado reservada para a construção de uma escola agrícola. Depois esta área que perdemos foi trocada por outra mais perto da vila. O Jairo continuou com esta segunda terra mesmo depois que desistiu do Paraguai.*

Jairo aceitou a terra comprada por Luís, mas não quis registrá-la em seu nome por causa das questões burocráticas. Ele conseguiu chegar a um acordo com Jacó e Sara, repassando a escritura dessa área para o nome deles. Vários anos depois, eles começaram a desmatar, destocar e plantar esse lote. Mais recentemente, eles a compraram. A família de Jairo, com o dinheiro dessa venda, comprou outra casa onde reside atualmente, localizada na pequena cidade que é sede do novo município, distante 510 km da cidade de Porto Alegre. Lauro é natural desse lugar. Jairo e Eliana casaram em 1992 e possuem dois filhos, a primeira uma moça já casada, e o outro um menino que nasceu bem mais tarde.

Se, no Paraguai, três anos antes, tudo eram trevas, o ano de 1992 foi de intensa luz na vida de Jairo. Nesse ano ele casou, foi fundado esse novo município e, ato contínuo, conseguiu ingressar no serviço público municipal por meio de concurso. Ele exerce a atividade pública até hoje, sente prazer com o serviço que faz, fazendo-o com muita dedicação, um trabalho reconhecido e aplaudido pela população.

E assim, de uma forma ou de outra, com imensas dificuldades, os quatro irmãos conquistaram seu pedaço de terra na fronteira leste do território paraguaio. O começo do trabalho nessas terras de mato foi marcado pela sujeição à uma situação subumana, sem recursos financeiros, sem infraestrutura social, sem apoio do governo, sem nada, a não ser a terra e a vontade de vencer, de prosperar. É a fronteira social imposta por uma sociedade estruturada em bases que privilegia uma pequena parte detentora do capital em detrimento da grande maioria da população. Essa terra, na fronteira territorial no outro lado do rio Paraná, embora de excelente qualidade para a agricultura, era coberta de floresta nativa, o que demandava o trabalho exaustivo de desmatamento para eles poderem efetuar o plantio. O sofrimento era tamanho que dois desses irmãos desistiram e retornaram para a região de origem. Os outros dois persistiram e continuam em solo estrangeiro até hoje, assumindo a cidadania "brasiguaia", feito alcançado, em grande medida, graças a uma obstinada determinação e resistência para concretizar o sonho negado no Brasil. Os quatro irmãos tiveram trajetórias pessoais distintas nessa aventura, mesmo que originadas com o mesmo sonho.

# 5
# A VIDA NA TERRA CULTIVADA

Os dois irmãos que resistiram e se firmaram na fronteira leste paraguaia vivem, convivem e cultivam a sua terra há 40 anos. Nesse tempo a vida e a paisagem nessa região foram profundamente transformadas. Lauro e Júlia, embora tenham retornado para o Brasil, não ficaram sem terra, pois foram morar e trabalhar na terra onde ela nasceu. Somente Jairo deixou de atuar na agricultura, interrompendo a sua identidade camponesa. Os três irmãos agricultores resistentes, mesmo trabalhando na própria terra, não estão livres até hoje do esforço e de dificuldades para conseguirem o básico para o sustenta das suas famílias. São trabalhadores rurais explorados numa sociedade capitalista de produção, sendo, portanto, um desafio cultivar a terra para auferir uma vida confortável. Mesmo assim, essa condição de vida é buscada, permanentemente, por eles mediante muito suor!

Os 13 hectares de terra adquiridos por Jacó e Sara, no segundo ano de residência no Paraguai (1983), fato possível graças à ajuda inicial feita pelos pais dela, não gerou renda nos primeiros quatro anos; ao contrário, eles tiveram que pagar várias parcelas nos anos subsequentes para quitá-la. Embora tendo esse pedaço de terra, o casal continuou morando e trabalhando em terra alheia, arrendada por Jacó em 1980. A terra própria começou a ser cultivada somente a partir de 1987, época em que deixaram de trabalhar na terra de terceiro. Até então, seu lote de terra coberto pela floresta foi arrendado para um irmão de Jacó, que desmatou boa parte e, como pagamento, tinha o direito de ficar com toda a produção. Nesse período Luís teve companhia, inclusive para comer a polenta diária na pensão, pois a terra ficava ao lado da sua.

Em 1987 essa família comprou outro lote de terra, uma área menor de seis hectares localizada nas imediações do povoado de Rovenha, lugar onde construíram uma casa de madeira e passaram a morar. Essa área foi possível de ser adquirida graças ao trabalho intenso e à poupança feita do parco dinheiro recebido. A partir de então, eles pararam de trabalhar na terra alheia. Além do cultivo dessas duas áreas de terra própria, Jacó se dedicou ao trabalho diário de pedreiro, construindo casas e benfeitorias na pequena cidade e nas lavouras. Nesse período a região estava em acelerada expansão agrícola, o que demandava muito serviço no setor de construção. A principal renda da família foi obtida com esse trabalho, sendo a agricultura uma atividade secundária. O trabalho contínuo, no setor de construção, foi possível porque as duas áreas de terra estavam limpas dos tocos das árvores, possibilitando o trabalho mecanizado, um serviço contratado pela família. Nessa época eles já tinham os quatro filhos e pouca terra, o que demandava um esforço extra para conseguirem "o pão nosso de cada dia" na mesa!

Uma das filhas do casal recorda o que sabe referente a esse tempo vivido pelos seus pais:

> [...] no início os meus pais arrendaram terra para derrubar o mato e plantar. Nos primeiros anos, além de trabalhar na roça, meu pai fazia de tudo um pouco para ganhar dinheiro; ele foi pedreiro, fazia rodas de água, até cortava cabelo para os vizinhos. Depois chegou o dia em que conseguiram comprar um pedaço de terra onde foram morar e começaram a trabalhar por conta própria.

O trabalho de enxada na terra onde residiam ficava aos cuidados de Sara e dos filhos, evitando, assim, a aplicação de herbicidas para matar as ervas-daninhas. Devido à pouca terra que possuíam, e tendo seis pessoas na família para alimentar, Sara chegou a capinar na terra dos outros para ganhar dinheiro. Um filho do casal, que fazia companhia à sua mãe nesse serviço, lembra:

> [...] não era fácil para os meus pais naquela época... Meu pai trabalhava de pedreiro. O que a mãe fazia em casa era impressionante! Ela fazia tudo, inclusive lidava com as vacas para ter um leite para vender. Era muito serviço! Em certas épocas a minha mãe carpia para fora. Eu me lembro disso, pois eu ia junto para ela ter companhia.

A filha também se lembra desse trabalho realizado na terra dos outros, reforçando o que foi dito pelo irmão, e destaca a dedicação empreendida pela mãe nos diferentes afazeres para garantir o sustento dos quatro filhos:

> [...] a mãe, quando era mais nova, ela até ia nos vizinhos capinar o mandiocal para ajudar nas despesas da casa. Muitas vezes a mãe nos levava junto na roça. E o meu pai trabalhava de pedreiro. Eles fizeram isso para a gente ter o que comer e se vestir.

O trabalho infantil acontece em todas as famílias camponesas. Ele é visto como parte da educação, assim como é necessário para prover as condições materiais para a sustentação da família. Essa filha conta que sua mãe era a responsável pela capina do inço na lavoura que ficava na terra onde moravam. Ela recorda que a mãe geralmente levava os quatro filhos juntos na lavoura:

> [...] quando nós éramos maiorzinhos, aí a mãe nos levava junto para capinar na soja. A mãe se responsabilizava pela carpida do inço. Ela nos levava junto para também aprender a carpir. Nós não gostávamos de ir, nós queríamos ficar em casa para brincar, mas não tinha jeito, tínhamos que obedecer!

Os planos começaram a ser alterados pela família de Jacó e Sara, no decorrer da década de 1990. Vendo os quatro filhos crescerem, e tendo terra insuficiente, a atenção se volta para outra região de expansão via colonização numa localidade chamada Iarol. Eles já tinham a terra de Jairo no seu nome situada nesse lugar, e ele sem perspectiva nenhuma de voltar para o solo paraguaio, fato que abria a possibilidade da compra dessa área. Depois, com o retorno de Lauro e Júlia para o Brasil, a família de Sara e Jacó comprou seu lote de terra e, de tabela, eles dispunham a terra dos pais de Sara, pois as duas áreas estavam na mesma escritura. Bem mais tarde, depois de desmatada, eles compraram essa área, assim como a de Jairo. Acrescido a isso, nessa localidade ainda tinha terra à venda por um preço acessível, mesmo sendo de qualidade inferior, fato que proporcionou a aquisição de uma área dessa terra.

A família de Jacó e Sara vendeu os dois pedaços de terra que tinha até então, incluindo a casa e demais benfeitorias, comprou uma área de três colônias na comunidade de Iarol e se mudou no ano de 2000. Eles começaram, assim, o novo milênio em nova terra. Eles foram morar na casinha construída por Lauro e Júlia que ficava no lote de terra já comprado anteriormente. Ao lado ficavam as terras de seus pais e a de Jairo, que eles começaram a limpar e cultivar. Portanto, nessa localidade a família de Sara comprou, além das três colônias, a terra de Lauro e Júlia, e posteriormente a dos pais delas e a do irmão Jairo, tudo coberto de mata nativa. Essa mudança, assim como qualquer outra migração, provocou uma complexa rede de implicações de toda ordem, embora nesse caso tendo como vantagem o acesso a uma significativa extensão de terra para envolver toda a família no trabalho agrícola.

A migração no interior da própria fronteira paraguaia é uma constante entre os agricultores. Tudo é muito dinâmico. Dificuldades num lugar e novas possibilidades em outro espaço geram esse movimento de deslocamento dos trabalhadores rurais. Trata-se de emigração do Brasil, e depois de migrações internas na fronteira estrangeira. Esse movimento aconteceu com o Luís, com a família da Júlia e, posteriormente, com a família da Sara. São mudanças, movimentações na busca de melhores condições de vida numa mesma microrregião.

Porém, no caso da família de Sara, foi um recomeço total, um reinício como se começassem da estaca zero. Foi uma repetição da experiência iniciada por Jacó e depois igualmente por Sara, quando os dois ingressaram no outro lado do rio Paraná. A única diferença, no novo lugar, é que eles tinham bastante terra própria disponível para desmatar e plantar. Novamente, grande parte daquele sofrimento vivido no passado se fez presente. Na busca por mais terra, tendo em vista propiciar um futuro melhor para os filhos, Jacó e Sara voltaram a se submeter à dura realidade do trabalho exaustivo e de privação do mais elementar necessário para uma vida de bem-estar.

Mais uma vez, recomeçaram no meio do mato, pois só estava aberta parte da terra onde se localizava a casinha abandonada onde residia a família de Júlia. Novamente iniciaram a vida num lugar sem infraestrutura, agora na companhia dos filhos. Sara recorda essa situação de dificuldades a que se sujeitaram na nova terra:

> *[...] nós compramos os cinco hectares onde a Júlia estava morando. Fomos morar na casinha que estava abandonada no meio da capoeira. Tá louco, ela estava feia pra caramba! Novamente ficamos sem energia elétrica. Tivemos que puxar a água do córrego através de roda de água. Nós tínhamos que levar o leite tirado de noite dentro de tarros no riozinho para conservar, porque o leiteiro só passava de manhã. Era preciso levantar as 3:00 horas da madrugada para tirar leite porque o leiteiro passava as 5:00 horas.*

Os filhos participaram, direta e conscientemente, dessa nova realidade, por isso se lembram dessa situação sombria encarada numa nova região de expansão agrícola. Um filho, com 13 anos de idade na época, recorda as agruras enfrentadas: "*[...] a casa que existia lá para morar tinha frestas que cabia uma mão. Nós ficamos um ano e meio sem energia elétrica, restando usar o liquinho para temos luz de noite. Foi muito difícil se acostumar naquele lugar*".

Nessa região faz bastante frio na estação de inverno. As frestas existiam na casa porque as tábuas usadas eram de árvores que ainda estavam verdes, daí, ao secarem, encolheram. Não havia tempo para esperar as toras secar para depois cortá-las em tábuas. Anos depois a família construiu uma grande e linda casa de madeira, muito bem planejada, local onde mora até hoje. O principal havia para a construção dessa casa: madeira nobre abundante e um construtor caprichoso e de muita experiência.

A família de Sara ampliou, nessa localidade, a produção de leite para a comercialização, aumentando o número de vacas, o que implicou mais serviço. Por causa da inexistência de energia elétrica, esse serviço era feito de maneira manual. Uma filha, com 15 anos de idade na época, relembra a aflição que passaram nessa nova moradia, assim como sua mãe, por causa da falta da energia:

> [...] nós ordenhamos à muque duas vezes por dia umas 30 vacas. O leite tirado à noite nós levamos em tarros num córrego que fica um trecho abaixo da casa para mantê-lo fresco. Se não fizéssemos isso, o leite azedaria, pois o leiteiro só passava pela manhã para recolhê-lo. Era muito serviço. A mãe era a responsável por este trabalho.

Essa filha fala que somente depois de completado mais de um ano, que parecia muitos *"longos, longos"* anos, eles conseguiram que o poder público puxasse a rede elétrica do povoado até a casa deles. Essa conquista aliviou o trabalho da família, assim como a vida em geral ganhou maior leveza e novas cores. Ela relata, com satisfação:

> [...] aí novamente tudo ficou mais fácil, tudo ficou iluminado na casa de noite, voltamos a ter chuveiro quente, pudemos lavar a roupa na máquina, tirar o leite das vacas com ordenhadeira, inclusive voltamos a ter TV para a distração nas horas de folga.

Para conseguir fazer chegar a água até a casa, Jacó novamente construiu uma roda de água, represou o córrego, instalou uma bomba e, dessa forma, puxou a água até a caixa de *Eternit* instalada no alto ao lado da moradia. Era uma água limpa, cristalina, ótima para o consumo e para atender às diferentes necessidades que dependia desse valioso líquido. Nas duas residências anteriores, Jacó também havia adotado esse sistema de bombear a água até a casa. Água e energia elétrica numa casa são dois itens básicos para propiciar um mínimo de conforto para as famílias camponesas.

Essa filha, a segunda dentre os quatro que integram a família de Sara, casou com um rapaz de uma família também oriunda do Brasil, mais especificamente numa região de colonização italiana no estado de Santa Catarina. Os familiares dele também residem na localidade de Iarol, que é fruto de um projeto de colonização destinado exclusivamente para camponeses de descendência alemã. É curioso o processo como essa família de origem italiana conseguiu convencer o padre colonizador a abrir uma exceção e vender um pedaço de terra para agricultores sem procedência alemã. Na verdade, são duas famílias, pois o mesmo ocorreu com outra de origem italiana. O companheiro da filha de Jacó e Sara conta que seu pai trabalhava numa família de origem alemã numa determinada região no Paraguai. Depois esses patrões compraram terra em Iarol e se mudaram para esse local, oportunidade em que os familiares dele e da outra família de origem italiana ingressaram nessa comunidade para continuar trabalhando para os proprietários. Essas duas famílias, diante do preço mais acessível dessa terra e condições facilitadas de pagamento, interessaram-se igualmente pela aquisição de um pequeno lote. Para tanto, foi necessário usar de muita diplomacia para convencer o padre a atender ao desejo das duas famílias, abrindo uma exceção, como ele relata:

> [...] meus pais eram de descendência italiana, por isso eles não podiam comprar terra nesta localidade; eles não tinham o direito de comprar aqui. Meu pai e o finado Munique, este também de origem italiana, eram muito amigos do secretário do padre que era o responsável pela venda das terras. O Munique tocava gaita, aí os três cantavam juntos, faziam farra. Os três procuravam conversar com o padre, convencer ele a vender um pedaço de terra para eles. O Munique, para convencer ele, inventou de falar que os dois tiveram, no passado distante, uma parte de origem alemã.

Graças à amizade cultivada com o secretário e à influência dele junto ao padre, as duas famílias "intrusas" receberam a permissão para integrar aquela comunidade com direito de se apossar de um pedaço de terra, como ele lembra:

> [...] com a ajuda do secretário, que procurava convencer o padre, depois de muitos dias de insistência, um dia o padre falou: "está bom, vou vender um pedaço de terra para vocês dois". E foi assim que os dois de origem italiana conseguiram comprar um pedaço. São as duas únicas famílias não alemãs que possuem terra nesta localidade.

Porém essa terra comprada também fazia parte da área pública reservada para a escola agrícola, por isso a perderam. Essas duas famílias também passaram por essa angústia sentida pela família de Júlia, de seus pais, de Jairo e dos demais camponeses que compraram terra nessa área não destinada para a iniciativa privada. A filha da Sara recorda:

> [...] só que esta terra ficava na área da futura Escola Agrícola, por isso, depois de comprada, o meu sogro teve que entregar essa terra. Aí o sogro comprou outro pedacinho de quatro hectares, que é uma chacrinha, lugar onde ele mora agora, e fica bem perto da vida de Iarol.

Ela conclui a narrativa acerca do drama vivido por essas famílias:

> [...] essa terra do meu sogro ficava justamente na região onde morava o Lauro e a Júlia. Meu sogro lembra muito bem do Lauro, sempre fala dele, pergunta como está aquele homem do cavalo branco. É assim que o sogro o chama. Ela fala da tristeza que todos sentiram quando tiveram que largar aquela terra.

Quando seu companheiro tinha 19 anos, ainda solteiro na época, ele se mudou para a região norte do estado brasileiro de Mato Grosso para trabalhar como assalariado numa fazenda. Ele fazia o serviço de desmatamento com um trator esteira, sua especialidade, exercendo-o nessa propriedade durante quatro anos. Ele já namorava a filha de Jacó e Sara nesse tempo em que ficava longe dos seus familiares e amigos. Ao se casarem, ele interrompeu o trabalho no Mato Grosso. Porém, ao avaliar que lá as condições de trabalho eram melhores quando comparadas ao Paraguai, um tempinho depois ele retornou para a mesma propriedade; só que, nessa segunda vez, algo novo se agregou à vida dele: sua companheira. Ela permanecia morando sozinha na cidade enquanto ele trabalhava na fazenda que ficava 80 km de distância, uma situação que permitia o encontro entre eles apenas duas vezes por mês em finais de semana.

Ela sentiu muito essa mudança, pois, além de passar o tempo no lar numa solidão, estava grávida e nunca tinha saído de casa, o que fazia o peito queimar de saudade dos familiares e amigos. Depois de três meses morando na região amazônica brasileira, eles decidiram abandonar esse trabalho e retornar para o Paraguai. Os sentimentos de aflição provocados pela saudade se impuseram às condições de trabalho. Essa filha de Sara e Jacó lembra que, nesses poucos meses em que eles moraram longe dos pais e amigos, a mãe dela sofreu até o profundo da alma por causa da saudade:

> [...] eu nunca tinha ido morar longe da mãe. Ela não falava nada por eu ter decidido ir junto para o Mato Grosso. Ela não falava "não vai", mas puxava para trás, querendo que eu não fosse. Ela achava que eu podia ficar aqui com eles, e que o meu marido podia ir lá trabalhar e voltar quando sentisse vontade. Tinha também o fato de eu estar grávida, por isso a minha mãe queria ficar por perto.

Numa relação de afeto, ainda mais entre mãe e filha, a saudade tem via dupla. Ela conclui, falando da tristeza sentida pela sua mãe:

> [...] o pai contava que, enquanto eu estava no Mato Grosso, a mãe parecia um mar de lágrimas em casa de tanto que chorava por eu ter ido embora. Ela sentia muita saudade!!! A gente nunca tinha

*ficado longe da mãe. Meu pai contava depois isso, dizendo que não tinha vontade de ficar perto da mãe de tanto que ela chorava.*

Para Sara, esses três meses de ausência da filha foi uma eternidade! O valor atribuído à família é algo muito cultivado na tradição da cultura camponesa. A família é um dos valores supremos! A primeira vez que uma filha foi morar longe, e considerando que era ainda nova e estava grávida, foi uma experiência muito sentida pelos pais. A vida não é feita só de trabalho, mas, acima de tudo, de sentimentos. O trabalho deveria ser um apêndice da vida, estar em função do afloramento dessa, e não o contrário, tornando-se o centro em torno do qual gravita tudo, como costuma ser para a classe trabalhadora nas sociedades capitalistas. Os sentimentos nobres devem ser a alegria e o prazer, embora os sofrimentos e as dores também façam parte do viver.

Dadas as condições sociais vividas pela população empobrecida, os sentimentos de tristeza, de luta, de privação, de superação são praticamente inevitáveis para os que enfrentam e almejam mudanças, transformações, emancipação, novas conquistas, a ocupação de um lugar digno no interior da sociedade estruturada em bases desiguais e excludentes. O desejo de uma vida decente é como um fogo que queima, por isso possibilita dar novas formas à matéria e à vida para quem não se conforma com a realidade injusta. Os quatro irmãos se submeteram a intenso sacrifício, ao fogo escaldante no processo de luta pela conquista de um pedaço de terra e dignidade na fronteira paraguaia.

Jacó conjugava o cultivo da terra nesse novo lugar com o serviço de pedreiro. Agora ele já tinha o auxílio dos filhos no trabalho na lavoura. O trabalho na construção permitia a entrada de um dinheiro semanal, sempre muito bem vindo, algo que a agricultura só propicia em certas épocas. A primeira obra construída por ele na localidade de Iarol foi a sede da polícia militar. Em troca, a família conseguiu a contratação de uma máquina de esteira, junto ao poder público, para arrancar as árvores, deixando a terra pronta para o cultivo mecanizado. Esse sistema de plantio e colheita acelera o serviço, além de dispensar boa parte da mão de obra.

Um dos filhos do casal lembra que, na época de conclusão daquela obra, o pai se acidentou em casa. Quando estavam passando inseticida no gado, o touro avançou nele, deixando-o com a perna quebrada e arrancando boa parte do músculo abaixo do joelho. Jacó ficou nove meses em tratamento, sem condições de trabalhar, além de ter sofrido muito para sarar o ferimento. Até hoje ele tem certa dificuldade para caminhar por causa desse problema e sente dores quando fica certo tempo em pé. É a vida e as suas contradições, a vida dos sabores e dissabores.

Esse fato lamentável impactou profundamente a dinâmica de vida daquela família, pois ela dependia muito do trabalho de Jacó. Ele, então com pouco mais de 40 anos de idade, encontrando-se ainda com vigor físico para o trabalho, e tendo muito serviço na nova terra, tudo isso foi interrompido de uma hora para outra. Sara narra o que chama de "tragédia" sofrida pelo companheiro, inclusive, lembra-se da data do acontecimento muito sentido pela família:

> [...] no dia 15 de março de 2001 aconteceu a tragédia com a perna do Jacó. O touro avançou nele, quebrou a perna e praticamente arrancou todo o músculo no local onde foi pisado. Isso aconteceu antes da noite. Eu fui tirar leite e ele estava passando veneno no touro e nas vacas contra os carrapatos. O touro estava amarrado num cordão, e esse rasgou e aí ele avançou, derrubou ele e pisou na perna.

Na sequência, ela continua contando esse fato de triste memória, não imaginando a gravidade ao ser informada:

> [...] depois falaram para mim na estrabaria que ele tinha quebrado a perna e um serralheiro muito amigo nosso teria levado ele para arrumar a perna. Eu continuei tirando leite, achando que não fosse tão grave. Pensei que meio logo ele voltaria para casa.

E concluiu dizendo quando e como tomou conhecimento da dimensão do ocorrido:

> [...] quando era meia noite, aí o motorista veio e falou que ele teria ficado no hospital e para que eu fosse junto no hospital no outro dia cedo, e que ele passaria aqui para me pegar. Eu deveria ir para cuidar dele enquanto ficasse internado. Somente naquele momento eu percebi a gravidade do problema.

Jacó ficou quase um ano usando muletas para conseguir se locomover, e mesmo assim com dificuldades, ainda mais quando sentia a necessidade de ir à lavoura, como relata Sara:

> [...] nos últimos meses em que ele usava muleta, tinha muito serviço na roça, com os filhos ainda novos. Ele foi muitas vezes junto na roça com as muletas e uma bengala para ajudar catar, amontoar e depois queimar os paus e raízes que ficaram depois de

> *arrancados os tocos das árvores. Isso era preciso fazer para que o trator pudesse arar a terra e semear o milho e a soja.*

Jacó, mesmo ainda não recuperado desse problema físico, começou a construir a nova casa para a família no segundo semestre do ano de 2001. Sara recorda esse esforço empreendido por ele na construção; o fundamento foi feito de concreto, e o restante de madeira:

> *[...] naquela situação dele, ainda assim nós começamos a fazer o fundamento de concreto da nossa casa onde moramos hoje. Ele sentava no chão ou em cima de galões para fazer o fundamento. Sem poder caminhar, ele se arrastava no chão! Nós tínhamos pressa em ter essa casa, porque a outra era muito pequena.*

O recomeço na localidade de Iarol foi, em grande medida, uma repetição das dificuldades e dos sofrimentos vivenciados 20 anos antes quando ingressaram no Paraguai. Eles se submeteram a mais um tempo de sacrifícios com o objetivo principal de se apropriar de mais terra, pois agora tinham os filhos para ajudar no trabalho, assim como criar maiores possibilidades para que eles também conseguissem ter o próprio pedaço de chão. Sara, ao relembrar essas duas experiências enfrentadas, revela a dimensão desse sofrimento e do espírito de superação:

> *[...] era muito sofrido para nós! Nós lutamos muito para conseguir o que hoje temos! Vencemos muita coisa! Tem coisas boas que estão no passado e também coisas ruins que ficaram para trás. Mas tudo passa! Com fé em Deus, esperança e luta se consegue! Nada vem fácil! As coisas necessárias para viver se consegue com muito esforço, trabalho!*

Eles compraram, posteriormente, mais um pedaço de terra de uma família que residia na mesma localidade, por isso já tinha uma casa e outras benfeitorias. Nesse lote mora atualmente a filha casada que fez a curta experiência de vida longe dos pais e irmãos na região amazônica de Mato Grosso. Com a terra que possuem, acrescida de áreas que arrendam de terceiros e serviços que prestam com as máquinas nas lavouras de outras famílias, eles estão com trabalho o ano inteiro, tendo períodos de pico em que não se respeita a noite e os fins de semana. Eles possuem tratores, ceifadeiras, implementos agrícolas para executar o trabalho. A otimização do uso das máquinas e dos implementos agrícolas que a família possui requer essa estratégia de arrendamento de terras e prestação de serviços agrícolas pelo fato de não terem a quantidade suficiente de terra. O primeiro trator que adquiriram não traz boas lembranças, como conta um dos filhos:

> [...] *nós compramos o primeiro trator em 2004, quando eu tinha dezessete anos. Eu e meu irmão ficamos muito faceiros. Foi um trator usado do ano de 1985, da marca Walmet, e era de "queixo duro", por isso muito pesado para trabalhar. Trabalhamos uns dias e aí já fundiu o motor! A nossa alegria durou pouco!*

Outros dois filhos de Sara e Jacó estão casados, além de uma das filhas; eles têm um filho cada um, e ela tem três filhos. Os vovôs estão, portanto, com cinco netos, sendo quatro meninos e uma menina. Os dois filhos casados moram no mesmo pátio da casa dos pais, porém cada um com a sua própria casa de madeira onde vivem com as famílias. É muito lindo ver da entrada, de longe, as três casas enfileiradas. Essas três famílias, mais a família da filha que mora em outra área, trabalham juntas nas mesmas terras. Eles formam uma comunidade de quatro famílias.

Os dois filhos e o companheiro da filha, além de trabalhar juntos na lavoura, dominam boa parte do conhecimento nesse setor, inclusive sobre o funcionamento das máquinas agrícolas. São eles que desmontam as máquinas, compram e trocam as peças danificadas. O trabalho em parceria facilita esse domínio, pois um repassa informações ao outro. Jacó, por sua vez, atualmente trabalha pouco na roça. Ele gosta de andar o dia inteiro com a caminhonete para fazer as compras para a casa, a lavoura e os animais, assim como dar voltas na lavoura para ver a plantação. É uma qualidade de vida muito diferente quando comparada à forma como iniciou no solo paraguaio.

O cultivo da terra é feito mediante três plantações por ano, sendo a maior parte a produção da soja para o mercado, e em menor quantidade o milho, para as vacas leiteiras. Sara faz o serviço de casa, produz hortaliças e é responsável pela ordenha das vacas. Embora desenvolvam o trabalho mecanizado e da produção de monoculturas – soja e milho –, eles cultivam igualmente boa parte dos alimentos que consomem. A tradição camponesa do cultivo para a subsistência familiar ainda permanece viva. Sara conta o que plantam e criam para o próprio consumo:

> [...] *nós sempre temos mandioca. Batata doce não tem sempre, porque às vezes não plantamos. O feijão nós compramos dos colonos na época da safra. Batatinha e arroz nós compramos no mercado. Verduras e frutas não é sempre que temos. Sempre temos galinhas poedeiras, ovos, leite à vontade porque produzimos para vender. Carne nós também nunca compramos, porque sempre criamos gado, galinhas e porcos. Nós não podemos plantar de tudo que gostaríamos porque não vencemos o serviço.*

E assim, com Jacó já tendo completado 40 anos na fronteira paraguaia, e Sara tendo se juntado a ele dois anos depois, esse casal está agora com a vida estabilizada e com o conforto suficiente nessa terra onde residem desde o ano de 2000. Nessa etapa da vida, os dois já não pensam mais em grandes voos, tendo entregado para os filhos a responsabilidade pelo cultivo da terra conquistada com muito suor. Por meio do trabalho agrícola, mais a produção de leite, essa família consegue se sustentar no meio rural, assim como as famílias dos filhos.

*******

Luís e Lurdes, por sua vez, ao se casarem no ano de 1994, foram morar na casa de madeira construída por ele na área de terra própria comprada nas imediações do povoado de Rovenha. Devido à gravidez da Lurdes, o casamento foi antecipado, e a construção da moradia, acelerada. Esse fato não planejado não os fez desistir daquilo que estava sendo realizado. É uma terra belíssima e valiosa de 12 hectares, de relevo plano localizado no alto, um espaço privilegiado de onde se enxerga a vila. Na frente da propriedade, encontra-se a estrada movimentada que vai à direção da rodovia *Ciudad del Este – Encarnación*. Assim Luís passa a ter uma companheira para dar continuidade ao cultivo da terra e constituir família.

Lurdes faz questão de compartilhar a sua história de vida construída com determinação, esperança, trabalho, sofrimento, superação, alegrias e conquistas. A origem dela também é de uma família camponesa tradicional de descendência alemã oriunda da mesma região do Luís, no noroeste do estado do Rio Grande do Sul, Brasil. Ela é de uma família de 11 irmãos. Não foi completada uma dúzia por causa de um aborto espontâneo tido pela sua mãe no sexto mês de gravidez. Lurdes é a caçula da família. Seus pais já partiram dessa vida, ambos com 81 anos de idade. Dos 11 irmãos, quatro também já não vivem mais: uma era criança de pouco menos de 2 anos de idade chegou ao fim da vida por causa de pneumonia. Os outros três irmãos dela faleceram quando já estavam na idade adulta, a irmã teve meningite e tinha problemas psíquico-mentais. Um irmão teve a vida interrompida por causa de um acidente de moto aos 27 anos de idade, e o outro faleceu por causas naturais.

Lurdes conta que o período de sua gestação foi extremamente complicado. Nessa fase sua mãe teve uma queda, que provocou um problema sério na coluna, com grande possibilidade de perder a criança e de ficar paralítica. Lurdes relembra esse fato de triste memória: "*[...] quando ela estava grávida comigo, aos três meses, ela caiu de costas em cima do arado que estava deitado dentro da carroça de bois*". Ela começou um tratamento em um hospital próximo e, depois, devido à gravidade, foi encaminhada para médicos especialistas em um hospital na cidade de Porto Alegre para que fosse realizada a cirurgia e o acompanhamento qualificado de sua recuperação.

Diante da situação, as irmãs adultas conversaram com as enfermeiras freiras desse hospital, tendo a anuência do pai, sobre a possibilidade de essas religiosas adotarem a criança caso a mãe não se recuperasse até o nascimento, ou ficasse com sérias sequelas. A preocupação da família era quanto às condições financeiras para criar a criança, considerando que havia vários filhos ainda pequenos, pois, a cada ano, vinha mais um ao mundo. Os médicos se opuseram à adoção, achando que era muito precipitado tratar dessa questão. A bela notícia, motivo de muita alegria, foi que as cirurgias, seguidas de muita fisioterapia, recuperaram completamente a mãe, assim como a filha caçula nasceu sem nenhum problema físico. Foi um drama que teve um final feliz!

Lurdes sente-se muito agradecida às suas irmãs pelo fato de terem cuidado dela com extraordinário carinho e afeto desde o seu nascimento, auxiliando sua mãe durante a difícil fase de recuperação. Ela conta:

> *[...] minhas irmãs colocavam a mamadeira de leite entre elas na cama para ficar quentinha e me dar durante à noite. Elas cuidaram perfeitamente de mim e ainda trabalhavam na roça, tiravam leite e realizavam todos os afazeres de casa. Sou muito grata por tudo o que elas fizeram por mim.*

A irmã mais velha da Lurdes, temendo que não recebesse uma educação adequada, também teve planos de adotá-la. Ela relembra esse desejo da sua irmã:

> *[...] quando eu tinha três anos, a minha irmã mais velha se casou e não teve filhos. Por isso sempre fui muito mimada por ela e pelo meu cunhado. Quando viemos morar no Paraguai, época em que eu tinha nove anos, ela queria que eu ficasse morando na casa dela. Eu chorava querendo ficar com ela no Brasil porque ali tinha todo o conforto que precisava. Mas meu pai não aceitou.*

Na primeira oportunidade em que essa irmã e seu companheiro os visitaram no Paraguai, Lurdes já tinha 13 anos de idade, e, ainda assim, aquela vontade de adotá-la como filha continuava acesa, como ela recorda:

"[...] quando eles vieram nos visitar no ano de 1982, ela novamente me convidou e eu quis ir com eles, e meu pai me disse: "se você for, não volte nunca mais!". Minha irmã continuava querendo me adotar!".

Ela conclui a narrativa avaliando que fez a opção correta, com a determinante interferência do pai, pois ela não teria o conforto que conquistou na fronteira paraguaia:

> [...] foram muitas dificuldades enfrentadas! Mas sempre agradeci a Deus por ter ido junto com os meus pais para o Paraguai, porque aqui conquistamos mais terra. Minha irmã lá no Brasil ficou com pouca terra, e é uma área muito quebrada. Eles ficaram até hoje sempre na mesma situação. Só ela da nossa família está morando no Sul do país onde eu nasci.

Lurdes, da mesma maneira, sente-se imensamente grata à sua mãe, pois ela seguiu, com muito esforço e determinação, todas as orientações médicas na execução dos exercícios físicos para a recuperação lenta de todos os movimentos. Ela confessa, com satisfação e alegria: "[...] minha mãe ficou tão boa que depois comandava todos os filhos na roça em companhia de meu pai. Ela foi uma guerreira e muita religiosa. Em seus dias de agonia no final da vida, ela só rezava e pedia para o meu pai vir buscar ela".

O pai dela já tinha falecido; e acrescenta, enaltecendo a bondade e dedicação da sua mãe à família: "[...] minha mãe era um amor de pessoa! Ela sempre tinha um doce para oferecer aos netos para se sentir também feliz com eles".

Os familiares de Lurdes tinham 30 hectares de terra no Brasil. Essa quantia era insuficiente para uma família numerosa, principalmente considerando que todos os filhos, para constituir a própria família, desejavam e necessitavam de terra para dar continuidade ao estilo de vida camponesa. Os irmãos de Lurdes, incluindo ela, tinham pouca escolaridade, o que reduzia as perspectivas de uma boa inserção no trabalho no meio urbano. Lurdes conta a situação vivida por esse grupo familiar:

> [...] nós tínhamos pouca terra, eram 30 hectares. Nós não éramos tão pobres, a gente até era mais ou menos. Claro, os filhos ainda eram pequenos; eu era a mais nova dos 10 irmãos. Quatro irmãos maiores já estavam casados na época em que vendemos a terra, e cada um deles foi para o seu lado. O pai ajudou pouco quando eles casaram.

A família vendeu essa terra no ano de 1978 de maneira parcelada, e o recebimento do valor total aconteceu no período de três anos. Com a primeira parte recebida, seus pais compraram 55 hectares de terra de mata nativa no Paraguai. Imediatamente três irmãos casados e dois solteiros migraram para o outro lado do rio Paraná para iniciar uma vida nova nessa terra. Esses cinco irmãos tinham muito mato para ser encarado, derrubando o máximo possível para ter a terra à disposição para efetuar o plantio. Lurdes diz que *"eles começaram morando em barracos no meio do mato".* Essa é uma cena comum a todos os camponeses pobres que se aventuraram na floresta na fronteira paraguaia.

O valor das duas parcelas a receber pela venda da terra era fixo. Nessa época, devido à inflação alta e à variação desfavorável do câmbio, eles perderam muito dinheiro com as duas prestações recebidas nos dois anos posteriores. No ano seguinte, com a segunda parcela, eles compraram uma chácara de seis hectares já desmatada próxima à terra adquirida anteriormente. Após a compra desse pequeno lote, no ano de 1979, o restante da família também se mudou para a fronteira paraguaia. Lurdes lamenta o negócio malsucedido, pois o início em solo estrangeiro poderia ter sido melhor:

> *[...] no Paraguai a gente conseguiu comprar mais terra, apesar de que naqueles anos o câmbio era muito ruim. Se isso não tivesse acontecido, o pai, no lugar das duas colônias de terra compradas, ele poderia ter comprado umas oito a dez colônias se tivesse vendido a vista a terra no Rio Grande do Sul. A nossa vida poderia ter sido bem melhor desde o início se o meu pai tivesse previsto este problema.*

A mudança dos pertences pessoais, a mobília da casa e as ferramentas agrícolas, foi levada por um caminhão, assim como a coragem e a esperança de dias melhores em novas terras, principalmente para os filhos. Essa parte da família não precisou fazer a viagem com a Kombi que fazia esse transporte. Eles foram de carro próprio, como conta Lurdes:

> *[...] nos mudamos para o Paraguai numa rural Willys com seis pessoas dentro. Fomos pela Argentina, porque por ali fica bem mais perto. Mesmo assim levamos dois dias para fazer esta viagem, pois no Paraguai a estrada não era asfaltada.*

Lurdes, ao falar da sua infância vivida no Brasil, dá a entender que não havia muita oportunidade para travessuras: *"[...] sobre a minha infância, eu pouco me lembro. Eu tinha apenas nove anos quando nos mudamos para o Paraguai. Eu era uma criança que só pensava em brincar. E, com os pais muito rígidos, a gente só sabia obedecer!".*

As peripécias iniciais enfrentadas pelos familiares da Lurdes se assemelham às encaradas por Jacó, Sara e Luís, assim como a de todos os camponeses pobres que se aventuraram na fronteira paraguaia. É a fronteira social, para além da territorial, imposta por uma estrutura de organização da sociedade capitalista que privilegia uma pequena parcela e marginaliza a grande maioria da população do acesso aos bens materiais e culturais básicos para o bem-estar social, no caso dos camponeses, a um pedaço de terra e condições financeiras e de infraestrutura para a produção de alimentos.

Lurdes, que na juventude se casou com o Luís, concluiu a terceira série no primeiro ano em que morou no solo estrangeiro. No ano seguinte, ela foi morar com a família de seu irmão mais velho e, com isso, teve uma convivência próxima com os cinco primeiros irmãos que se mudaram para o país vizinho e trabalhavam juntos na mesma área de terra. Ela conta que aprendeu com a companheira desse irmão a *"cozinhar, lavar roupa, tirar leite e trabalhar na roça".* Quando essa família conseguiu comprar a sua própria terra, localizada em outro lugar, Lurdes retornou para a casa dos pais na chácara. Eles eram muito rígidos, severos, disciplinadores, deram a ela uma superproteção, conduta que geralmente acontece com o filho, ou filha, caçula. Lurdes conta que esse ambiente de convívio controlador na família limitava sua liberdade de relacionamento social no tempo da juventude:

> [...] a minha juventude não foi muito boa. Às vezes eu trabalhava nos domingos para passar o dia ocupado com alguma coisa, pois os pais proibiam eu sair sozinha para passear. Eu tinha poucas amigas. Nas poucas vezes em que eu podia ir junto com os meus irmãos de caminhão para ver uma partida de futebol, eu aproveitava essa oportunidade para me divertir muito.

Ela lembra claramente um fato ocorrido, numa dessas poucas saídas de casa permitidas, o que revela a importância das novas experiências para a formação integral e emancipadora da personalidade:

> [...] o primeiro sorvete na minha vida eu chupei quando tinha dezessete anos de idade. Isso aconteceu na ocasião em que fui pela primeira vez na vila Rovenha, local onde moramos hoje. Sair da roça, passear na cidade, conhecer outras pessoas, ver coisas diferentes, saborear bebidas e comidas que não tinha em casa, era tudo o que eu desejava naquele tempo.

Lurdes, nas poucas oportunidades em que se encontrava com os jovens, não perdia tempo, aproveitava essas ocasiões para paquerar:

> [...] no tempo de juventude tive muitas paqueras. Nesses encontros dos jovens quase todos faziam isso. Quando eu já tinha vinte e um anos completos, com os pais muito rígidos, minha mãe dizia que meu tempo de achar um namorado já tinha passado. Na visão dela, a moça deveria casar cedo, e virgem!

Ela completa sua narrativa externando um sentimento sombrio em relação à possibilidade de engatar um namoro na fase da vida em que já tinha rompido a barreira dos 20 anos de idade: *"na verdade, eu já não via mais em ninguém o encanto de namorar!"*. Os sentimentos já tinham mudado, estavam tomados pelo desencanto. Contudo, num determinado dia e ocasião, o sol iluminou de forma radiante numa tarde e as estrelas brilharam de maneira especial para ela numa noite, transformando, a partir de então, completamente sua vida. Foi o dia em que conheceu Luís e se encantou por ele! Foi o retorno do encantamento! Lurdes narra esse acontecimento inesquecível, lembrando-se, inclusive, da data:

> [...] foi no dia 10 de fevereiro de 1991 que, por uma casualidade, por insistência do meu irmão, fui à cidadezinha onde ele morava e onde mora a família da Sara e do Jacó. Nós fomos numa tarde na festa de mate-baile (festa da erva-mate). Naquela festa vi um rapaz com olhos azuis que me diziam ali, naquela hora, que ele seria o pai dos meus futuros filhos!

Lurdes continua o relato daquele dia especial para ela, um fato que lhe deu um novo colorido na sua existência:

> [...] no final da tarde voltamos para a casa do meu irmão, agora já falecido, para tomar banho e retornar à noite para o baile. Aí, já me achando adulta e no direito de me manifestar sobre rapazes, perguntei para o meu irmão como estava aí para arrumar um bom rapaz.

Uma situação de extraordinária coincidência, esse irmão dela teria falado: *"[...] tem um rapaz que é primo do Guido que mora aqui, é uma pessoa muito boa, mas ele já tem uma namorada"*. Mesmo tendo uma namorada, ele o indicou para a sua irmã. Lurdes dá sequência ao relato do episódio que teve um novo capítulo na noite daquele dia:

> [...] de noite voltamos no clube para participar do baile, e eu na espera de encontrar novamente o moço dos olhos azuis. De repente, quando o avistei, ele estava sozinho, e meu coração palpitou...! Rezei uma Ave Maria e fui conversar com ele! Aí dançamos a noite inteira! Antes de eu ir para casa, o fiz confessar quem era

> *a namorada, e ele me contou tudo, dizendo da luta travada para se separar dela, pois ele não queria mais namorar essa moça.*

Esse rapaz dos olhos azuis que já estava na mira dela desde o período da tarde foi justamente o indicado por seu irmão. Lurdes continua a história desse início de relacionamento entre os dois que apontava na direção de um enlace amoroso, agora tendo a preocupação, antes da despedida, de garantir a manutenção do contato entre eles, como recorda:

> *[...] aí combinamos de nos falar por carta dizendo se um gostou do outro de verdade para começar um namoro. Poucos dias depois eu escrevi a carta, e no dia 24 de fevereiro ele me mandou a resposta. Estas duas cartas eu tenho guardadas até hoje!*

Naquela apaixonada carta, ela manifestou todo o seu interesse em namorar o rapaz dos olhos azuis, desejando que ele a visitasse em sua casa. Ela escreveu em tom romântico o quanto estava a fim de iniciar um relacionamento amoroso:

> *[...] saiba que não tiro você do meu pensamento! É mais fácil as estrelas saírem do firmamento do que você do meu pensamento! O baile parece ter sido um sonho! Só vai se tornar realidade quando você vir me visitar. Espero ansiosamente a sua chegada! Não que estou loucamente procurando alguém, mas você é a pessoa mais importante que conheci. Não quero que termine por minha causa. "Resolva o seu coração, porque o meu está resolvido"!*

Ela alertou Luís nessa carta sobre a casa modesta onde reside a sua família, precavendo-o de uma possível decepção, e aproveitou para despertá-lo para o principal que existe na casa: "*[...] não te falei sobre a nossa casa, que é um rancho velho. Espero que você não repare a casa, e sim quem mora dentro. Você é bem-vindo!*". E conclui essa carta amorosa com as seguintes palavras: "*[...] venha no sábado que vem. Eu te espero no bolão. 'Felicidade sentirei com a sua presença'! Tchau*". Nessa correspondência Lurdes deixa claro um desejo incontido de que ele a visitasse e, a partir desse encontro, iniciasse o namoro. Bolão é um lugar onde tem a cancha para realizar esse jogo, um meio de diversão para as pessoas da comunidade.

A despedida com a expressão "tchau" não traduz o que ela realmente sentia por ele. O uso desse termo revela a repressão, ou contensão, dos sentimentos, a manifestação de uma concepção moralista e conservadora de ser humano nutrido em um meio social de amplo domínio da cultura camponesa, germânica e católica tradicional. Lurdes foi educada nesse ambiente. Os termos "abraço", ou "beijo", estão diretamente vinculados ao corpo, por isso recebem pouco espaço na linguagem, pois se trata de uma dimensão subvalorizado na cultura cristã desde seu princípio. Nessa visão dualista, enquanto o corpo (matéria) é represado e fonte dos desejos, prazeres e do pecado, a alma (imaterial) é a fonte do pensamento, das virtudes e da salvação, por isso deve receber o espaço nobre nas condutas humanas. Lurdes, caso estivesse liberta dessa concepção dualista e na despedida em sua carta expressasse os reais sentimentos que pulsavam no seu corpo, o termo usado seria outro.

Luís respondeu igualmente por meio de uma carta. Em seu conteúdo, estava nítida sua preocupação em marcar o dia da visita à casa da Lurdes, atendendo, assim, o desejo ardente dela. Ele começa a correspondência dando a entender que ela também não sai de seus pensamentos: *"Olá inesquecível Lurdes! Tudo bem?"*. Depois pede desculpas por não ter conseguido ir no dia em que ela o esperava. A carta demorou a ser entregue em mãos por um amigo que eles tinham em comum e que fazia frequentemente esse trajeto, por isso ele não conseguiu visitá-la na data aguardada, como ele escreve: *"o problema foi porque eu não tinha lido a tua linda carta antes"*. Mas, em seguida, Luís já engata: *"[...] se der tudo certo, eu vou no dia 09 de março. Se não for possível nesta data, então irei no dia 10. Se o tempo atrapalhar ou surgir outro imprevisto, aí irei no sábado seguinte"*.

Em todo caso, ele a deixou tranquila, pois a ida à casa dela estava assegurada. Era só uma questão de tempo para a consumação do encontro. Ele se desculpou pelos erros na escrita e a letra pouco legível, e, antes da assinatura, encerrou a curta carta com um "beijinho". Dada à sua timidez do e ao fato de igualmente ter recebido na sua infância uma formação enraizada na cultura camponesa, germânica e católica tradicional, um comportamento pouco afeito para a manifestação aberta dos sentimentos de afeto, a despedida na carta com um "beijinho" deve ter saído como um lance de ousadia, de expressão corajosa de alguém que estava de fato profundamente apaixonado! O uso desse termo foi um ato libertador para alguém formado em um contexto social de repressão dos sentimentos. Foi a expressão inequívoca de alguém com o coração pulsando mais acelerado! Esse sentimento e essa atitude se confirmam com a mensagem da carta ter a clara intenção de confirmar a visita, atendendo à expectativa dela. Lurdes compreendeu toda a dimensão da despedida de Luís com o uso do termo "beijinho", ao dizer, quase 30 anos depois: *"[...] isto significou muito para mim"*.

Provavelmente o peito de Luís ficou em brasa durante as duas semanas seguintes ao baile. Esse fogo baixou com a realização da visita prometida, confirmada por Lurdes: *"[...] no dia 10 de março, num sábado, ele veio na minha casa e saiu na segunda-feira".* Estava selado o início do namoro. No entanto nem tudo são flores em um jardim! Nem tudo é romance na vida! Nem todas e todos veem da mesma forma uma pessoa que lhes é desconhecida. Essa atitude pode implicar resistências para aprovar uma relação amorosa, ainda mais no caso da Lurdes, sendo mulher e caçula, uma filha muito protegida e controlada pelos pais. Luís vivenciou esse dissabor naquele "rancho velho", como conta Lurdes:

> *[...] meu pai não o recebeu bem! Na verdade, meu pai o ignorou, nem sequer o cumprimentou! Ele suspeitava que ele, já com 25 anos de idade, estivesse casado e teria deixado sua família no Brasil. Ele fez comentários horríveis sobre ele, como se o rapaz fosse um foragido do Brasil! Antes de eu iniciar o namoro, os meus pais queriam ver de que família era aquele moço. Eles questionavam sobre como que um rapaz solteiro de boa família estaria por aqui e, inclusive, tendo planos para ir trabalhar na Áustria.*

Luís se sentiu muito mal naquela casa devido ao tratamento recebido dos pais de Lurdes. A visita tão desejada pelos dois se transformou em horas de amargura. O início da relação amorosa acabou se tornando um pesadelo. Lurdes recorda-se de mais esse sofrimento que se impôs na vida de Luís:

> *[...] o Luís se sentiu tão rejeitado que gostaria de ir embora naquele dia. Mas, como já era o início da noite, e não tinha hotel, ele resolveu dormir lá em casa na intenção de retornar no outro dia cedo e nunca mais voltar. Mas daí amanheceu chovendo, e durante o mate doce da manhã começaram as prosas entre ele e os meus pais. Esta conversa provocou o início de certa simpatia entre eles. No fim ele foi o genro preferido do meu pai!*

Esse acolhimento inicial desrespeitoso e de reprovação protagonizado pelo casal foi mais um duríssimo golpe na vida recheada de sofrimento que Luís estava tentando deixar para trás. Mas, como já estava calejado em termos de persistência e resistência às adversidades, ele teve coragem e serenidade para enfrentar mais essa situação nada prazerosa. A primeira noite nesse lar não propiciou um sono leve e de lindos sonhos! Depois de tantas emoções imaginadas para aquele final de semana, não foi nada fácil ser acolhido daquela forma e ainda ter que pernoitar naquela casa.

Ainda bem que, depois de uma noite, ao despontar a aurora, começa outro dia. E a sorte de Luís foi que, nesse novo dia, um domingo, o que parecia perdido começou a ser revertido na direção da esperança alimentada e desejada pelos dois. Essa mudança iniciou com ele sendo visto pelos pais de Lurdes sob outro olhar e ter recebido um tratamento respeitoso entre um chimarrão e outro, acompanhado de muita conversa. Nesse caso, a segunda impressão dos pais dela foi a que prevaleceu. E, assim, foi selado o início do namoro entre Lurdes e Luís. Para visitá-la, ele fazia um trajeto de 50 km a cada duas ou três semanas, precisando, para tanto, pegar dois ônibus, o que foi facilitado posteriormente quando adquiriu uma moto. Essa dificuldade foi insignificante para ele, pois não há o que segura alguém apaixonado!

Luís, no final da carta para a Lurdes, informa que existia a possibilidade real de ele trabalhar por um período na Áustria, ao escrever: *"[...] o meu negócio na Áustria está ficando certo, talvez demore dois ou três meses".* Um número considerável de jovens brasileiros de descendência alemã trabalhou, pelo período de dois a três anos, em países do mesmo idioma na Europa, principalmente na Alemanha, em Liechtenstein, na Suíça e na Áustria. Eles eram contratados por famílias de agricultores para executarem os serviços que os europeus não queriam fazer, principalmente lidar com a criação de porcos, galinhas e vacas leiteiras. Vários primos e amigos de Luís já estavam no outro lado do Oceano Atlântico; alguns, dependendo da sorte no tratamento recebido pelo patrão, retornaram com uma quantia razoável de dinheiro. É uma relação de exploração, mas, mesmo assim, parte dos que foram se deram, relativamente, bem em termos financeiros. A fronteira social imposta lança parte dos jovens excluídos para as diferentes aventuras na busca de melhores condições de vida, desafiando-se a superar as fronteiras territoriais.

Luís foi, naquele fim de semana, à localidade chamada Iarol, onde acabou conhecendo e se encontrando com Lurdes, exatamente com o objetivo de conversar sobre esse assunto com o padre colonizador dessa região paraguaia, que era natural da Áustria. Ele e o primo Guido, que estava morando nesse local, tinham esse projeto de trabalhar por um tempo na Europa. Luís desejava comprar mais um pedaço de terra com o dinheiro que ganharia com o trabalho no velho Continente. Sua nova namorada, nesse tempo, precisaria conviver com essa situação, amar-se à distância.

Contudo ele acabou desistindo desse projeto, pois vislumbrava a possibilidade de conquistar terra por meio do seu trabalho no próprio Paraguai. Aquele plano acabou não dando certo, mas outro nasceria a partir da visita àquela localidade para conversar com o padre, fato que mudaria drasticamente a vida de Luís. Aliás, ele resistiu ao convite dos amigos para ir naquele baile, pois não tinha levado roupa e calçados adequados para tal ocasião. Guido e outros conhecidos emprestaram calça, camisa e sapatos, e assim o convenceram a curtir o baile. A vida tem esses caprichos, esses lances inusitados, fazendo com que o planejado se frustre, assim como o não previsto se transforma em oportunidade para o grande salto para frente. É a confirmação de um antigo ditado popular: Deus escreve por linhas tortas!

Lurdes fala desse projeto de trabalho de Luís e a posterior desistência:

> *[...] no início do nosso namoro ele ainda falava em ir para a Áustria, pois lá se ganhava muito dinheiro. O plano dele era ficar três anos naquele país e na volta ele compraria mais terras. E falava para eu esperá-lo no tempo em que ele ficaria morando longe. Depois acabou não dando certo a sua ida para a Áustria.*

Esse projeto pessoal de Luís de trabalhar na Europa revela a dificuldade dos camponeses pobres serem bem-sucedidos na fronteira paraguaia. Mesmo tendo falhado esse plano, a vida dele ganhou contornos que lhe foram favoráveis em solo estrangeiro. É a vida com seus sonhos e suas decepções, alegrias e tristezas, sua luta e desistência, suas conquistas e derrotas. A vida consiste nisso: luta, superação, transformação, dores, prazeres, fracassos, conquistas. A vida é frágil e temporária, exigindo todos os cuidados possíveis para que ela se prolongue e tenha o máximo de satisfação e prazer. É preciso fazer a vida acontecer, inclusive em meio às dificuldades!

As objeções iniciais do pai da Lurdes em relação ao Luís a deixou igualmente com certas dúvidas no começo do namoro acerca da índole do moço dos olhos azuis. Isso a levou novamente a perguntar ao irmão que o indicou, que era uma pessoa de sua confiança, a respeito do que ele achava do namoro com Luís. Lurdes conta qual foi a resposta dele: "*[...] como ele era de falar com poucas palavras, disse-me: 'se você não casar com ele, não casará com ninguém'!*". Na verdade, havia outros meios para obter informações sobre ele e, assim, conhecê-lo melhor, pois ele já morava havia oito anos naquela região, bem como tinha uma irmã e vários primos igualmente fazendo a sua existência acontecer naquelas terras da fronteira. A superproteção e o controle por parte do pai, seu desejo de não "perdê-la", gerou essa insegurança na própria filha.

Depois de três anos e meio de namoro, Lurdes e Luís se casaram. Devido às limitações financeiras de sua família, Lurdes contribuiu somente com a mobília básica para a casa. Ela conta o que tinha quando começou a morar com o seu companheiro:

> *[...] quando casamos, ganhei só as coisas para pôr dentro de casa. Meu pai emprestou uma quantia de dinheiro para fazer rancho [compra em supermercado] e o que ainda faltava para montar a cozinha. Depois devolvemos para ele esse valor emprestado.*

O casamento foi antecipado devido à gravidez. Esse fato gerou uma série de implicações, pois, além de o casal não ter estado preparado, ou ter planejado um filho naquele momento, seus pais, muito enérgicos em relação ao comportamento dos filhos, jamais aceitariam essa situação antes do casamento. Lurdes relata o que estaria por vir:

> *[...] quando engravidei do primeiro filho, eu não conhecia nenhum anticonceptivo para fazer a prevenção. Por isso a gente tinha muito medo de acontecer uma gravidez não desejada, e também estava com muito medo das ameaças dos meus pais, pois eles iriam me mandar embora só com a roupa do corpo e sem poder retornar para casa como filha.*

A gravidez acontecida antes do casamento foi um tomento para a Lurdes. Seus pais, com uma visão moralista conservadora, eram muito severos no que diz respeito aos assuntos relacionados à sexualidade, não admitindo uma gravidez fora do casamento, ainda mais sendo mulher. Ela relata que já estava traumatizada perante o comportamento moralista do pai numa experiência de namoro anterior com outro rapaz:

> *[...] meu pai uma vez me bateu na cara quando fiquei de namorico com um rapaz na entrada, perto de casa. Quando ele chegou perto e eu quis explicar, ele não quis me ouvir e já foi dando tapas no rosto e dizendo que eu não era mais a sua filha. Aí eu chorava e implorava para que me levassem no médico para fazer o teste e provar que eu ainda era virgem. Ele disse: "não vamos porque vocês vão combinar com o médico para ele mentir para mim". Ele virou o diabo em pessoa pelo fato de ter namorado escondido. Eu entrei em profunda depressão, pois ele me falava todo dia com ódio. Ele não queria que eu namorasse porque temia que engravidasse.*

Ela conta o motivo dessa fúria do pai quando a viu numa troca de afetos com o rapaz: "*[...] eu tinha 18 anos quando meu pai me viu de paquera. Ele fez isso porque eu o desobedeci, eu não apresentei primeiro o homem para ele para saber se iria aprovar o namorado*". Lurdes tenta compreender as causas que provocaram esse comportamento controlador, autoritário, truculento, machista do pai em relação aos namoros dela:

> [...] quando eu nasci, eu era muito bem-vinda por ser menina, porque antes de mim vieram cinco piás [meninos]. Aí, com a mãe tendo sofrido tanto durante a gravidez comigo, veio uma menina. Eu tinha muito valor no pensamento do meu pai. Eu estava na mira por ser menina. Meu pai dizia que tinha medo de que eu me desse mal na vida. Acho que também era ciúme, pois ele agia assim também com as outras irmãs. Ele só era muito bravo, rígido com as meninas. E, por eu ser a mais nova e mulher, o controle dele aumentava sobre mim.

A formação do próprio pai dela está conectada com a visão de mundo recebida das gerações anteriores; o rompimento de cada indivíduo com essa tradição cultural é mais acentuado, ou menos, dependendo de certas circunstâncias sociais e pessoais que se apresentam no processo do viver. Lurdes segue o relato referente aos traumas vividos por causa desse comportamento disciplinador, controlador, truculento do seu pai:

> [...] eu quis muito sair de casa. Mas meu medo era ser estuprada pelo patrão, por isso nunca fui trabalhar fora. Se acontecesse algo neste sentido, eu nunca mais poderia voltar para casa, pois não seria aceita. Minha vida virou um lixo por causa desse comportamento do meu pai! Se não tivesse muita fé em Deus, eu teria acabado com a minha vida! A fé e a voz da consciência me disseram: "não, você não fez nada de errado, ergue a cabeça e dá a volta por cima!". Eu deixei o tempo correr, e pensei: no dia que eu gostar de alguém, eu vou com tudo... não me importam os meus pais, irmãos, amigos, bens... NADA!

Lurdes, na verdade, ao convidar Luís para ir à sua casa, desafiou seu pai, pois não seguiu as suas ordens. O sentimento amoroso em relação ao rapaz com o par de olhos azuis levou-a a relativizar, ou ignorar, a conduta autoritária e machista do pai. Ela conta como aconteceu essa desobediência, assumindo uma atitude de independência, de autonomia, uma ação verdadeiramente emancipadora:

> [...] quando vi o moço dos olhos azuis eu fiz o enfrentamento com meu pai ao convidá-lo para ir na nossa casa sem que ele o conhecesse, pois ele só deixava namorar se soubesse de qual família era. Saber a procedência do pretendente era a condição para a sua aprovação ou não!

Sua mãe ficava em silêncio, consentindo, submetendo-se à figura paterna que exerce, de forma impositiva, o domínio no núcleo familiar. Justamente nesse ambiente cultural, ocorre a gravidez antes do casamento.

Lurdes compartilha o desespero que tomou conta dela ao saber que estava grávida, iniciando uma experiência de vida que a levou a imaginar tudo o que viria pela frente, principalmente a dimensão dramática, ao invés da alegria pela gestação de um novo ser humano:

> *[...] como estávamos muito apaixonados, a coisa entre nós dois foi acontecendo aos poucos... e com muito medo. Até que um dia percebi que a menstruação não descia mais e daí pedi dinheiro ao Luís e fui fazer o teste de gravidez em um hospital na cidade que fica meio longe. Quando soube do resultado, parecia que o mundo desabou...!*

Para agravar a situação, havia igualmente a dificuldade para equacionar as vontades distintas entre Luís e o pai dela depois que esse soube da gravidez no que se refere ao local de moradia do futuro casal, o que criou um problema para a própria efetivação do casamento. Lurdes recorda esse episódio:

> *[...] o meu pai não quis que eu fosse embora de casa. Pelo fato de eu ser a filha mais nova, ele queria que cuidasse dele e da minha mãe. Mas o Luís fez a seguinte proposta: "se é para eu morar na casa dos seus pais, aí não me caso com você. Eu sofri muito para ter a minha terra e é lá que vou morar!". Eu percebi que o Luís não cederia.*

As dificuldades já vivenciadas por Luís lhe deram segurança e autonomia para tomar a decisão que achasse melhor para ele. Continuando o relato desse drama, Lurdes e Luís começaram a dar o passo seguinte, que consiste na preparação do casamento, pois estavam decididos para esse compromisso. Criados em ambiente católico, os dois continuavam cristãos participantes na época do namoro, a primeira ação era garantir o casamento religioso, como testemunha Lurdes:

> *[...] nós fomos conversar com o padre para dar os nomes para casar, pois o Luís sempre me dizia que se acontecesse a gravidez a gente se casaria. Aí o padre, que nós conhecíamos bem, disse: "em três semanas estarei lá na comunidade celebrando o casamento de vocês!".*

Luís também teve que lidar com a formação conservadora e tradicional recebida na família e comunidade rural, fazendo-o passar igualmente por muita angústia. Ele era o primeiro da família que estava ficando papai sem estar casado. Mesmo com pais com uma visão mais aberta em relação à sexualidade e o fato de ele ser homem, o que ameniza a situação numa cultura machista, ainda assim a realidade criada gerava preocupação para Luís. Lurdes lembra a estratégia inicial que ele pretendia adotar:

> [...] o Luís, diante da situação, pensou: "não vou contar para ninguém sobre o meu casamento. Vou casar quietinho!". Ele achava que seria discriminado pelos seus familiares pelo fato de ter aprontado! Mas eu insisti para ele escrever uma carta e enviar em mãos através de um amigo convidando os pais dele para virem para o nosso casamento.

Os pais de Luís receberam a carta com a devida antecedência e prontamente atenderam ao convite, como conta Lurdes:

> [...] os pais dele receberam a carta a tempo e chegaram na terça-feira. O nosso casamento foi no dia seguinte, na quarta-feira. Quando aconteceu o casamento, eu já estava dois meses e meio de gravidez, e só nós dois sabíamos, embora alguns estivessem desconfiando. Os pais do Luís não perguntaram o motivo da pressa.

Lurdes continua falando de mais essa experiência desconfortável vivida nas terras da fronteira paraguaia, considerando que a gravidez em si não era um problema para o casal, e sim o medo que tinham da reação dos seus pais. Ela igualmente convidou seus pais, mas temerosa de querem saber o motivo do casamento apressado e do subsequente comportamento diante de uma prática não tolerada, como relata:

> [...] os meus pais também foram convidados para o casamento. Eles foram, mas também não sabiam que eu estava grávida, e nem perguntaram. Depois de uma semana casados fui de ônibus visitar eles, e ainda não tive coragem de contar. Eu só contei para a irmã onde fui morar por um tempo na adolescência.

Passado um tempo, com os sinais se tornando perceptíveis e percebendo a tranquilidade dos pais, ela teve a coragem de contar o motivo do casamento feito às pressas. Ela relembra que presenciou reações muito distintas entre seus pais, mesmo ambos reprovando a conduta da sua filha:

> [...] depois de mais de um mês fui de novo e aí contei. Minha mãe ficou pasma! Ela me xingou um monte! Ela repetiu várias vezes: "três anos e meio de namoro, porque não esperou mais?"! Mas, aos poucos, naquele dia mesmo, ela foi aceitando a situação. O meu pai só ria, porque ele era mais esperto, e já desconfiava que eu estivesse grávida. A sorte foi que nesta altura ele já gostava muito do seu novo genro.

Lurdes conta como era o relacionamento na sua família, entre seus pais e entre eles e os filhos, a reprodução de um ambiente em que o machismo campeava solto. Esse se constitui em um fator que ajuda a compreender a educação e todo tratamento recebidos por Lurdes, agravado pelo fato de ela ser caçula e mulher. O machismo é uma prática comportamental que pode fazer com que reine uma aparente "paz" e "harmonia" entre o casal, assim como na relação desse com os filhos, mas às mulheres é imposta a submissão, a não manifestação da sua vontade e de seus desejos, a não vivência de valores acordo com a sua subjetividade, identidade. A companheira de Luís fala desse relacionamento no âmbito da organização e da vivência familiar:

> *[...] a relação entre os meus pais era boa, a gente não os via brigar. Meu pai era bastante machista. Os homens, em casa, ninguém cozinhava, um que outro sabia tirar leite. Era machismo! Eles aprenderam isso do meu pai. Fazer comida, limpeza de casa, lavar e passar roupa, cuidar dos irmãos mais novos... isso era coisa de mulher! Os homens não aprenderam fazer este trabalho.*

Lurdes narra como agia o pai no que se refere ao trabalho na lavoura, aspecto da vida familiar em que ele também deixava transparecer a conduta machista:

> *[...] meu pai saía muito para a cidade. Ele era vereador. A minha mãe fazia frente com os filhos na roça. Ela, que foi submetida à cirurgia na coluna, se recuperou com muita força de vontade, superou muita dor... Depois ela foi forte, enfrentou o trabalho na roça. Meu pai falava: "até os cinquenta anos eu trabalho. Vou até aí, e chega!". Depois que completou esta idade, ele não fez mais nada! Até nisso ele era machista, deixando a mãe se virar.*

A formação e as experiências vividas durante a infância no meio familiar marcam o restante da vida de qualquer indivíduo. Boa parte dessa formação autoritária e moralista conservadora foram superadas por Lurdes. Essa emancipação pessoal, que é um processo árduo, mesmo sendo impossível a remoção de todo o entulho do passado, ela está conseguindo dar passos significativos na direção da liberdade e da autonomia, resultado da sua determinação e clareza sobre o que pretende na vida. O convívio com Luís e os filhos, a construção da família com base em novos valores, proporcionou-lhe, e ainda proporciona, muita luz na caminhada. O casal, depois de tanto sofrimento vivido nos anos iniciais na terra paraguaia, assim como a coragem tida para enfrentar o drama no período do casamento, agora cultiva a própria terra e desfruta das conquistas alcançadas pelo trabalho e se desafia a renovar os valores que pautam a sua vida.

Dos dois filhos de Lurdes e Luís, o mais velho está casado e trabalha numa empresa agrícola. O outro filho, o caçula, mora com os pais e trabalha no cultivo das terras. Aos poucos os pais estão entregando o serviço mais pesado para o filho, mesmo ainda menor de idade, que se resume, basicamente, no trabalho com as máquinas agrícolas: semear, pulverizar e colher. Eles também fazem três plantações por ano, a maior parte com soja, e em menor quantidade cultivam trigo e milho. Essa produção, que continua sendo resultado de muito trabalho, dá-lhes as condições materiais para a fruição de uma vida com conforto.

Eles moram numa chácara, em uma casa muito bonita construída poucos anos antes. Nesse espaço eles possuem o galpão fechado para guardar os tratores, implementos agrícolas, sementes, adubos, inseticidas. Eles também possuem um chiqueirinho para a criação de porcos para o consumo próprio, assim como um cercado e uma estrebaria para a criação de bovinos para terem a carne todos os dias na mesa. O pátio se encontra cheio de galinhas. Da mesma forma, não falta uma horta e um pomar, inclusive um pequeno parreiral para a produção de uvas. À medida que a vila se expande, tudo leva a crer que a criação de animais será proibida, pois a chácara faz divisa com ruas que fazem parte do perímetro urbano.

A alimentação consumida pela família é, em parte, de produção própria, e o restante é comprado no mercado local e numa cidade próspera localizada a 45 km. Assim como na família de Sara, mesmo tendo a produção agrícola voltada para o mercado, a veia camponesa ainda pulsa no corpo desses trabalhadores rurais. Lurdes conta a procedência dos alimentos que consomem: "[...] *nós só plantamos mandioca, feijão, batata doce, verduras e frutas. O restante de origem vegetal nós compramos. Nós também criamos gado, alguns porcos e galinhas para termos a carne e ovos. O leite eu compro na nossa vizinha*".

A produção agrícola intensiva com base no modelo capitalista, buscando alta produtividade de monoculturas para abastecer o mercado nacional e internacional, mudou drasticamente o cenário na região no decorrer da década de 1980. Se a floresta reinava e era a principal adversária no início da ocupação dessa vasta região, agora ela sumiu da paisagem. O que se vê são pequenos matinhos ao lado de córregos, ou nascentes de água, servindo mais de testemunha sobre como era a realidade nativa de outrora; no mais é tudo uma paisagem monótona de um verde proporcionado pela soja, milho e trigo na época do crescimento, ou amarelo dourado no período da colheita, ou ainda um marrom-avermelhado nos dias em que a terra está nua, sem plantação.

O irmão mais velho dos quatro irmãos que protagonizaram essa aventura conta que as duas primeiras visitas feitas foram nos anos de 1983 e 1990 e que ele ficou espantado o quanto a floresta tinha desaparecido na região na ocasião da segunda visita:

> [...] no ano de 1983, quando fui pela primeira vez no Paraguai, achei muito lindo o quanto existia de floresta nativa dividindo o espaço com as lavouras. Era uma mistura de áreas com um verde baixo e nivelado formado pela soja e outras áreas com o verde exuberante das matas formada por muitas espécies de árvores gigantes. O que existia de marrom-avermelhado era apenas as estradas de chão. Era uma paisagem belíssima para ser vista e apreciada.

Porém, no segundo passeio feito nessa região onde está localizado o povoado de Rovenha, local onde moravam na época a Sara e o Luís, o cenário já era bem diferente, inclusive triste sob o olhar na perspectiva da natureza. A produção direcionada para o lucro a qualquer preço sacrifica e destrói o meio ambiente, a natureza em geral. Esse irmão mais velho relata:

> [...] na segunda vez em que fui visitar a minha irmã e o meu irmão no Paraguai, no ano de 1990, a paisagem tinha mudado drasticamente, o que me deixou desapontado. Grande parte dessa floresta que ainda existia em 1983 tinha desaparecido. Havia pequenos pedaços de mato na beira dos córregos e na terra de uns proprietários que ainda não tinham derrubado tudo. O cenário era tomado por lavouras de soja, e em espaço menor por plantações de milho.

A produção agrícola não ocorre de maneira integrada com o meio ambiente. Ele também recorda o processo de urbanização que estava alterando, significativamente, a estrutura daquela cidadezinha, diversificando o comércio, ampliando a infraestrutura e intensificando o fluxo de pessoas, assim como havia mudanças nas propriedades rurais devido à expansão agrícola e a capitalização dos proprietários de terra:

> [...] a cidadezinha de Rovenha tinha aumentado bastante em número de casas, e uma diversificação maior no comércio. Viam-se muito mais casas – e de boa qualidade – nas propriedades agrícolas, e com a rede elétrica esticada até essas residências. Já se destacavam vários silos para o armazenamento dos grãos produzidos na região. Percebia-se uma movimentação maior de pessoas, inclusive de gente nativa daquele país. A estrada de acesso ao povoado de uns 15 km ainda era de terra, o que gerava enormes dificuldades para trafegar em dias de chuva por causa da lama.

Na ocasião da segunda viagem ao Paraguai, outro fato que ele carrega na memória é a aplicação de agrotóxicos nas lavouras. Ele conta que, durante todo o tempo em que esteve naquela região, dia e noite sem interrupção, ele sentia um cheiro forte de veneno. O ar estava tomado por essas substâncias tóxicas, e as pessoas da região, de tão acostumadas que estavam, respiravam sem se dar conta da existência desse odor que era facilmente percebido para quem vinha de fora. É assustador a quantidade de veneno que é aplicado por ano na plantação. Lurdes conta o número de vezes por ano que eles aplicam veneno nas lavouras, incluindo herbicidas, inseticidas e secantes: *"[...] são quinze vezes que aplicamos veneno em cada roça, sendo três plantações por ano: duas de soja e uma de trigo"*.

Um dos filhos de Jacó e Sara dá detalhes sobre a quantidade e diversidade de venenos que são aplicados em cada uma das plantações de soja, o que é assustador:

> *[...] geralmente, para um cultivo de soja, que leva três e meio a quatro meses, ou em torno de 120 a 140 dias até que é colhido, nesse cultivo inteiro tu passa de oito a nove vezes o veneno por cima da plantação! Essas aplicações são desde a dessecação antes do plantio e duas pós-plantio, e ainda, durante o plantio, são mais umas cinco ou seis aplicações por cima da soja.*

Eles não plantam trigo, e sim duas vezes soja em boa parte da terra; em umas áreas menores plantam uma de soja e outra de milho no mesmo ano. Na segunda plantação de soja, o número de pulverização de agrotóxicos é um pouco menor, como ele relata:

> *[...] logo após a colheita a gente planta soja de novo; nós plantamos soja duas vezes por ano, mas na segunda vez passamos um pouco menos vezes o veneno, aí vai dar umas cinco ou seis aplicações. Durante o ano a gente passa muitas vezes veneno por cima da lavoura.*

Além da aplicação de agrotóxicos nas duas plantações de soja, entre um plantio e outro, eles também usam veneno para matar as ervas-daninhas, como narra o filho de Sara e Jacó:

> *[...] no meio de uma plantação e outra a gente também passa um pouco de veneno, porque têm muitas ervas-daninhas que não morrem fácil. Aí você faz uma aplicação pós-plantio, com isso aqueles inços dá meio uma tostada, daí tem que fazer mais uma sequencial em cima. Depois tem que fazer morrer o resto que não quer morrer de jeito nenhum, que, com mais uma pancada de veneno ele morre. No total são quase vinte vezes por ano que a gente passa veneno nas nossas lavouras.*

Ele fala que a dessecação é a última aplicação de veneno na soja plantada, que tem a finalidade de fazer *"a soja se apurar um pouco para conseguir uma boa 'janela' para fazer um segundo plantio"*. Dentro da lógica do máximo de produtividade agrícola, passa-se veneno o quanto se achar necessário, nunca menos de 15 aplicações por ano em cada lavoura. Devido ao uso de sementes transgênicas, elemento que integra o modelo capitalista de agricultura em vigência, essa aplicação absurda de agrotóxicos é vista como necessária para obter a produção desejada, relativizando, ou ignorando, os danos que provoca na natureza e nas pessoas. A ganância e o ritmo frenético dos seres humanos se impõem aos processos produtivos da agricultura e à acumulação de capital, atropelando o respeito pela vida e o tempo das plantas e da natureza em geral. A qualidade das plantas na atualidade, dada a sua baixa resistência e a facilidade da proliferação de pragas, demanda essa aplicação absurda de agrotóxicos.

A realidade agrícola atual é uma só: aplica-se uma enormidade de venenos nas lavouras. Nos casos considerados aqui, são pequenas propriedades. Por sua vez, os grandes produtores do agronegócio e os "intelectuais orgânicos" defensores dos seus interesses distorcem, negam ou silenciam a questão. Quando se pronunciam, falam que não há abuso na aplicação de agrotóxicos, ou que não faz todo esse mal que é divulgado, ou que é necessário para garantir a produção suficiente de alimentos para matar a fome da humanidade. A verdade é que a quantidade de veneno jogada na terra é extremamente preocupante, pois é prejudicial para todo o sistema que compõe a vida terrestre, não só para os seres humanos. A produção agrícola precisa ser pensada e desenvolvida em harmonia com a natureza, e não à custa dela.

A região da fronteira leste paraguaia, amplamente ocupada pelos agricultores "brasiguaios", praticamente não se diferencia das regiões brasileiras onde predomina o modelo agrícola do agronegócio. São as mesmas indústrias e empresas transnacionais que dominam a agricultura capitalista voltada para o mercado internacional. São as mesmas marcas nos setores de máquinas e implementos agrícolas, sementes, fertilizantes, agrotóxicos, tecnologia, caminhonetes, compradoras dos produtos. É a mesma produção de monocultura, basicamente a soja. Enfim, é o mesmo modelo agrícola imposto e dominado pelos conglomerados capitalistas internacionais da agroindústria. O cultivo da terra efetuado pelas famílias de Sara e Luís segue, em grande medida, esse modelo de agricultura.

*****

Lauro e Júlia, depois da experiência e dos sonhos frustrados nas terras da fronteira paraguaia, retornaram ao Brasil e foram morar na casa e cultivar a terra onde ela nasceu e cresceu. Essa terra por ora pertence à sua mãe, seu pai faleceu no ano de 2017. Pelo fato de cuidarem da mãe, eles herdarão uma parte maior da terra de 23 hectares, incluindo a sede onde se encontra a casa e as benfeitorias da propriedade. Eles venderam o pequeno pedaço de terra que possuíam no Paraguai e, com esses recursos, compraram uma área de tamanho equivalente ao lado da terra da mãe da Júlia. A quantidade de terra era razoável para o cultivo, considerando que eram poucas pessoas para desenvolver o trabalho. A responsabilidade pelo trabalho agrícola e criação dos animais ficou por conta desse casal; o pai da Júlia ficava com os serviços menores, basicamente cultivando alimentos próximos de casa para o próprio consumo. A preparação do almoço e algumas outras atividades domésticas leves ficaram sob o encargo da sua mãe. O casal e a mãe dela moram na mesma casa até hoje e convivem muito bem.

Logo após o retorno ao Brasil, a família de Júlia também comprou um trator usado e os equipamentos agrícolas necessários, tendo como objetivo facilitar o trabalho, que até então era feito de maneira braçal com o auxílio de uma junta de bois. Essa aquisição foi possível mediante o dinheiro pedido emprestado junto a um tio, comprometendo-se a efetuar a devolução em parcelas anuais acrescidas de juros. Foi um risco assumido, contando com a produção para honrar o negócio. No entanto não deu certo! Devido às dificuldades para saldar as parcelas, a dívida foi aumentando, levando-os à necessidade de vender seu pedaço de terra comprado após o retorno do Paraguai para quitar a dívida, assim como venderam o trator e os equipamentos agrícolas, voltando ao sistema tradicional de trabalho. Eles compraram novamente uma pequena área localizada, igualmente, ao lado da terra da sua mãe.

A plantação e o sistema de produção foram mudados no decorrer dos anos. A principal mudança adotada por Lauro e Júlia foi o abandono da produção de soja e o investimento na produção de leite para o mercado. Para tanto, cercaram boa parte da terra para o cultivo de pastagens, assim como em outra parte cultivaram milho para a alimentação das vacas e dos outros animais. Além das vacas leiteiras, eles criaram alguns porcos para o consumo, bem como galinhas e peixes. Parte da terra mais próxima da casa, sob o protagonismo do pai da Júlia, era usada para o plantio de vegetais para o próprio consumo, tais como mandioca, feijão, batatinhas, batata doce, amendoim, moranga, abóbora, melancia etc. Diferentemente das famílias dos dois irmãos que permaneceram no Paraguai, a família de Júlia, com a mãe, continuou com o sistema de produção tradicional, camponês.

A terra é constituída de vários tipos de solo e riquíssima em nascentes de água, levando os familiares de Júlia à construção de vários açudes no decorrer do tempo para a criação de peixes, ao fundo existe um belíssimo córrego. A sede, além da casa de moradia, é formada por várias outras construções, típicas da tradição germânica camponesa: chiqueiro para a criação dos porcos, estrebaria para o gado, galpão de ordenha para tirar o leite de forma mecânica, galpão para guardar os implementos e ferramentas agrícolas, que serve também de espaço para guardar os produtos cultivados na roça. Tem também o galinheiro, a garagem, a casinha para fazer melado de cana e outra para carnear animais. No meio de todas essas construções de madeira, existe o pátio. Ao lado da garagem, está o antigo poço abandonado de onde se puxava a água para a utilização na cozinha. Atualmente todas as famílias consomem a água oriunda de poço artesiano comunitário gerido pelo poder público municipal. Jairo, irmão de Júlia, é o responsável por esse serviço público de fornecimento de água no município.

Júlia, além do trabalho desenvolvido na lavoura, na ordenha e doméstico, durante vários anos, também trabalhou no período matutino na casa de outra família. Devido à distância, ela ia de bicicleta fazer o serviço de casa e cuidar de dois filhos pequenos, recebendo mensalmente um valor inferior a um salário mínimo. Essa mulher trabalhava, exageradamente, para garantir um padrão de vida razoável para sua família. Somente o trabalho na terra e a produção de leite eram insuficientes para terem o conforto almejado. A exploração sofrida pelos camponeses no seu próprio lote de terra é algo que salta aos olhos quando analisada sob o prisma da justiça social.

Após o falecimento do pai de Júlia, com a saída de casa da única filha após o seu casamento e com a aposentadoria dos três que permanecem na casa, Lauro e Júlia decidiram encerrar a produção de leite. Da mesma forma, boa parte da terra foi arrendada. Júlia também parou de trabalhar de empregada doméstica. A aposentadoria do casal foi o fator mais decisivo para a diminuição do trabalho. Eles se limitaram à produção de alimentos para o próprio consumo em uma pequena área de terra, o que reduziu significativamente o trabalho diário. Agora eles têm muito mais tempo disponível para o descanso e o cuidado da mãe, um dos principais motivos de estarem morando naquela terra onde nasceram e cresceram os quatro irmãos que se aventuraram em solo estrangeiro.

A filha de Júlia e Lauro construiu, com o seu companheiro, uma casa que enche os olhos para quem passa na estrada em frente, tamanha a sua beleza. Ela está localizada na parte da terra que será herdada pelos pais, casa onde residem desde o casamento. Essa casa se destaca devido aos seus aspectos arquitetônicos e à localização no elevado após a curva existente na estrada de terra. Um pouquinho adiante, fica outra belíssima casa, moradia do casal Lauro e Júlia e da mãe dela. Em frente a essa casa mora um dos poucos tios ainda vivos desses irmãos, um irmão do pai deles.

Júlia e a mãe são participantes assíduas da religião católica. Todos os filhos dessa família receberam uma formação religiosa intensa e praticante em casa e na Igreja local. Certas práticas, no ambiente familiar e comunitário, eram sagradas. Júlia, já há bastante tempo, é uma das principais lideranças da comunidade cristã. Ela é, inclusive, ministra da palavra e da eucaristia, muito competente e dedicada na sua missão junto aos fieis cristãos desse núcleo comunitário. Essa formação religiosa disciplinada e coerente contribuiu, significativamente, para a criação de um espírito de resistência e de confiança entre os quatro irmãos que enfrentaram uma realidade subumana na floresta paraguaia.

Após uma tentativa malsucedida na fronteira territorial localizada no outro lado do rio Paraná, a família de Júlia se estabeleceu justamente nessa terra que tinha deixado para trás quando emigrou. É essa família que está dando continuidade em uma área de terra que garantiu outrora a subsistência de um grupo familiar maior, sendo Júlia uma das integrantes até seu casamento. Com menos trabalho e mais tempo para se entregarem ao prazer da vida, finalmente eles vivem e convivem serenamente nesse espaço de convívio. O retorno e o recomeço no mesmo lote de terra, no mesmo local de moradia, porém sob outras condições, satisfaz, em boa medida, o sonho que os levou a abandonarem no passado essa terra e se aventurarem no território do país vizinho. A coragem de retornar e recomeçar pode ser, dependendo da realidade, uma virtude de primeira grandeza.

Assim foi, e está sendo, a vida na terra cultivada por três irmãos, com suas famílias, dentre os quatro que tiveram a coragem de se aventurar nas terras da fronteira leste do Paraguai. Jairo abandonou o trabalho agrícola ao se tornar funcionário público municipal. Após o acesso à sua própria terra, tornando-se a realização do principal sonho, o cultivo dela é realizado com muito esforço, suor, resistência e conquistas. Viver do trabalho agrícola, para quem é pequeno proprietário, sem o devido apoio do Estado e submetido a tudo que é forma de exploração, é uma atitude. Apesar das adversidades, é dessa forma que esses trabalhadores rurais procuram dar continuidade à vida no campo e viver com dignidade.

# 6
# A VIDA NA TERRA DESFRUTADA

A terra é um capital, porém não tem um fim em si mesmo para os agricultores camponeses. Ela é um bem da natureza apropriado pela família para ser usado como meio para o cultivo de plantas que servirão de alimento para o próprio consumo e para o mercado, dessa forma os trabalhadores obtêm as condições materiais elementares para usufruir a vida no meio rural. A colheita dos produtos é o ápice do trabalho agrícola, o térmico do ciclo do cultivo da plantação, propiciando o desfrute do resultado obtido da terra com a interferência dos trabalhadores. Há, portanto, uma interação e integração entre a terra, assim como todos os meios naturais associados, e o trabalho dos agricultores. Os três irmãos que continuam trabalhando na própria terra estavam próximos da idade de 60 anos. É um tempo da vida em que a energia vai se esvaindo, e não se pode mais contar com o vigor físico e a saúde de outrora. Estabelecidos, com os filhos crescidos e os netos nascendo, é tempo de trabalhar sempre menos e desfrutar sempre mais do resultado alcançado com muito esforço, suor e sacrifício.

A família de Sara reside na terceira casa no solo estrangeiro. Mora com eles a filha mais velha. Os outros três filhos, casados, têm a própria casa. A casa daquela família é de madeira, com fundamento de tijolos, e foi construída por Jacó. Ela é muito bonita e emana bons fluidos para uma vivência serena e prazerosa da família. A madeira usada foi escolhida a dedo e com a espessura apropriada, o que garante a beleza e a qualidade da moradia. Não é pintada, o que realça as cores naturais da madeira utilizada. As paredes de tábuas externas da casa são duplas, e internamente tem várias divisórias, com uma cozinha grande, uma sala de estar, três quartos, área de serviço, banheiro e uma área enorme com coberta. Ao redor da casa, está tudo tomado pelo verde, uma beleza proporcionada pelo gramado e árvores, assim como produz um colorido gerado pelas flores. Um pouco abaixo, ficam as demais benfeitorias. As casas dos dois filhos são pequenas, mas contêm o básico para propiciar o conforto.

A casa da família de Sara fica a 2 km de distância da vila Iarol, o que facilita a compra das mercadorias usadas cotidianamente e o acesso aos serviços emergenciais. A estrada foi asfaltada recentemente até esse povoado, proporcionando uma boa acessibilidade às cidades maiores da região. Considerando que a vila conta com pouca infraestrutura e a falta da oferta de diversos bens e serviços, o deslocamento para centros urbanos maiores é rotineiro. Nessa vila existem alguns centros para prática esportiva e diversão em geral, o que propicia a convivência entre os morados. Todos se conhecem, o que favorece a criação de vínculos de amizade, os encontros para as conversas e o lazer. Os moradores desse lugar constituem uma comunidade de fato, a concretização do projeto idealizado pelo padre fundador e colonizador daquela localidade.

Jacó e Sara, com seus quatro filhos, duas noras e um genro, também formam uma comunidade no trabalho na lavoura. Trata-se de quatro famílias que trabalham juntas na mesma terra. É um trabalho coletivo. Eles trabalham na sua terra e na terra de outros e para outros, fazendo, assim, bom uso das máquinas que possuem, com isso obtêm uma renda extra. São cinco netos, sendo quatro meninos e uma menina. A filha casada possui três filhos, desses uma é menina; os dois filhos casados cada um possui um filho. Assim como a filha, os dois filhos de Sara e Jacó estão casados com mulheres de pais oriundos do Brasil.

Assim, o casal Sara e Jacó, na companhia das famílias dos filhos, vai fazendo a vida acontecer, desfrutando o resultado do trabalho na terra e dos afetos construídos, uma condição de vida edificada com muita determinação durante várias décadas nessa fronteira territorial e social. As perspectivas de vida para o futuro próximo e longínquo são diferentes para quem está com 60 anos de idade, exaurido pelo trabalho árduo, e para os filhos que se encontram no esplendor do vigor físico e com inúmeros sonhos para realizar. O trabalho não cessa para Sara e Jacó, embora esteja, cada vez mais, sob a responsabilidade da nova geração.

Lurdes e Luís moram numa belíssima casa numa chácara ao lado da cidadezinha de Rovenha. É uma casa de alvenaria muito bem projetada, com uma pequena área aberta na frente, uma sala de estar, uma sala para as refeições, uma cozinha, um quarto com suíte do casal, um quarto para o filho e outro para as visitas, um banheiro, uma área de serviço e uma despensa. No fundo, ainda fazendo parte da estrutura da casa, há uma grande área coberta que serve de garagem e para festas, incluindo uma churrasqueira. A casa se encontra dentro de um cercado, com um lindo jardim em seu interior, evitando, com isso, que a galinhas interfiram na beleza do verde proporcionado pela grama e pelas folhagens, assim como no colorido produzido pelas flores. Nas proximidades, com as demais benfeitorias, está erguida uma casa de madeira, a primeira que possuíam desde o casamento e depois foi levado para esse novo lugar, servindo de depósito. Além disso, essa casa é um registro material de uma parte significativa da história da família. A qualidade muito diferenciada entre as duas casas testemunha o êxito obtido em termos financeiros e de bem-estar.

Esse casal possui dois filhos homens. O filho mais velho é casado e tem um filho e uma filha. A companheira dele já tinha o filho quando começaram a namorar, e a filha é fruto da relação amorosa deles. Luís e Júlia têm, portanto, um neto e uma neta. Esse filho casado trabalho numa empresa agrícola nas imediações da cidadezinha, e a mulher trabalha em casa. O outro filho, de 16 anos, mora e trabalha com os pais na lavoura. O casal, já bastante cansado de trabalhar e com a saúde fragilizada, dedica-se sempre mais tempo para o descanso e o desfrute do resultado obtivo pelo trabalho realizado durante décadas com muito suor. O filho solteiro, com o mundo ainda por vir, já vai tomando, aos poucos, as rédeas do trabalho na terra.

Rovenha é um município com pouco mais de seis mil habitantes localizado no Departamento do Alto Paraná, distante 100 km de Cidade do Leste e 40 km em linha reta até o rio Paraná. Nessa localidade residia a família de Jacó e Sara até o ano de 2000, e mora a família de Lurdes e Luís. A infraestrutura ainda é bastante precária. A iniciativa privada oferece as mercadorias e os serviços de consumo básicos. O atendimento à saúde está limitado ao elementar, ou aos primeiros socorros, no posto de saúde. Não há hospital. Para as demandas maiores, a cidade polo dessa região fica distante 45 km. A estrada foi recentemente asfaltada até Rovenha, o que facilita o deslocamento para as outras localidades.

Em termos políticos, a estrutura organiza e a prestação dos serviços públicos é muito precária nesse lugar. Existe um governo local, porém com poucos recursos financeiros e humanos para atender à população. Essa situação política local alimenta a dependência em relação ao governo do Departamento Estadual, ou ao Poder Federal, o que cria uma relação e práticas populistas e clientelistas com determinadas figuras políticas dessas instâncias de poder. O poder de organização política da população local é limitadíssimo, resumindo-se à escolha indicada por determinado cacique, sem autonomia de poder para a criação de alternativas políticas a partir das necessidades do lugar. Essa realidade política se manifesta na dificuldade da organização de movimentos sociais para a luta em torno de demandas específicas. Esse fato lança os trabalhadores camponeses, no caso, para iniciativas e esforço individuais para alcançar aquilo desejam e necessitam para a aquisição e o cultivo da terra.

Para a convivência e confraternização em geral na localidade onde reside a família de Lurdes e Luís, existe um salão comunitário espaçoso capaz de acolher boa parte da população da região na ocasião das festas e bailes, assim como possibilitar os encontros de lazer nos finais de semana pelos residentes do local. É muito comum entre eles a prática do jogo de bolão, bocha e baralho nos finais de semana, esportes esses praticados igualmente pelas mulheres, além de saborear a cerveja e oportunizar conversas animadas. Os trabalhadores rurais atribuem expressivo valor a esses encontros comunitários, pois, durante a semana, a vida se concentra entre os membros da família. Nessa localidade também existe um belo templo da igreja católica, um lugar frequentado semanalmente por Luís e Lurdes. Eles continuam conservando as raízes religiosas do berço familiar, da mesma forma que Sara e Jacó.

A família de Júlia e Lauro, por sua vez, ao retornar para o Brasil, foi morar na casa e trabalhar na terra dos pais dela. Lauro nasceu e viveu na comunidade, o que possibilitou também para ele a retomada do convívio com seus familiares. O pai de Júlia ainda vivia na época do retorno, fato que possibilitou o convívio e o trabalho conjunto entre as duas famílias. Hoje, com a aposentadoria do casal e a da sua mãe e tendo arrendada a terra, os três camponeses desfrutam de uma vida serena e conseguem fazer o primordial: cuidar da mãe de Júlia, uma senhora de 80 anos de idade, e viver com dignidade no lugar onde ela nasceu e a sua mãe iniciou a vida de casada.

A casa onde residem os três é de alvenaria e, embora antiga – construída no início da década de 1960 –, estava bem conservada, com algumas modificações internas e acréscimos no decorrer da história. Essa casa tem uma área onde fica a cozinha e a mesa para as refeições, uma sala-de-estar, cinco quartos, um banheiro interno, uma pequena área externa que faz parte da cobertura da casa original e uma despensa. Emendado à casa, fica uma área espaçosa para os encontros, inclusive os almoços geralmente ocorrem nesse espaço, e ao lado se encontra uma área para lavar a roupa, mais uma despensa, outro banheiro, um quartinho para a defumação de carnes, um forno à lenha para assar pão, cuca e rosca de polvilho e, o que não pode faltar na casa de sul-rio-grandenses, uma bela churrasqueira.

Em frente à casa, existe uma grande área plana, boa parte cercada por tela para o cultivo de grama, árvores, folhagens e flores, constituindo-se em um jardim muito admirado e apreciado por quem passa na estrada e pelas pessoas que residem na casa e pelos visitantes. Essa residência fica a 2 km da sede do município, assim como tem a mesma distância para a sede de outro município vizinho. Essa comunidade rural é a "salsicha" entre duas sedes municipais, ou pequenos centros urbanos.

Assim como em qualquer comunidade tradicional, nessa onde vivem Júlia e Lauro, existem algumas opções de lazer nos finais de semana, assim como são realizados alguns bailes e festas anuais. Os jogos de bocha, bolão e baralho acontecem aos sábados e domingos no salão da comunidade. O baralho também é muito jogado nas casas. Não faltam os encontros animados, descontração, muita conversa para trocar ideias e experiências, praticando-se uma convivência necessária para revigorar a vida dos trabalhadores camponeses. O grupo da terceira idade está organizado nessa localidade, o que possibilita a realização de eventos destinados a esse público específico. Existe, também, uma igreja católica bem localizada para receber os fiéis nos eventos religiosos.

Júlia é uma pessoa muito prestativa. Graças ao dom da música e à facilidade de cantar, ela participa do coral municipal. Além dessa qualidade, sua inteligência e seu carisma fizeram com que ela atendesse aos anseios da comunidade católica para assumir as funções de ministra da palavra e da eucaristia, função que ela exerce com dedicação e zelo. Seu pai também foi uma liderança nessa comunidade, assim como sua mãe, ambos com muito carisma, o que facilita o relacionamento com as pessoas. A mãe da Júlia foi, durante muito tempo, massagista, fazendo com que, todos os dias, estivessem pessoas na sua casa para serem atendidas nos problemas com nervos, juntas e até fraturas, trabalho para o qual ela não cobrava, e sim aceitava gratificação para quem quisesse fazê-la. Devido à idade, ela não pôde mais prestar esse serviço social, algo que Júlia exerce, aprendido da mãe.

A casa onde reside a família de Jairo e Eliana fica na sede do município, local onde nasceu e viveu Lauro até se mudar para o território paraguaio. A família comprou essa casa com os recursos obtidos com a venda da terra localizada no outro lado do rio Paraná para a família de Sara e Jacó. Jairo, que nunca chegou a pôr os pés nessa terra, com essa ação, livrou-se totalmente do Paraguai, uma passagem que ele gostaria de apagar da memória. Antes eles moravam em uma casa mais simples na mesma comunidade. Na oportunidade, além da casa, que fica numa esquina, a família de Jairo comprou o terreno ao lado, local onde a filha e seu namorado construíram uma bela casa de madeira. Esses, sem se casar oficialmente, – e assim vivem até hoje, o que foi uma ação inusitada e ousada entre os familiares de cultura tradicional – foram morar nessa residência no ano de 2015. Recentemente construíram uma belíssima casa de alvenaria na terra dos avós dele e onde moram também seus pais, ficando numa comunidade ao lado. A casa deixada por eles serve de moradia para a mãe de Eliana.

    Essa filha casada trabalha em um banco privado na localidade, e seu marido atua na lavoura com seus pais nas terras dos seus avós. Os dois têm escolaridade de nível superior, tendo ambos cursados o curso de graduação de Ciências Contábeis. O outro filho de Eliana e Jairo ainda é novo. Assim Jairo, depois de uma experiência que ele gostaria de esquecer vivenciada nas terras da fronteira do Paraguai, vive de forma serena com sua família numa cidadezinha bem interiorana, bem próximo da sua mãe, local onde existe o básico, em termos de mercadorias e serviços, e um ótimo ambiente social para a convivência com os familiares e amigos. Com essa mudança no ramo de trabalho, ele se juntou a outros três irmãos que abandonaram a identidade camponesa, fazendo parte dos familiares que buscam viver e conviver com dignidade no meio urbano.

    A luta para prosperar na fronteira paraguaia ocorreu toda no âmbito individual-familiar. Não houve políticas públicas do Estado para facilitar o trabalho na terra. A infraestrutura básica foi sendo implantada de forma muito lenta, estando relacionada à expansão agrícola e populacional na região. Os "brasiguaios" que tiveram certo êxito e se firmaram nesse território, no caso das famílias de Sara e Jacó e a de Lurdes e Luís, foi graças a um esforço e sacrifício humano extremo. Foi mérito pessoal! Para os camponeses pobres que entraram nesse país, não tendo sequer ferramentas de trabalho, como foi o caso dos dois casais, era preciso muita coragem, suor, lágrimas, privações, teimosia, persistência, fé e esperança na realização dos sonhos. As gigantescas dificuldades enfrentadas, nos anos iniciais, foram o principal motivo da desistência e do retorno para o Brasil de milhares de trabalhadores rurais pobres, pois não conseguiram, ou não aceitaram, submeter-se a tanto sacrifício.

    Desde o princípio, havia recursos financeiros disponibilizados por bancos privados e públicos mediante empréstimo, mas era algo inviável para quem só dispunha de um pequeno pedaço de terra com mato nativo. Os estrangeiros que ingressaram com significativo capital e adquiram médias ou grandes áreas de terra, puderam se arriscar na busca de ajuda financeira junto ao sistema bancário. Atualmente, pelo fato de as famílias de Sara e Luís estarem um pouco capitalizadas, não passa uma semana sem a visita de funcionários dos bancos nas suas casas para oferecer serviços de financiamento. É a lógica do capitalismo, quanto mais capital se dispõe, mais fácil se torna o acesso a ele e sua acumulação. Vários pequenos e médios agricultores perdem tudo quando não conseguem pagar as prestações, geralmente devido pelo fato de o valor e as condições do empréstimo serem de alto risco, as colheitas serem aquém das esperadas por causa da falta de chuva e os preços dos produtos abaixo do especulado. Essa realidade aconteceu com a família de Jacó, levando-a a um recomeço no ano de 2000.

Além disso, ocorre tudo que é tipo de extorsão, corrupção, necessidade de pagar propina para que sejam atendidos, ou que haja agilidade no serviço público nessa sociedade. É frequente a corrupção também nas empresas privadas. Em todas essas práticas delituosas, conta-se com a impunidade, algo que se aproxima da certeza. Quem tem dinheiro tem poder, consegue tudo! Quem não tem, aí é só humilhação! Essa situação se agrava para quem é estrangeiro, como os camponeses oriundos do Brasil. O governo ditatorial sob a presidência do Alfredo Stroessner, que terminou em 1989, foi extremamente corrupto. Essas práticas nefastas ainda continuam, embora menos escancaradas nos dias atuais. Os agricultores "brasiguaios" pobres e médios ainda são muito explorados e extorquidos, sem terem a quem recorrer para fazer valer a justiça! São as fronteiras sociais impostas que se somam nesse rosário de dificuldades.

A participação política democrática da população no Paraguai é dificultada ao máximo. O país se encontra sob a hegemonia política do Partido Colorado, agremiação que se encontra no poder do Estado desde a década de 1950, de perfil ideológico conservador, elitista e autoritário, estando historicamente alinhado aos interesses capitalistas e imperialistas dos EUA. Essa hegemonia colorada foi quebrada por um curto período mediante a eleição de Fernando Lugo para o cargo de presidente da República. Ele era um bispo católico vinculado ao campo político da esquerda, conseguindo permanecer no governo entre 2008 a 2012. Não o deixaram concluir o mandato, derrubado facilmente por meio de um golpe parlamentar articulado com todas as forças políticas e sociais conservadoras e, claro, contando com as bênçãos do presidente dos EUA e demais países de governos ultraliberais. Um dos projetos políticos do Fernando Lugo era a reforma agrária. Os movimentos sociais campesinos ganharam força política e apoio dessa liderança antes e durante o seu Governo. Nesse tempo esses movimentos sociais de luta pela terra ocuparam, inclusive, terras de "brasiguaios". Esses, assustados, mobilizaram-se contra esses movimentos sociais e o próprio governo, tornando-se aliados partidários dos colorados e demais forças políticas e sociais conservadoras em favor da derrubada do governo progressista.

Tendo conquistado o que possuem por meio do esforço individual, vivendo numa sociedade conservadora, em que o Partido Colorado controla todos os meios sociais e políticos, e com a experiência negativa de um governo de esquerda, as famílias de Luís e Lurdes e de Sara e Jacó são, quase na totalidade, simpatizantes da ideologia política representada pela agremiação colorada. Eles, assim como os demais "brasiguaios", vivem em constante insegurança política e social por terem nascido fora do Paraguai, sentindo-se, de alguma forma, intrusos no país. Eles são frequentemente manipulados por boatos espalhados pelos agentes políticos conservadores de que perderão a terra e serão expulsos do país caso grupos opositores conquistem o poder do Estado. A experiência do governo liderado pelo Fernando Lugo fortalece e legitima esse discurso conservador. Trata-se de uma situação política contraditória, pois eles receberam quase nada desses governos colorados, e ainda assim os apoiam, sendo, inclusive, contrários à reforma agrária que em nada os prejudicaria.

Sara é contra a ocupação de terras protagonizada pelos movimentos sociais campesinos que têm como objetivos o assentamento dos trabalhadores sem terra e a reforma agrária. Ela defende que a terra precisa ser comprada, ou seja, conseguida por meio do mérito individual, pois somente essa forma de apropriação daria a segurança, ou a certeza, necessária no sentido de que a terra realmente pertence aos compradores:

> [...] acho que eu jamais ia morar numa terra assim, sem pagar ela ou sem saber o que aconteceria no futuro, o que vinha pela frente. Pelo menos aqui, mesmo que sofremos, nós trabalhamos e conseguimos nos manter assentados na nossa própria terra. Essa terra nós temos certeza que é nossa.

Na época em que Sara foi morar no Paraguai (1982), os movimentos sociais de luta pela terra no Brasil estavam começando a ganhar corpo. O Movimento dos Trabalhadores Rurais Sem Terra (MST), embora já existisse de maneira embrionária e atuasse em algumas regiões no estado do Rio Grande do Sul, teve sua fundação oficial no ano de 1984. Sara desconhecia essas lutas sociais e políticas pela terra naquela época: *"[...] naqueles anos de solteira a gente nunca saía. Eu, nestes tempos, acho que nem sabia o que era sem terra, nem sabia que tinha esses movimentos sociais"*. Embora em crise, no Brasil ainda estava em vigência o regime político civil-militar, um poder do Estado autoritário contrário às lutas sociais e às transformações estruturais empunhadas pelos movimentos populares, como a reforma agrária.

Lurdes, por sua vez, dá a entender que não são viáveis as políticas públicas de assentamento dos trabalhadores campesinos sem terra paraguaios. Na visão dela, seguindo a lógica da produtividade, esses camponeses não sabem trabalhar na terra, fazê-la produzir:

> [...] sobre os sem terras, aqui no Paraguai eles são chamados de campesinos, eles ganham do governo 10 hectares de terra, mas não a fazem produzir. Eles plantam um cantinho de mandioca para comer, e arrendam o restante para os "brasiguaios" produzirem. Muitos, por uns pilas, passam a terra adiante, vendem sem terem o título da terra ou nem mesmo tendo um contrato, e os brasileiros se aproveitam e compram deles em vez de deixar para eles se virarem.

É uma constatação que realmente ocorre. A questão é que não basta distribuir um lote de terra, deve haver uma série de políticas que facilitem a produção e a comercialização, inclusive com acompanhamento técnico. Além disso, a visão de produção agrícola dessa população de tradição cultural indígena é bem diferente da visão capitalista de produção para o mercado assimilada pelos "brasiguaios". Na sequência, Lurdes reforça essa ideia decorrente da inaptidão de produzir na terra, levando-os a serem dependentes das benesses ou favores do Estado:

> [...] quando conseguem vender a terra, aí ficam em qualquer ranchinho onde o governo distribui alimentação e paga a luz. E quando um paraguaio fica doente, eles apelam a pedir esmolas nas ruas, porque não têm dinheiro para procurar um médico.

Lurdes contrapõe à cultura dos "brasiguaios" sobre o trabalho agrícola a visão do trabalho que reina na cultura desses camponeses indígenas paraguaios:

> [...] enquanto nós, que damos às vezes mais que o nosso suor, doamos a nossa saúde em troca de produzir bastante para ajuntar bens para deixar aos filhos, noras e netos. Eles não sabem, não aprenderam a trabalhar, de fazer a terra produzir como nós. Eles não pensam no dia de amanhã.

Embora os trabalhadores rurais sem terra brasileiros que emigraram para o Paraguai sejam originários de uma tradição camponesa que tem como base o trabalhado familiar para a subsistência, algo similar ao trabalho do povo da tradição cultural indígena residente naquele país, as diferenças no modo de vida entre os dois povos são enormes. Os camponeses de origem germânica têm uma forte tendência de acumulação, de trabalho direcionado para o enriquecimento, por isso se adaptam facilmente ao modelo de agricultura capitalista, à modernização da produção de monoculturas para o mercado. Enfim, mesmo tendo raízes camponesas, esses trabalhadores são guiados pela lógica produtivista. A população paraguaia de origem indígena que vive na mesma região não apresenta essa perspectiva com o trabalho na terra, nem coloca o trabalho como central na sua vida, muito menos a ânsia produtivista. Em decorrência dessas diferenças em relação ao trabalho na terra, surgem os conflitos étnico-culturais na região, tornando-se, inclusive, em mais um fator legitimador da oposição ao projeto de reforma agrária.

Esse choque cultural se revela de forma acentuada na família de Luís e Lurdes. Um de seus filhos casou com uma mulher de origem paraguaia, com uma mistura étnica herdada do povo espanhol e dos indígenas guarani. Ela apresenta, em seu comportamento, traços culturais dos povos de sua origem, principalmente no que se refere à relativização do valor do trabalho, não tendo como objetivo a acumulação de capital para ajudar financeiramente os filhos no futuro quando constituírem a própria família. Enquanto o filho do casal ama a sua companheira, os pais dele são críticos pelo fato de ela não dar ao trabalho um valor central na sua vida e, relacionado a esse fator, não ter o desejo de acumulação de riqueza para angariar uma vida mais confortável para a sua família.

Esse filho casado relata com muita franqueza as divergências existentes entre ele e seus pais devido ao seu casamento com uma mulher de origem paraguaia: *"[...] o fato de eu ter casado com uma mulher paraguaia foi, é e sempre será difícil em termos de aceitação por parte da minha família".* Ele procura, de forma muito sensata e lúcida, compreender essa atitude dos pais, apontando justamente a questão relacionada às diferenças culturais:

> *[...] às vezes eu penso que nem seja um problema de discriminação, podendo ser pela diferença de culturas, principalmente a certas generalizações que são feitas em relação ao povo paraguaio. Sempre foi dito que o paraguaio é burro, preguiçoso e ganancioso. A grande maioria dos brasileiros que entrou no nosso país foi com essa mentalidade. Eu não posso julgá-los porque não se conta as histórias dessa época, mas tenho certeza que nem todos os paraguaios são assim. No meu ponto de vista não podemos generalizar as pessoas.*

Ele continua buscando uma explicação para essas divergências manifestadas por eles, principalmente pela mãe, enfatizando a especificidade de sua origem e formação cultural: *"[...] não critico a minha mãe, porque ela foi criada de uma forma diferente. Isso não vem somente dela, e sim do seu pai, talvez até do seu avô, e, queira ou não, isso se arrasta de geração em geração".*

Esse filho tem o entendimento de que, por trás da atitude de sua mãe em problematizar esse casamento, está o desejo de querer o melhor para o filho, uma vida realizada junto com a sua família, temendo que não ocorra com essa mulher:

> [...] em todo esse tempo eu vinha me perguntando sobre o porquê da minha mãe ser assim, de questionar o meu casamento com a mulher que eu amo, e até hoje a conclusão que eu cheguei foi que essa é a maneira que ela acha que seria melhor para mim, que seria para o meu bem, que eu serei feliz somente assim como ela pensa. Ela acha que eu não serei feliz com a mulher que casei.

Ele percebe que seu pai tem uma visão diferente, mas, para não contrariar a esposa, ele endossa o que ela pensa e como age. Ele novamente procura compreender a conduta em relação ao seu casamento, agora no que diz respeito ao pai:

> [...] meu pai também era contra esse relacionamento, mas eu sei que dentro dele ele queria me apoiar, mas, para não entrar em conflito com a minha mãe, ele sempre a apoiou. E não vejo isso errado, aliás, eles estão casados a mais de 25 anos, e formam um casal muito unido.

Mesmo antevendo os problemas que enfrentaria junto aos seus pais, ele encarou o desafio de namorar essa bela garota, porque gostava do seu jeito de ser e tudo o que ela significava para ele. Ele estava apaixonado por ela:

> [...] já tive muitas experiências com mulheres paraguaias e também brasileiras, mas o coração bateu mais forte por uma paraguaia. Já me imaginava com os problemas que teria com esse namoro, as consequências que teria se eu ficasse com ela. Mas ela se encaixava exatamente no perfil que eu procurava, sendo uma mulher linda, meiga e madura, alguém que queria começar uma história do zero, de erguer comigo as nossas próprias paredes. Decidi respirar fundo, estufar o peito e encarar as consequências!

Ele completa a narrativa sobre os percalços previstos com esse namoro, pois ele apostava que seria uma pessoa feliz ao compartilhar a sua vida com ela: "[...] eu sabia que não seria fácil, mas era o que eu queria para mim, o que eu achava que iria me fazer feliz. E hoje não me arrependo de nada sobre tudo que eu tive que encarar, superando todos os desafios. Hoje somos uma família feliz!".

Na vida, às vezes o que não está bom pode piorar. Para dificultar ainda mais a situação desse filho, a namorada ficou grávida antes do casamento. Com esse fato, o conflito vivido com os pais se acentuou, como ele conta:

"[...] quando a gente estava namorando a mais ou menos dois anos, quando os meus pais já estavam querendo me proibir de vê-la, tive que contar que ela estava grávida. Você consegue imaginar quanto deixei os meus pais doentes com isso?

Contudo, quando tudo parece que só está piorando, a vida pode dar uma guinada na direção contrária, despertando a alegria, a reaproximação, o afeto, o prazer. A vida é tecida com esses sentimentos contraditórios, que é, aliás, o que alimenta, valoriza e dá sentido ao viver. Enfrentar e vencer dificuldades, obtendo conquistas que geram satisfação é o que enobrece a vida. O comportamento dos pais com o nascimento da filha foi muito louvável, uma atitude reconhecida e destacada pelo novo pai:

> [...] e depois dos nove meses, quando nasceu a minha filha, foi como um toque de mágica! Eles começaram a ficar ansiosos para conhecer a neta que eles achavam que não seria minha porque a gravidez dela começou pouco tempo após o meu acidente de moto. Quando eles viram a carinha de anjo da minha filha, quando viram que era a cara do pai, eles ficaram apaixonados de uma forma inexplicável! Eles amam a minha filha! Eles nem mencionaram mais a palavra DNA que antes queriam que eu fizesse logo após o nascimento.

Mesmo os pais tendo um amor especial pela sua filha, assumindo-a como neta, dando-lhe muita atenção e carinho quando está na casa dos avós, esse filho de Lurdes e Luís lembra que o problema de aceitação da sua companheira persiste: "[...] mas esse sentimento de não gostar da minha mulher, isso continua até hoje. Infelizmente, meus pais têm dificuldades de aceitar a sua nora. Mas a gente acaba se acostumando com essa situação". Eles foram morar numa casa própria já antes do nascimento da filha, considerando-se casados desde então.

Em contrapartida, o relacionamento junto aos familiares da sua companheira é bem outro, como ele expõe: "[...] a família da minha mulher me adora! Eu me sinto parte dessa família, me trata super bem, sempre me apoia nos momentos difíceis!". A resistência deles é ínfima no que se refere à aceitação do ingresso de alguém na família com uma cultura diferente, quando comparada ao jeito de ser e de pensar do casal Lurdes e Luís. A nora deles é de uma família de quatro irmãos, sendo ela a mais nova. Desde a infância seus pais estão separados. O poder aquisitivo da família é baixo, moram na periferia de outra cidade. Ela já tinha um filho quando os dois começaram a namorar, sendo, portanto, mãe solo na época. Eles se conheceram na escola da cidade onde ela morava, e ele trabalhava. Esse novo casal, com o trabalho que desenvolve – ele assalariado no comércio e ela em casa –, além da ajuda que recebem dos pais dele, eles conseguem ter o básico para fazer a vida acontecer.

O novo pai de família volta a criticar as generalizações que são feitas para discriminar certos povos, tornando-os inferiores. Sua relação de amor com a companheira de origem paraguaia evoca esse sentimento de superioridade e inferioridade, algo que para ele não faz sentido. O que existe, segundo ele, são pessoas boas e ruins, mas esses comportamentos sociais dizem respeito a todos os povos:

> [...] eu acredito, sim, que existe esse "paraguaio que não presta", mas eu sei que também tem brasileiro que não presta, e isso não quer dizer que todo mundo é assim. Existem pessoas muito boas nesse mundo que a gente não conhece ou não quer conhecer.

Lurdes, em grande medida, concorda com as indagações e lamentações do filho. Ela é muito franca no seu relato, faz questão de deixar bem claro que o problema não é racismo, e sim que a mulher de seu filho pensa e age diferente em relação à valorização do trabalho, a pouca preocupação voltada para a construção de um patrimônio para a família usufruir maior conforto. Lurdes enfatiza:

> [...] em primeiro lugar eu quero deixar claro que não somos racistas. No entanto, quero dizer também que o "casamento" do meu filho não foi bem aceito por nós. Tanto eu como o Luís não vimos futuro numa pessoa que não tinha um emprego e não estava estudando, e sim já estava com um filho nos braços para sustentar, sendo os dois tão jovens. Tudo indicava que a carga iria cair toda nos ombros do nosso filho.

Lurdes põe esse casamento entre aspas porque eles não estão casados oficialmente. Na objeção a essa relação conjugal, ela deixa bem explícito que o problema tem também um viés cultural, por isso ela e Luís discordam desse casamento: "[...] *sobre namorar ou casar com alguma nacionalidade diferente eu nunca fui contra, mas que fosse uma pessoa honesta e trabalhadora e que se adapta aos nossos costumes!*". Lurdes quer que a companheira do filho, além da valorização do trabalho, se "adapte" aos seus costumes, ou seja, à cultura germânica e católica tradicional camponesa adquirida por ela e Luís numa região de colonização alemã no sul do Brasil. De fato, para ela não importa a situação social ou financeira, mas a assimilação da cultura – visão de mundo e jeito de ser – dos pais do namorado e posterior companheiro.

Lurdes lembra que eles deixaram bem claro para o filho sobre o que pensavam em relação a esse namoro quando estava na fase inicial, e, uma vez que ele estava apaixonado por ela, a solução foi apoiá-lo nessa decisão:

> [...] tivemos uma boa conversa com ele sobre isso, quando ele deixou muito claro que amava ela e pretendia enfrentar uma vida a dois ou há quatro, porém sem planos para o amanhã. E agora estamos apoiando ele para dar tudo certo, ainda mais porque ele nos deu essa alegria de ter a nossa neta.

Mesmo lamentando que a nora, provavelmente, não vai mudar, que não vai se inserir na cultura deles, ainda assim eles procuram amar seu filho, porém não cedem no que acham ser o correto, como conta Lurdes:

> [...] não deixamos de amar o nosso filho, de apoiar, de dar e emprestar as coisas que ele precisa. Mas tudo no controle. Se a mulher dele fosse diferente, seria melhor. Mas como ela, pelo jeito, não vai mudar, vai ser do nosso jeito! Mesmo com essas dificuldades, precisamos respeitar a mulher do nosso filho. E assim a nossa família e a dele vai vivendo, buscando ser feliz.

Lurdes e Luís tem uma imensa paixão pela neta. Lurdes posta fotos quase diárias nas redes sociais dos familiares para mostrar como os avós brincam e se sentem alegres com a neta. O filho a deixa, quase todos os dias, por algumas horas com eles. Ela é linda, muita simpática, divertida, esperta e gosta de passear na casa dos avós paternos. Nesse ambiente ela recebe todos os agrados, o que, aliás, é muito comum entre avós e netos. A relação de afeto entre eles é muito intensa. Lurdes relata essa alegria: "[...] meu filho sempre trás a neta na nossa casa. Ela gosta de ficar aqui, e nós adoramos a neta! Trazer ela na nossa casa é muito bom! Seus pais ensinam os pequenos a dar amor para nós avós".

Em relação ao outro filho que a nora já tinha, o tratamento dado por Lurdes e Luís não é o mesmo, pois, em termos biológicos, não há vinculação com seu filho. É a formação e visão tradicional de que a família é constituída por laços de sangue, por isso fica mais difícil compreender e assimilar seu pertencimento a essa nova família. Além disso, esse filho não tem nada do sangue da cultura de seu filho, pois é exclusivamente do sangue da cultura hispano-indígena. Mas o filho deles o assumiu, sendo um pai para ele. Por isso, de fato, Luís e Lurdes são também avós dele, tendo, portanto, um neto e uma neta, mesmo que recebam uma atenção diferenciada.

As diferenças étnico-culturais são muito evidentes e visíveis naquela região na fronteira leste paraguaia. Os "brasiguaios" são brancos de descendência europeia, sob o amplo predomínio de alemães e italianos. Eles migraram para microrregiões onde não havia povos locais, ou os ocupantes existentes em certos espaços venderam suas terras, ou foram expulsos das suas posses, e uma minoria resistente foi isolada em seus lotes de terra. Em vastas áreas contínuas, houve uma ocupação quase exclusiva de camponeses oriundos do Brasil. Essa situação favoreceu a criação de comunidades formadas somente de trabalhadores "brasiguaios" e permitiu a reprodução da cultura encarnada e vivida em seu país de origem. Portanto, existe uma nítida fronteira social entre etnias e culturas distintas nessa região no outro lado do rio Paraná.

Esses agrupamentos comunitários formados pelos "brasiguaios" é, em certo sentido, uma prática social normal, pois a preservação da cultura se constitui em uma estratégica que fortalece a resistência numa terra estrangeira, ainda mais onde cada um precisa se virar por contra própria, sem apoio do Estado. O problema se torna grave e inaceitável quando ocorre a discriminação social aos outros povos, tratando-os como desiguais, e não os vendo como diferentes. Esse tratamento que vê os povos indígenas nativos do Paraguai como inferiores e desiguais contribui para, ou aprofunda, a marginalização social já vivida historicamente por eles nessa nação. Os paraguaios pobres são, em sua grande maioria, remanescentes dos povos indígenas. Esses sempre foram excluídos da sociedade, marginalizados na história desde o início da colonização espanhola.

Essa fronteira social entre as culturas dos "brasiguaios" e a dos povos locais, em certa medida, está sendo atenuada por parte dos filhos dos "brasiguaios", ou seja, da nova geração nascida no Paraguai. Atualmente já está surgindo a segunda geração de filhos que nascem nesse território, os netos dos brasileiros que imigraram para o país. Os nascidos no Paraguai, além de ter essa nacionalidade, têm uma maior convivência com os povos originários daquela região, principalmente por meio da escola, da diversão, das redes sociais. A necessidade de aprender o idioma e o conhecimento da história do país de nascimento e residência contribui para uma maior abertura aos povos de cultura não "brasiguaios".

Os trabalhadores rurais emigrantes foram obrigados a fazer a Carteira Nacional de Imigração, com validade de 10 anos, o que demonstra o incentivo do poder público para a entrada de estrangeiros. Eles tiveram, mediante esse registro, uma dupla nacionalidade, uma condição de cidadania que eles preservam até hoje. Mesmo depois, com a posse da identidade definitiva paraguaia, os "brasiguaios" continuam com o documento de identidade brasileiro, fato que permite a manutenção de certos direitos sociais no país de origem. Na época da mudança, a carteira de imigrante, como é chamada, era de custo elevado, equivalendo ao valor de uma vaca, como eles dizem. Embora houvesse o incentivo à imigração, até nisso o Estado paraguaio não deixava de explorar esses trabalhadores. O único apoio dado era deixá-los entrar e adquirir terras, geralmente feita junto a empresas privadas de colonização autorizadas. As gerações nascidas no Paraguai só possuem essa nacionalidade, o que contribui para a sua identificação com essa nação.

Um dos filhos de Sara e Jacó conta que se sente totalmente paraguaio, mesmo seus pais tendo nascido no Brasil, onde vive a grande maioria de seus familiares: *"[...] eu nasci no Paraguai. Aqui é a minha casa. Aqui nasci, cresci, vivo... Já são trinta e três anos que vivo aqui. Este é o meu país!"*. Se, numa Copa do Mundo de Futebol, houvesse a decisão do título no jogo final entre as seleções do Brasil e do Paraguai, ele torceria *"para o Paraguai, com certeza!"*.

Outro irmão dele, sem titubear, afirma que também torceria pela seleção de futebol paraguaia. Uma filha desse casal, que também nasceu no Paraguai, se vê igualmente pertencente a essa nacionalidade: *"[...] eu me sinto totalmente uma paraguaia. Eu me sinto uma legítima paraguaia"*. Diante de uma partida final de decisão do título numa Copa do Mundo de Futebol entre as seleções desses dois países, ela não tem dúvidas: *"[...] eu, com certeza, torceria muito para o Paraguai ganhar a partida"*.

Seu marido, que tinha 3 anos quando a família se mudou do estado de Santa Catarina para o Paraguai no ano de 1981, aquele que trabalhou uns anos no estado brasileiro de Mato Grosso, tem um sentimento de nacionalidade totalmente diferente: *"[...] eu me considero um legítimo brasileiro!"*. Seu país de nascimento é um dos fatores decisivos para essa compreensão de pertencimento, mesmo tendo vivido quase somente no Paraguai. Devido ao nascimento no Brasil, ele possui dupla cidadania. Sua companheira e os irmãos ela, diferentemente, nasceram no Paraguai. Ele conta o motivo por se considerar brasileiro:

> *[...] eu gosto do Brasil, e por ter nascido lá. Quando viajo, no Brasil a gente se sente mais seguro, sinto-me mais em casa. Aqui no Paraguai, os paraguaios são, às vezes, meio estúpidos com os brasileiros. Por isso me sinto melhor no Brasil.*

Portanto, ele aponta como fatores de sua brasilidade, além do país de nascimento, o sentimento de maior segurança no solo brasileiro. Numa partida final de Copa do Mundo de Futebol entre esses dois países, ele *"torceria pelo Brasil"*. Sua companheira aproveita para brincar com essa diferença: *"[...]*

*acho que é uma das poucas coisas que eu e o meu marido não temos em comum. Fico pensando como seria aqui em casa se Paraguai e Brasil tivessem que jogar uma final de Copa do Mundo!*

O filho mais velho de Lurdes do Luís, por sua vez, não se considera totalmente paraguaio, embora tenha nascido nesse país. A nacionalidade dos pais interfere nesse sentimento de nacionalidade, como ele diz:

> *[...] considerando que meus familiares são brasileiros e eu paraguaio, me considero 85% paraguaio e 15% brasileiro. Parece bem desequilibrado, mas é assim que me sinto. Os 15% brasileiro são por causa da cultura recebida dos pais, das notícias que vejo mais do Brasil e também pelo lugar onde moro, pois aqui na cidade a grande maioria é 'brasiguaio', lugar onde aprendi, inclusive, o idioma português.*

Ele continua a narrativa para justificar por que se sente muito mais paraguaio, um cidadão com essa nacionalidade, embora não totalmente:

> *[...] considero-me mais paraguaio por ter nascido aqui e tenho mais facilidade de acesso a emprego, escola e lugares públicos pelo simples fato de ter o documento de identidade paraguaio. O estudo na escola, obviamente, já te puxa mais a ser paraguaio.*

Quanto à torcida numa partida final de Copa do Mundo de Futebol entre as seleções desses dois países, esse filho mais velho de Luís e Lurdes não tem dúvidas:

> *[...] se uma final da Copa do Mundo fosse entre as seleções do Brasil e do Paraguai, a minha torcida seria, com certeza, para o meu querido Paraguai, mesmo sabendo que as chances de ganhar seriam mínimas. Mas é o meu país, aonde eu tenho direito a tudo que preciso por ser paraguaio, e aonde eu devo lutar! Além do mais, esse é o meu país!!!*

O filho caçula desse casal nasceu no Brasil, por isso ele tem dupla cidadania. Lurdes explica o motivo:

> *[...] o filho mais novo tem as duas nacionalidades, porque a minha gravidez com ele era de risco, e não dava para confiar nos médicos daqui, por isso fui ao Brasil para ganhar ele. Foi necessário registrar ele antes no Brasil para poder atravessar a fronteira. O filho mais velho, que nasceu no Paraguai, só tem a nacionalidade paraguaia.*

Esse filho mais novo da Lurdes e do Luís, pelo fato de ter nascido no Brasil e ter também essa nacionalidade, conta como se vê e sente: "*[...] eu me sinto uns 50% paraguaio e 50% brasileiro, porque eu nasci no Brasil, mas moro minha vida toda no Paraguai"*. Já quanto à torcida entre essas duas seleções de futebol numa partida final de Copa do Mundo, aí a nacionalidade onde ele mora se impõe: *"[...] eu sempre gostei da seleção paraguaia. Então, se houvesse uma final entre Paraguai e Brasil, sem dúvidas, eu torceria pelo Paraguai"*.

O casal Sara e Jacó, com dupla cidadania, no caso de uma partida final de futebol na Copa do Mundo entre as seleções do Brasil e do Paraguai, torceriam pelo país onde residem. Sara fala o motivo dessa preferência:

> *[...] nós dois não gostamos nenhum pouco de futebol, não entendemos nada sobre este jogo! Eu acho que nós torceríamos pelo Paraguai porque nós vivemos aqui, os filhos todos são paraguaios. Nós não torceríamos contra os filhos, porque garanto que eles torcem pelo Paraguai. O que eles querem com o Brasil, já que não vivem lá?*

Quanto ao casal Lurdes e Luís, por sua vez, caso houvesse uma partida final de decisão de título numa Copa do Mundo de Futebol entre as duas seleções, Luís torceria *"sem dúvida pelo Paraguai"*. Lurdes, com o mesmo sentimento, diz: *"[...] com certeza eu torceria pelo Paraguai"*. Depois de tantas décadas de residência nesse país, uma história de muita luta e superação, tratando-se do território onde se fixaram e usufruem o que conquistaram e ainda extraem da terra, o sentimento paraguaio é o que define a cidadania desses dois casais, mesmo tendo dupla nacionalidade.

Além de poder contar pouco com o poder público, os residentes no Paraguai possuem poucos direitos sociais reconhecidos, o que aumenta a dificuldade de demandar, junto aos agentes do Estado, acesso aos serviços sociais considerados fundamentais. Comparado ao Brasil, o Estado paraguaio tem menos obrigações sociais previstas na Constituição para promover o bem-estar da população. Existem poucas instituições públicas, e as existentes funcionam, em grande medida, muito mal, o que deixa os cidadãos à própria sorte. Muitos dos serviços públicos disponíveis, para que o atendimento seja eficiente, é preciso "agradar" os funcionários. Aos setores mais pobres só restam algumas ações públicas na área da assistência social, o que os torna reféns de políticos oportunistas e conservadores.

Um problema social mais sentido pelos cidadãos do Paraguai é o acesso à saúde pública, que é, basicamente, ofertada pela iniciativa privada. Os agricultores de poder aquisitivo maior pagam planos privados de saúde. O que há de público no setor é insuficiente para a demanda, além de ser de baixíssima qualidade. Restam às famílias "brasiguaias" duas saídas na procura desse serviço: pagamento ou busca de atendimento no Brasil mediante o Sistema Único de Saúde (SUS). Os nascidos no Brasil fazem questão de manter a dupla cidadania, com isso eles conseguem acesso ao atendimento gratuito. A família de Luís e Lurdes possui plano privado de saúde, enquanto a família de Sara e Jacó paga por todos os serviços de atendimento. Ninguém dessas famílias foi até hoje ao Brasil para ser atendido pelo SUS.

Outro problema social sensível na vida dos agricultores "brasiguaios", e que faz muita diferença, é a inexistência da aposentadoria para os trabalhadores rurais. Esse é um exemplo de um direito social que a população do campo de nacionalidade paraguaia não possui. À medida que a idade avança e as forças para o trabalho diminuem, além das complicações crescentes na saúde, os trabalhadores que labutam na terra precisam sobreviver até o fim da vida exclusivamente da renda dela. Esse fato é mais sentido pelos trabalhadores com pouca terra no Paraguai, pois eles chegam à fase da velhice com pouco capital acumulado. Sem aposentadoria e com serviço de saúde pública precária, os cidadãos se veem abandonados na fase final da sua vida, período em que mais precisam de amparo do poder público.

As famílias de Sara e Jacó e de Lurdes e Luís tiveram muitas conquistas que lhes proporcionam uma vida de conforto na fronteira leste paraguaia, mas, ressalte-se, uma condição obtida com enorme sacrifício, passando por privações de toda ordem, derramando muito suor e lágrimas, e as vezes até sangue. Além desses percalços cotidianos, alguns membros dessas famílias vivenciaram certas situações mais agudas de dor, como foi o caso de Jacó que levou uma pisada de um touro. Outro fato aconteceu com Luís, que levou um susto durante o trabalho na construção de um imóvel, uma ocorrência que poderia ter-lhe custado a vida. Lurdes narra esse episódio acontecido no ano de 1991, tempo em que ainda eram solteiros:

> *[...] o Luís estava trabalhando numa construção e, num dado momento, ele tocou na betoneira e ficou grudado no seu volante. Todos os serventes que viram isso começaram a gritar, sem saber o que estava acontecendo e o que fazer. Até que um trabalhador de apelido Negão lembrou-se de tirar a fiação elétrica da tomada para interromper a energia que movia o motor da betoneira. O Negão também teve a ideia de enterrar ele na areia para tirar a carga elétrica do seu corpo e também segurava o seu pulso para acompanhar o estado da saúde dele. Aos poucos ele foi recuperando a consciência e aí o levaram para a farmácia, mas ele ainda estava todo fora de si, confuso, tonto, em estado de choque.*

Há outro fato que por pouco não ceifou a vida do filho mais velho do casal formado por Luís e Lurdes. No final da tarde, voltando do serviço de uma empresa, ele bateu de frente com a moto num carro que estava atravessando a rodovia. Esse fato aconteceu na cidade natal de sua companheira. Lurdes narra esse acidente:

> [...] o acidente de moto foi no dia 23/02/2017. Nós já a tempo falávamos para ele maneirar no acelerador, pois poderia acontecer uma tragédia, onde ele poderia ficar numa cama para sempre, e nós também iríamos sofrer com isso. Mas ele sempre foi de levar tudo na brincadeira, não levava a sério o que nós dizíamos que um dia poderia ser verdadeiro. Desde os 18 anos ele trabalha numas empresas, e ele ficava com o dinheiro que recebia, e foi aí que ele quis e comprou uma moto.

O pressentimento da mãe em relação aos filhos é algo que precisa ser considerado. A vida começa dentro do corpo da mãe, alimenta-se desse organismo, o que gera uma vinculação íntima que se mantém, em boa medida, após o nascimento. Lurdes conta o que pressentia:

> [...] mas o meu sentimento era que alguma coisa num dia iria acontecer... Quando eu o via saindo de casa acelerando aquela moto potente, eu pensava que em seguida viria uma chamada de notícia triste. E um dia isso aconteceu, quando ele bateu de frente num carro e se machucou muito. Ele escapou da morte por muito pouco!

Lurdes faz questão de narrar como recebeu a notícia do acidente e quais foram os primeiros procedimentos tomados pelos agentes de saúde:

> [...] enquanto caminhava ouvindo música no celular, as 18:39 horas a música parou e era por causa da ligação do médico. Ele falou: "seu filho se acidentou". Eu fiquei tranquila, porque eu sabia que um dia isso ia acontecer. Naquele dia eu estava com dor de cabeça, aí falei para o outro filho que algo de ruim ia acontecer, eu tinha uma sensação que não era boa. Perguntei ao médico como ele estava. Aí ele disse: "ele está bem. Ele pode ficar no hospital daqui". Era um hospital de primeiras emergências. Aí falei que não queria deixar o meu filho neste hospital, porque nós temos um convênio com um hospital em outra cidade. Falei para levarem ele para lá e fazer o possível até a nossa chegada, porque nós íamos demorar devido à distância.

Essa família é frequentadora da Igreja Católica. Quanto ao acidente de moto, Lurdes recorda a fé manifestada pelo outro filho que, ao saber do ocorrido, não deixava de rezar e torcer pela recuperação do seu irmão desse fato assustador, principalmente ao perceber, depois, o quadro em que ele se encontrava, com o corpo quebrado, ossos expostos, rosto deformado...! Lurdes segue compartilhando o ocorrido:

> [...] o que mais me marcou foi o seguinte: quando eu cheguei em casa da caminhada, o outro filho já estava me procurando. Eles estavam na roça, aí, ao saber do acidente, liguei para o Luís, com isso os dois voltaram logo e chegaram antes em casa do que eu. Quando cheguei, o filho estava aí parado, e perguntou: "mãe, posso ir junto?". Eu não acreditei que fosse um acidente tão grave assim, de risco de morte. Aí falei para ele: "não, você fica em casa para tratar os animais".

Ela continua o relato que foi muito marcante na história dessa família:

> [...] mas ele continuava chorando e estava com uma santinha na mão que eu comprei para ele quando tinha quatro aninhos. Estava aí parado chorando e insistia: "eu quero ir junto"! Aí o Luís falou: "sim, você também vai". Aí fomos nós três. No hospital, nós estávamos parados no correr querendo saber notícias, e ele com a santinha na mão. Isso foi algo muito marcante!

Lurdes conta a confiança do filho no poder da santinha no período em que o irmão estava internado no hospital:

> [...] quando o filho acidentado saiu da UTI, onde ele ficou dois dias, e foi para o quarto, aí o outro filho falou: "mãe, eu vou deixar ela aqui"! Ele deixou a santinha parada em cima da mesinha no quarto do hospital. Os dias em que ele ficou internado, a santinha ficou junta no quarto!

Ela conclui a narração do episódio que lhes proporcionou um grande susto, agora falando da recuperação impressionante tida pelo seu filho, algo que impressionou os próprios médicos:

> [...] os médicos nos parabenizaram pela nossa fé. Eles falaram: "nós vimos logo que vocês são de uma família de muita fé, por isso tudo deu muito certo". Todas as cirurgias, toda a recuperação... isso era impressionante, inexplicável para eles! Era uma coisa de Deus! No começo, as expectativas eram de seis a sete cirurgias, e foram apenas duas. A recuperação dele foi mesmo um milagre de Deus! Aí se vê o valor da fé que a gente tem, ela é algo muito forte que aprendemos dos nossos pais.

Lurdes, embora fazendo críticas ao comportamento do pai, reconhece e elogia os bons ensinamentos recebidos. Mesmo Luís e sua companheira, muito ativos na igreja local, os filhos já têm outra forma de participação, menos assídua, um comprometimento menor com os deveres religiosos. Lurdes registra essa observação, e procura compreender e respeitar essa prática religiosa dos filhos:

> [...] pelo que eu vejo, os filhos não vão seguir a nossa fé, pelo menos não da mesma forma. Porque, aos poucos, parece que vai apagando aquela vela! As coisas mudam muito. Mas, com fé, nós estamos rezando para que tudo aconteça da melhor forma possível. Tudo tem o seu tempo para fazer com que os filhos também sigam a vida de forma correta. Não vamos forçar nada, porque eles já são adultos, são eles que escolhem o seu caminho.

Para quem trabalhou pesado desde a infância, a tendência é o surgimento precoce de problemas físicos à medida que avança a idade. É o caso de Luís que apresentava problemas sérios na coluna e estava praticamente proibido pelos médicos de continuar o trabalho na terra. Na verdade, ele já vinha tratando desse incômodo na coluna há muitos anos, e o tratamento não impediu que se agravasse. Sua companheira conta o que os médicos orientaram, no início do mês de julho de 2020:

> [...] ontem nós fomos em dois médicos por causa das queixas sobre dores sofridas pelo Luís. Os médicos especialistas sobre nervos e coluna falaram sem rodeios que o Luís não deve mais trabalhar! Falaram tudo o que eu sempre dizia para ele, que devia se cuidar mais, trabalhar menos. Eu sempre percebi que, após o tempo do plantio e da colheita, período de muito trabalho, ele tinha dores nas costas. Os médicos foram rígidos com ele! Agora ele vai ter que mudar a sua rotina.

Luís se encontra em aposentadoria forçada! Os dois casais "brasiguaios" que fincaram raízes na região de fronteira em solo estrangeiro também têm muitas alegrias vivenciadas nesse tempo. Além do considerável conforto proporcionado pelo trabalho na terra que desfrutam, houve momentos prazerosos nessa história que ficaram mais retidos nas lembranças. Uma alegria foi a viagem de Sara e Jacó para a Alemanha. Para eles, que praticamente só conheciam a região fronteiriça do noroeste do estado do Rio Grande do Sul até o leste paraguaio, essa viagem para a Europa foi algo inusitado e inesquecível. Sara conta como foi a viagem, uma experiência muito merecida para esses dois guerreiros:

> [...] dois alemães – pai e filho – da Alemanha têm terra na região onde nós moramos, e eles são nossos amigos. Eles sempre nos

> *visitam quando vem para o Paraguai. Um dia eles falaram que nós devíamos ir visita-los na Alemanha. Eles prometeram pagar as passagens de ida e tudo na Alemanha seria por conta deles. Nós aceitamos. Fomos conhecer muitas cidades e lugares lindos, inclusive o local onde partiu o navio que trouxe os nossos antepassados para o Brasil. Foi tudo maravilhoso, tudo muito diferente! Para começar, foi a primeira vez que viajamos de avião. Foi tudo muito emocionante, inesquecível.*

Esses alemães amigos da família de Jacó e Sara tem uma área pequena de 130 hectares de terra, e que é plantada por essa família. Esses europeus gostaram da terra da região e gostam de viajar para lugares onde a natureza ainda mostra o seu esplendor. Há outros alemães de classe média, assim como eles, que possuem uma pequena ou média área de terra com a finalidade de curtir e conservar a mata nativa, cuidando da fauna e da flora, e que os motiva a viajar e fazer passeios nesse território. Por outro lado, existem muitos alemães ricos no Paraguai com espírito capitalista, proprietários de grandes áreas de terra toda desmatada para a produção de soja para a exportação. Há localidades, inclusive pequenas cidades, onde a maioria da população é formada de alemães, de proprietários das terras da redondeza.

O casal Luís e Lurdes, por sua vez, também traz na lembrança momentos de alegrias marcantes, inclusive dignas de comemoração. Um momento de euforia foi a festa de surpresa que Luís preparou para o aniversário de Lurdes no mês de março de 2004, como ela narra:

> *[...] eu estava fazendo pipocas, quando olhei para fora, estava cheia de gente. Foi muito emocionante! Eu me via perdida, não sabia o que fazer, que comida eu ia preparar... Eu comecei a chorar de emoção! Aí o Luís falou: "esta festa é em agradecimento pelo fato do filho mais novo ter nascido com saúde".*

Lurdes conta as possíveis complicações que ela poderia ter na gestação do segundo filho por causa dos seus problemas de saúde:

> *[..] durante a gravidez existia a preocupação, porque eu sempre tinha problemas de cisto, com as trompas fechadas. Eu sozinha fui numa cidade próxima fazer um exame que se chama histerossalpingografia e um médico procurou abrir as trompas por baixo. Eu sangrei que nem um bicho, eu sofri muito, tudo porque eu queria ter mais um filho. O Luís sempre falava: "vamos ficar com esse um, porque você já tem problemas de saúde". Mas eu queria muito ter mais um, eu dizia: "não, nossa família é muito pequena, eu quero mais um"!*

Porém essa tentativa do médico de possibilitar uma nova gravidez não deu certo, e aí ela resolveu fazer o tratamento com outra médica indicada que trabalhava no Brasil, como relata:

> *[...] com esse exame e intervenção, o médico falou: "infelizmente não foi possível abrir, vamos ter que abrir pela barriga". Aí fui numa médica indicada numa cidade na região do Brasil onde mora a mãe do Luís, e ela falou que eu teria possibilidades de engravidar sem cirurgia. Ela me passou um remédio, e no mês seguinte eu já fiquei grávida sem precisar fazer nenhuma cirurgia.*

Havia também o desejo e a pressão do único filho deles para ter um irmão, querendo companhia, pois ele se sentia muito sozinho junto aos dois adultos, que eram seus pais e que trabalhavam muito. Lurdes conta:

> *[...] o filho mais velho foi crescendo e querendo um irmão para jogar bola. Mas estava difícil por causa dos meus problemas de saúde. Só depois de muitos tratamentos e com muita fé em Deus que consegui engravidar. Eu consegui dar essa alegria também para ele.*

A festa foi comemorativa, uma forma de compartilhar com os amigos essa alegria por ter dado tudo certo, resultado da luta dela: no mês anterior, nascera o segundo e desejado filho. São as ironias da vida, pois a gravidez com o primeiro filho não estava nos planos, época em que ainda estavam solteiros, e provocou muita angústia ao casal e conflitos com seus pais. Agora não, como conta a Lurdes:

> *[..] por isso foi feita de surpresa aquela festa de aniversário, ela foi realizada em agradecimento, de felicidade porque deu tudo certo! Nosso segundo filho nasceu lindo e saudável! O Luís tinha encomendado num restaurante tudo para a janta, e eu não precisei fazer nada.*

Muitos anos depois, houve uma inversão, dessa vez Lurdes fez uma festa de aniversário surpresa para Luís, conseguindo, inclusive, que os pais e irmãos dele viajassem do Brasil para estar presentes e prestigiar essa iniciativa. Ela relembra como aconteceu esse evento festivo:

> *[...] foi num domingo, acho que foi no dia 20 de outubro de 2013. Era a festa do arrancadão (corrida tradicional de tratores) quando organizei a festa de surpresa. Comprei dois porcos assados no rolete, e estavam incluídas as bebidas e saladas. Convidei os pais do Luís, e eles confirmaram que vinham. Também convidei as irmãs e irmãos dele. Quando todos os convidados tinham chegado, eu*

> pedi para os meus parentes e amigos ficarem escondidos na sala da casa, e os familiares do Luís num quarto. Os carros ficaram escondidos atrás das construções.

Lurdes conta como conseguiu surpreender Luís, deixando-o muito feliz e emocionado:

> Luís estava trabalhando na organização das mesas para o almoço da festa do arrancadão. Quando tudo estava pronto, eu pedi para um amigo que estava com ele para que o enviasse para casa que eu precisava da ajuda urgente dele. Quando ele chegou, eu fui receber ele e, quando estava na entrada da casa, eu abri a porta, e estava todo esse pessoal amontoado na sala, quietinho. Mas os pais e irmãos dele ainda estavam escondidos. Todos os que estavam na sala lhe deram os parabéns pelo seu aniversário. Ele estava muito emocionado!

Ela conclui a narrativa sobre a reação do marido diante da festa de surpresa, principalmente ao avistar seus familiares, fato que aumentou a sua emoção, deixando-o em estado de choque:

> [...] quando saíram os seus pais e irmãos do quarto, ele abriu a boca e não sabia o que dizer, o que fazer, ele quase desmaiou! Depois ele passou muito mal de tanta emoção! Nós tivemos que dar banho nele, a mãe dele teve que fazer massagem! Aí ele falou: "e agora, o que vamos fazer?". Aí falei que estava tudo organizado, reservado, que era só mandar trazer a comida e a bebida. Depois fiquei preocupada com o gasto que fiz, porque ficou caro. Mas ele falou: "uma coisa dessas nenhum dinheiro paga". E até hoje ele me agradece pela surpresa.

Se o casamento de Lurdes e Luís foi muito tenso no ano de 1994, o Jubileu de Prata, comemorado no ano de 2019, foi com muita leveza, alegria, prazer, entusiasmo e romantismo. Lurdes compartilha como foi essa comemoração:

> [...] nós festejamos o Jubileu de 25 anos como lua-de-mel nas praias de Natal-RN. Vivemos momentos de muito romance, momentos muito bons de renovação do nosso casamento. No dia do aniversário de casamento, que foi em 17 de agosto, nós já estávamos de volta, e celebramos uma missa de gratidão com uma bênção especial dado pelo padre.

A única lamentação de Lurdes foi que *"naquela missa fez falta a nora e os netos"*. A ausência está, provavelmente, associada aos conflitos vividos entre eles. No entanto os dois filhos estavam na missa solene. Está entranhado na cultura camponesa o apreço à família. Algo que acontece com frequência são as visitas que as duas famílias residentes no Paraguai fazem aos familiares, parentes e amigos na sua região de origem no território brasileiro. O movimento contrário também ocorre, as visitas que recebem de gente do Brasil. No início era comum fazerem o trajeto pelo estado do Paraná, o que representava uma volta enorme, tornando as viagens longas e demoradas. No decorrer da década de 1990, com a criação do Mercosul, a passagem pela Argentina foi facilitada, o que encurtou pela metade o trajeto. Atualmente esse percurso é feito no tempo de seis horas; saindo cedo pela manhã, o almoço já poderá ser feito no local de destino.

As visitas entre os familiares e amigos eram essenciais nos primeiros anos de moradia dos irmãos na fronteira paraguaia, uma forma de enfrentar e amenizar a solidão vivida no meio da selva. Hoje, com as famílias constituídas no solo estrangeiro e se ampliando com o nascimento dos netos, a solidão, as saudades e o desejo de rever as pessoas caras deixadas no Brasil não é mais a mesma. Mesmo assim, os familiares dos dois países ainda fazem questão de se visitarem com frequência. Entre essas visitas, há uma que é mais formal: é o encontro realizado todo o final de ano no período entre o Natal e o início do Ano Novo. É um tempo especial de confraternização, de cultivo dos laços de afeto, de fortalecimento do sentido do viver entre os familiares.

Na atual dinâmica da vida de desfrute das conquistas obtidas com o trabalho na terra e local de moradia por parte dos casais que ingressaram no início da década de 1980 na fronteira paraguaia, a convivência com os netos é uma das alegrias. Assim como Luís e Lurdes curtem seus dois netos, especialmente a neta, o casal Jacó e Sara também demonstra muita satisfação em poder conviver com seus cinco netos. É a segunda geração que está nascendo no Paraguai, simbolizando a afirmação dos casais "brasiguaios" no território vizinho. Além disso, os avós hoje dispõem de maior abertura afetiva e de tempo para dar a devida atenção e carinho aos netos quando comparado aos filhos no tempo em que eram crianças. Em certo sentido, parte do afeto não dado aos filhos, quando eram pequenos, devido à situação vivida na época, agora é dada em abundância aos netos, com isso agraciando os próprios filhos. As famílias de Júlia e Jairo ainda não têm netos para curtir.

A filha casada de Jacó e Sara relata a alegria manifestada pelos pais a cada neto que nascia:

> [...] foi uma grande alegria para os meus pais quando eles ficaram vovôs pela primeira vez. Isso aconteceu no dia 06 de março de 2006 quando nasceu o meu primeiro filho. O vovô disse, brincando, ao ver o seu primeiro neto: "um gurizinho para ajudar o vovô na roça". A cada guri nascido, o vovô ficava muito feliz, e sempre dizia: "mais um gurizinho para ajudar o vovô quando ficar grande". Depois veio a neta, que é o meu terceiro filho, e os avós também ficaram muito felizes, principalmente a minha mãe, isso porque ela queria muito uma menina. Eles não conseguem ficar longe dos netos, pois eles são a alegria deles.

Os filhos e as filhas avaliam com admiração a coragem dos pais de terem se aventurado no mato em terras paraguaias para iniciar, em meio a enormes dificuldades, seu projeto de vida na busca de um pedaço de terra para trabalhar e viver dignamente. Esse esforço gigantesco, que se reveste de uma verdadeira saga, é reconhecido e valorizado pelos filhos e filhas, uma resistência e sacrifício que eles aplaudem e se sentem agradecidos pelas conquistas obtidas que também desfrutam. Uma das filhas de Sara e Jacó destaca as conquistas alcançadas pelos pais e tios e tias que tiveram a ousadia de deixar tudo para trás e se lançar para o outro lado do rio Paraná:

> [...] a vinda deles para o Paraguai, eu achei muito bom. Pelo que eles sempre contam, foi também bom para eles, valeu a pena. Se não tivesse valido a pena, eles não teriam ficado e progredido no Paraguai, isso tanto o meu pai, assim como os tios Luís e o Lauro. Este também estava bem aqui, depois ele e a Júlia decidiram voltar para o Brasil mais para cuidar dos avós. Acho que se o pai e a mãe não tivessem vindo para o Paraguai, nós não teríamos tudo o que temos hoje.

Ela admira a bravura de seus pais por terem enfrentado todas as dificuldades, pela resistência demonstrada em meio às inúmeras adversidades para auferirem condições de vida no campo que não teriam no solo brasileiro:

> [...] admiro nos pais a coragem que tiveram de procurar uma vida melhor! Eles são pessoas trabalhadoras, guerreiras, nunca mediram esforços para conseguirem o bem da família. E isso eles são até hoje. Eles são um exemplo para nós filhos. Meus pais têm um pensamento muito positivo! Deu certo para os meus pais, por isso vieram depois também dois irmãos do meu pai. Apareceram muitas pedras no caminho, mas passamos por todas com a cabeça erguida!

Um dos filhos de Jacó e Sara também admira e elogia os pais por tudo o que enfrentaram sem esmorecer e o que conquistaram por meio do trabalho na terra para terem o conforto que possuem:

> [...] o que a gente admira nos pais é que há muito tempo atrás eles vieram aqui no mato, e não era nada fácil para eles. Vieram para tentar vencer na vida! De certo modo eles venceram! Eu acho que é uma vitória o que conseguiram! Eles têm hoje coisas que são deles, que conquistaram aqui. Eles vieram para cá e se arriscaram, e tudo mais, num país desconhecido. Eles nem sabiam direito o idioma deste país. Até hoje é complicado para a minha mãe entender o idioma espanhol. Não é fácil vim para outro país, se colocar no escuro com uma ou duas mudas de roupa, e olha lá, e trabalhar dia e noite sem desanimar!

Esse filho recorda a dedicação e o sacrifício empreendidos por seus pais no trabalho, algo que ele chama de loucura:

> [...] a mãe falou que eles cortaram menta de noite em lua cheia, trabalhando até tarde, até meia noite ou 1:00 hora da madrugada. E de manhã cedinho já estavam em pé outra vez. Isso é loucura! Isso tudo foi feito para dar um conforto para a família, para terem o melhor para eles próprios e também para nós filhos, isso foi naquela época quando ainda éramos crianças.

Ele conclui encontrando dificuldades para achar as palavras corretas para expressar o esforço desmedido dos pais para iniciar uma vida nova na fronteira em território paraguaio: *"[...] o que a gente tem para dizer... Não tem palavras...!!! Isso não é para qualquer um! Eu admiro isso neles, a coragem que tiveram... e até hoje eles têm coragem de lutar pelo que querem".*

O filho caçula do outro casal – Luís e Lurdes – também é um admirador de seus pais por causa da luta empenhada para conquistar o que apenas era um sonho no Brasil, mesmo não tendo certeza se isso se realizaria em solo estrangeiro:

> [...] eu admiro muito o meu pai pela coragem, persistência e fé que ele teve para correr atrás de um futuro melhor, mesmo sendo algo muito difícil e inseguro para ele. Admiro muito a sua força de vontade, o quanto que ele lutou para conseguir o que tem hoje, o quanto que trabalhou roçando mato, comendo polenta, tomando água quente... E com todo esse esforço, ele não sabia como ia ser o seu futuro. Ele tinha bem pouco dinheiro, era muito novo quando chegou no Paraguai, estava com muitas saudades da família e trabalhava muito. Muita gente não aguentou isso, mas ele foi até o fim, não desistiu!

Os filhos sabem dessa parte da história dos seus pais. Eles a contaram e ainda a relembram para que sirva, inclusive, como meio de educação para que seus filhos encarnem esse espírito de dedicação e resistência para alcançar os sonhos desejados. O segundo filho de Lurdes e Luís continua o relato recordando o que lhe contaram sobre a saga vivida pelo seu pai:

> [...] depois de um ano de muito trabalho, ele conseguiu certo dinheiro e voltou para a casa de seus pais fazer uma visita porque ele tinha muitas saudades da família. Ele conta que ficou lá um mês, e neste tempo engordou 10 Kg, isso porque ele finalmente tinha algo melhor para comer do que simplesmente polenta. Ele não queria mais voltar para o Paraguai, mas a sua perseverança fez com que ele voltasse e conseguisse crescer na vida.

Luís quase não retornou ao Paraguai após o primeiro ano de trabalho, como confessa seu filho. A desistência teria sido uma atitude normal, considerando tudo o que ele passou nesse tempo no interior do mato, uma decisão que inúmeros outros camponeses tomaram. O filho caçula, da mesma forma, fica encantado com a bravura de sua mãe, o trabalho exercido por ela na roça e em casa enquanto mulher:

> [...] a história da minha mãe não é algo muito diferente. Admiro a força de vontade que ela teve para ajudar a trabalhar pesado. Ela teve que trabalhar muito, mesmo sendo mulher. Ela teve que trabalhar com os seus irmãos na roça e ainda tinha que ajudar dentro de casa.

O filho mais velho de Lurdes e Luís, igualmente, recorda, reconhece e elogia o espírito de luta dos pais para conseguirem perseverar na vida, realizando sonhos mediante muito esforço e sacrifício no trabalho agrícola, e sem nunca perder a conduta ética e os valores em tudo que envolvia a sua vida:

> [...] eu vejo a forma como veio meu pai para o Paraguai como um ato de heroísmo, pois muito jovem ele saiu da sua casa, começou do zero e conquistou tudo com o seu próprio suor. Pelo que me contou, ele sofreu muito no início por causa da falta de recursos financeiros. Mas eu vejo que todo sacrifício tem uma recompensa!

Ele considera o pai um exemplo de vida, uma inspiração para a luta pela conquista do projeto de vida almejado, buscar ser autônomo e assumir o protagonismo na construção do seu destino:

> [...] eu mesmo me espelho muito na história do meu pai por causa da independência que ele assumiu desde muito cedo. Acho que carrego isso comigo. No meu ponto de vista, essa atitude é boa, porque ajuda a amadurecer e ter noção das responsabilidades que a vida te coloca.

Esse filho mais velho, assim como o seu outro irmão, enaltece também o espírito guerreiro de mãe na luta perseverante para conquistar aquilo que traçava como meta, uma mulher abnegada no trabalho, sempre com a conduta balizada em valores edificantes da condição humana, além de ter suportado o caráter autoritário de seu pai no tempo em morava com ele e sua mãe:

> [...] a minha mãe não contou muito da sua história do passado, mas todos os estrangeiros que vieram para o Paraguai tiveram que trabalhar feito heróis para desmatar a terra e poder produzir alimentos com poucos recursos. Eu sei que a minha mãe conta que trabalhava como um homem, e que o seu pai era bem chato, carrancudo, exigente. O seu passado mexeu muito psicologicamente com ela.

Ele termina a narrativa sobre a vida dos pais na busca do sonho negado no Brasil e alcançado em solo estrangeiro no outro lado do rio Paraná, dizendo:

> [...] eu me orgulho muito pelos meus pais terem uma história honesta, responsável, ética, sem maldade, e de terem sempre muita vontade de trabalhar e progredir. Com vontade e dedicação você vai longe! Por isso eles alcançaram o conforto merecido que vivem hoje!

A filha do casal Júlia e Lauro, da mesma forma como os filhos dos outros casais, admira a coragem que os pais tiveram de emigrar para começar a vida no mato estando desprovidos de tudo, assim como a luta de resistência empreendida para enfrentar os inúmeros obstáculos que encontraram pelo caminho nesse tempo em que moraram nas terras paraguaias. Ela relembra o que ouviu dos seus pais:

> [...] o pai e a mãe caminhavam quase 15 km para comprar o que faltava no mato onde moravam. Às vezes, durante esse trajeto, eles pegavam chuva. As mercadorias compradas eram colocadas numa bolsa e levadas nas costas. Depois, quando eu nasci, aí eles tinham algo a mais para carregar quando iam à vila. Mais tarde eles tinham um cavalo com carrocinha, quando ficou um pouco mais fácil para fazer esse caminho. O fogão à lenha era um buraco na terra, as formas de pão eram latinhas de azeite, o rolo de massa era um bambu. Os bichos eram espantados de noite com fogo. Nas primeiras noites eles não conseguiram dormir por causa do medo dos animais ferozes que existam naquele mato.

Essa filha também recorda o que sua mãe falava sobre a angústia que passava por causa do trabalho de motosserra de seu pai, uma atividade de alto risco:

## A VIDA NA FRONTEIRA

> [...] quando o pai derrubava as árvores no mato com o motosserra, a mãe ficava rezando por causa do medo dele se acidentar. Após ouvir o barulho da caída da árvore, e em seguida ouvia o motosserra novamente roncar, aí era sinal de que o pai estava bem, e ela ficava aliviada.

O ronco do motosserra após a queda de cada árvore era um alívio para a Júlia. Essa única filha do casal fala porque seus pais encaram essa aventura, assim como qual foi o motivo da desistência e do retornado para a casa e terra onde vivia a sua mãe até o dia do casamento:

> [...] meus pais escutaram que a vida no Paraguai seria muito boa. Eles estavam no início do seu casamento, eles precisaram construir a sua própria vida, por isso decidiram ir trabalhar lá. Depois de vários anos de muita luta e sofrimento naquele país, eles voltaram no ano de 1995. Eles tomaram esta decisão porque a vovó e o vovô gostariam que meus pais e eu viéssemos morar com eles, aí aceitaram o pedido deles.

Os dois casais de irmãos que se afirmaram com suas famílias na fronteira leste do Paraguai não se arrependem da aventura. Mesmo tendo enfrentado muitos percalços, travado muitas pelejas, o balanço é de que valeu a pena todo esse esforço, admitindo que o sonho foi, em boa medida, realizado. Contudo as facilidades poderiam ter tido mais espaço em suas vidas nesse tempo se o poder do Estado tivesse cumprido com a sua finalidade, ou razão de ser, assim como se os agricultores não sofressem tanto com a exploração a que estão constantemente submetidos numa sociedade capitalista em que os agentes econômicos controladores do mercado se impõem sobre as classes trabalhadoras.

Sara avalia da seguinte forma a sua decisão de iniciar uma nova vida numa frente de expansão agrícola em solo paraguaio quando tinha 19 anos de idade:

> [...] eu não estou arrependida de ter vindo para cá. Muitos achavam que a gente estava perdida, mas não é isso. Paraguai fica logo ali. Ninguém deles tinha feito uma viagem estrangeira, por isso essa gente achou que era um lugar perdido, que era o fim do mundo, que nós íamos desaparecer por ser um outro país. Mas até hoje eu não estou arrependida por estar aqui no Paraguai. Não estamos sumidos, porque o Rio Grande do Sul, o Brasil, fica logo ali. Em poucas horas a gente está na casa da minha mãe. Nos primeiros anos era ruim, era demorado, mas hoje é bem mais fácil fazer esta viagem.

Sara reforça seu balanço favorável diante da proeza de ter encarado essa aventura no mato do país vizinho em condições iniciais extremamente adversas:

> [...] talvez muitas pessoas pensam que eu estou arrependida por ter ido morar num outro país. Não estou arrependida! O Jacó também não está. Nossos filhos gostam daqui. Estamos bem aqui! No Brasil, onde nós íamos conseguir as coisas que temos aqui no Paraguai?

Ela imagina como estaria hoje vivendo com Jacó em território brasileiro se não tivesse emigrado para o Paraguai, estimulada por seus pais e seu companheiro:

> [...] se eu e o Jacó não tivéssemos ido para o Paraguai... o que nós íamos fazer no Brasil? O que íamos começar lá naquela época? Nem lugar para morar nós tínhamos lá. Não tínhamos nada! Tanto que fomos para o mato no Paraguai com as mãos vazias!

Sara não pensa no momento em um dia voltar a morar no Brasil. Esse retorno não está em seus planos, embora ela deixe transparecer que essa mudança não está totalmente descartada:

> [...] eu não penso de um dia voltar a morar no Brasil. Eu decidi que não, pelo menos por enquanto. Isso porque tudo o que temos nós conseguimos aqui no Paraguai. Agora abandonar tudo e ir de novo ao Brasil, isso por enquanto não.

Ao mesmo tempo, ela fecha a janela de um possível retorno ao país de origem e reafirma seu projeto de viver com a sua família no Paraguai, país que já abraçaram como sua nação e lugar onde conseguiram acesso à sonhada terra:

> [...] se a gente voltar para o Brasil, eu não saberia o que fazer. Aqui não tem aposentadoria, nada dessas coisas de direitos, mas aqui a terra produz mais, com isso temos a nossa renda para viver.

Sara teve o trabalho como principal lema na sua vida desde a infância, e é difícil pensar em largar o serviço e viver sob o tempo e o ritmo comandado pelo descanso:

> [...] aqui eu tenho as minhas vaquinhas. Eu ajudo a tirar leite. Sempre, de manhã, sempre, sempre desde pequena eu faço isso! Desde casada eu levanto entre três a quatro horas da manhã, ultimamente as cindo horas, eu levanto e vou tirar leite. Ninguém me vê cedo na cozinha, porque estou sempre na estrebaria antes

> do sol nascer. Só quando viajo, aí não! De tarde é a mesma coisa, só não faço esse serviço quando saio, às vezes, no fim de semana para jogar baralho, que acontece umas duas vezes por mês. Eu me criei assim, e não posso largar esse serviço. Enquanto eu posso... não sei, não está certo se eu não faço esse serviço! Esse trabalho faz parte de mim!

Mas o desafio dela, à medida que as forças vão se esvaindo, é trabalhar menos e descansar sempre mais, cuidar da saúde e curtir o companheiro, filhos, netos, familiares, amigos, apreciar a natureza. Mesmo não sendo fácil deixar de fazer o que sempre foi central na sua vida, uma prática imanente ao jeito de viver a identidade camponesa, o desafio é, com o avanço da idade, mudar, dar-se o tempo para desfrutar com satisfação e prazer aquilo que ela e Jacó conquistaram com o trabalho exaustivo acompanhado de suor e lágrimas.

Luís, por sua vez, faz igualmente um balanço positivo de sua aventura iniciada quando tinha apenas 17 anos. Ele nem imaginava que conseguiria uma condição de vida tão boa, ou seja, ele foi além do próprio sonho que o levou a emigrar. Ele compartilha a sua satisfação de ter alcançado o que era desejado, uma verdadeira façanha:

> [...] estou muito satisfeito por ter ido trabalhar e morar no Paraguai. Se fosse necessário, eu ia começar tudo de novo! Sinto-me muito feliz! Eu não pensava que ia conquistar uma situação financeira tão boa, principalmente quando se pensa no começo do trabalho aqui, que foi tão difícil. Sim, hoje eu me sinto muito feliz!

Não pode ser esquecido que ele quase desistiu em continuar no Paraguai após o primeiro ano de trabalho, como confessou seu filho mais novo. Mas o espírito de peleja falou mais alto no interior da sua alma! Luís continua avaliando a situação da sua vida no momento e, um pouco mais cometido, ele confessa que está do jeito que ele queria, desejava, sonhava quando deixou os familiares e amigos para trás no Brasil e se aventurou no território paraguaio, uma vitória improvável de ser materializada:

> [...] em termos de bem-estar, só posso falar que estou completo, acho eu! Não me falta nada para viver bem! Está do jeito que eu pensava, com família maravilhosa, casa boa, carro bom, terra suficiente e sempre com um pouco de dinheiro. É isso que a gente sonhava, e que agora tem!

Ele, ao se imaginar vivendo hoje no Brasil, caso não tivesse emigrado ou desistido, acredita que estaria vivendo uma realidade pouco confortável, muito diferente da situação que desfruta no Paraguai:

> [...] eu tenho dó dos que ficaram no Rio Grande. A gente também podia estar numa situação igual a deles se tivesse ficado lá. Eu acho que estaria trabalhando por um salário mínimo, trabalhando como diarista... não se sabe como seria. Eu não tinha estudo, eu não gostava de estudar, os pais tinham pouca terra... Se eu tivesse ficado no Brasil, me imagino como eles estão vivendo. Eles vivem, mas com dificuldades, não têm muitas coisas que precisariam para ter uma vida com mais conforto!

Diante de tudo o que ele fez, em 37 anos na agricultura na região de fronteira no outro lado do rio Paraná, uma prática confessa que mudaria, pois sente as consequências pelo que fez e deixou de fazer:

> [...] se eu era para começar de novo, só uma coisa eu mudaria: eu cuidaria mais da minha saúde. Eu sempre pensei que não era assim, não acreditava que poderia me prejudicar tanto através do trabalho, ter problemas de saúde, ficar doente. Hoje eu ia cuidar mais da minha saúde.

Ele tem clareza do o desafio que tem pela frente e, no mais, é desfrutar as conquistas obtidas com o trabalho: "[...] de agora para frente é cuidar para ter saúde, e se divertir...". Porém, para quem sempre trabalhou intensamente na vida, a exemplo da Sara, não é nada fácil largar de fazer o que está incorporado na sua forma de ser. Mesmo orientado pelos médicos a parar de trabalhar por causa dos problemas na coluna, entre outras questões que envolvem a sua saúde, Luís confessa:

> [...] não é fácil ficar o dia todo sem fazer nada. Eu sempre tenho vontade de trabalhar! Para mim é muito difícil parar de trabalhar, porque vejo tanto serviço na lavoura que precisa ser feito. O meu filho está fazendo o principal nas lavouras, mas mesmo assim eu não sossego, eu gosto de estar junto!

Lurdes, depois de todos os obstáculos enfrentados em sua trajetória de vida, no momento deseja desfrutar aquilo que construíram neste tempo. Ela se sente muito agradecida por tudo o que alcançaram mediante o trabalho, o conforto que ela possui com a família. Ela deseja, acima de tudo, viver o presente:

> [...] sobre o futuro eu não sei o que penso. Não sei! Eu quero viver o hoje porque amanhã eu não sei o que será! Eu quero aproveitar bem como vivo hoje! Eu não penso nada grandioso! O que vier está bom! É tudo graça de Deus, é tudo bênção o que vier. Não pretendo nada de acumular dinheiro. Penso principalmente na saúde e ser feliz, estar em paz com a família, é isso o que me importa hoje!

Ela continua compartilhando como pretende viver e como se sente diante de uma história pessoal e familiar bem-sucedida, após muita luta, e que agora deseja desfrutar:

> *[...] quero estar de bem com a vida, e a hora em que Deus me chamar, eu estou preparada! Eu não penso em grande futuro, apesar de que, talvez, eu terei ainda muitos anos de vida. Eu penso que está bom assim, estou feliz com o que tenho, com a família que me ama. Era isso o que eu sempre queria ter. Às vezes eu penso que nem merecia tudo isso, toda a felicidade que eu tenho.*

Lurdes, assim como Luís, declara que realizou seus sonhos nas terras da fronteira leste paraguaia. Trata-se igualmente da superação de uma determinada fronteira social, o vencimento de uma condição de pobreza vivida no Brasil e nos anos iniciais no território do país vizinho. Lurdes almeja, em relação ao futuro dos dois filhos, que eles também aprendam com as dificuldades, que deem o devido valor ao que conseguem conquistar com seu próprio esforço, como nos relata:

> *[...] eu penso, sim, nos filhos, querendo que tenham um bom futuro, que eles tenham um conforto. Mas não me preocupo muito, porque eles também têm que buscar o seu futuro, e trabalhar como a gente fez. A gente sofreu, às vezes não tinha um pila para ir se divertir com os amigos, para ir numa festa. A gente tinha que ficar em casa! A gente aprendeu a se retirar das diversões quando era necessário, quando não podia ir.*

Ela recorda como agiram quando não tinham recursos financeiros para adquirir certas mercadorias consideradas necessárias para o consumo. Todo esse sacrifício agora dá lugar a uma situação de vida que possibilita o desfrute dos bens conquistados com muito esforço:

> *[...] a gente deixava de comprar roupas, às vezes passava meses precisando de alguma peça. Eu prefiro ficar sem alguma coisa, e só comprar quando tenho o dinheiro para pagar. São valores que nossos pais ensinaram. Eu acho que vale apena dar valor a cada centavo que tem. Eu quero que os nossos filhos aprendam isso. A pesar de que para nós, hoje, não querendo exagerar, está tudo tranquilo em termos financeiros, sendo que para as coisas principais a gente dá um jeito, tem dinheiro. Mas no início não era assim! Por isso agora merecemos ter uma vida de conforto!*

Assim, a irmã e o irmão que se afirmaram na fronteira paraguaia, bem como a irmã e o irmão que retornaram para o Brasil, todos com suas famílias, aproximam-se de uma idade em que o trabalho deve ceder sempre mais espaço e tempo para o desfrute daquilo que conquistaram com muito esforço. Os "brasiguaios", da condição de sem-terra se tornaram com terra, o que lhes dá uma condição de vida que eles avaliam como boa, uma aventura que resultou, em grande medida, na realização do sonho alimentado no país natal. Os outros dois irmãos que retornaram ao Brasil se encontram igualmente na fase de relativização do trabalho e de maior usufruto daquilo que conquistaram; ela aposentada e morando na terra que herdará como gratificação pelo fato de cuidar da sua mãe; ele ainda atuando no serviço público, o único dos quatro irmãos aventureiros que abandonou o sonho da conquista de um pedaço de terra. Talvez a sua experiência frustrada no Paraguai tenha influenciado essa mudança radical no universo do trabalho, alterando seu projeto de vida inicial.

É a vida com as suas fronteiras, a luta pela superação das amarras territoriais e socioculturais impostas por uma determinada estrutura de sociedade para a conquista de uma condição de vida pautada na emancipação, conforto, bem-estar, dignidade. Uma condição buscada de formas distintas pelas duas irmãs e pelos dois irmãos, bem como resultados diferentes alcançados, inclusive ocasionando a desistência e o retorno de uma e de um que compõem esse quarteto que peitaram a ordem normal das coisas. O que não faltou aos quatro irmãos foram esforço e determinação para enfrentar situações desumanas para alcançar o sonho da conquista da terra para viabilizar seu projeto de vida camponês. Sociedades estruturadas em bases desiguais, portanto, injustas, assim como com o poder do Estado comprometido com essa ordem social são fatores que impõem aos trabalhadores rurais fronteiras sociais aviltantes para conseguirem um lugar ao sol e, por meio do trabalho, poderem usufruir o que é próprio da vida balizada nos valores da dignidade humana.